*Alle Personen, Ereignisse und Orte
dieses Romans sind frei erfunden.
Ähnlichkeiten mit noch lebenden Personen,
Orten oder Geschehnissen wären zufällig.*

Frauke Mann, ist Diplom-Verwaltungswirtin (FH) und staatlich geprüfte Heilpraktikerin. Sie ist Jahrgang 1967 und lebt mit ihrer Familie sowie einer reinrassigen Bauernhofkatze und einem quirligen Jack-Russel-Mix am Fuße der Schwäbischen Alb. Aus den vielseitigen Berührungspunkten mit Menschen unterschiedlicher Façon und den Erfahrungen mit Patienten in ihrer eigenen Praxis sowie als jahrelange Dozentin im Gesundheitswesen sind die Romanfiguren geboren. Und ehrlicherweise muss gesagt werden, dass sich – obwohl der Roman frei erfunden ist – die ein oder andere skurrile Situation der Protagonistin Jule Seltmann im Klinikalltag genauso abgespielt hat.

Frauke Mann

Wer ist Lucy?

Roman

Lindemanns

Lucy
Licht, Helligkeit (lat. lux)
die Leuchtende, die Strahlende
englischer Frauenname
Kurzform von Lucia
Namenstag am 13. Dezember
Namenspatronin Lucia von Syrakus
der Beginn von etwas Neuem

1

Die letzten Sonnenstrahlen brachen durch die bunten Glasfenster der barocken Pfarrkirche, hüpften mit fröhlich tanzenden Staubteilchen um die Wette, bahnten sich ihren Weg zum Altarbereich und warfen ein düster unwirkliches Licht auf das Ungeheuerliche, das sich dort abspielte.

Regungslos stand er da, den klobigen Vorschlaghammer in der erhobenen rechten Hand, die linke mit der Handfläche nach unten flach auf den Altar gelegt. Nur eine einzelne Schweißperle verriet seine Anspannung. Jetzt sah man ein leichtes Zittern des rechten Armes, das sich über die Schulter fortsetzte und den Rücken hinablief. Ein kurzes Schaudern. Ein flüchtiges Blinzeln. Sofort die Augen wieder starr auf die flache Hand gerichtet.

Die Angst vor dem unausweichlichen Schmerz ließ ihn erneut erschaudern.

Aber es musste sein! Es musste getan werden. *Wenn deine Hand dich zum Bösen verführt, dann haue sie ab*, steht in Markus 9, Vers 43. Und diese Hand hatte ihn zu Bösem verführt. Sie hatte sich wie zufällig auf einen nackten Oberschenkel gelegt. Heute Nachmittag. Am Dorfweiher. Als sie nebeneinandergesessen waren, und der kleine Ansgar mit großen Augen den Geschichten von Jesus gelauscht hatte. Auch die anderen Kinder waren, nur mit Badehose und Bikini bekleidet, mucksmäuschenstill mit gespitzten Ohren und offenen Mündern ganz nahe bei ihm gesessen und hatten gestaunt, wie der blinde Bartimäus wieder sehend wurde.

Er kannte sie alle beim Namen, die kleinen Jungs sowie die Mädels. Und so hatte er die andächtig lauschenden Kinder namentlich in die Geschichte miteinbezogen: Ansgar als Freund von Bartimäus, Friedhelm als Hirten, den kleinen Timmy als Schäfchen, die anderen als Steuereintreiber, Zöllner oder Gastwirte und die Mädchen als Marktfrauen. Und alle waren wie gebannt an seinen Lippen gehangen. Ja, er war ein guter Erzähler. Auch die Erwachsenen waren ganz Ohr, wenn er sonntags in der Kirche predigte.

Und dennoch. Durch und durch verdorben war er. Diese zarten Jungenkörper, wie sie reizten und lockten, ein loderndes Feuer in ihm zündeten!

Das Böse war bereits tief in ihn gedrungen, zu tief. Es zog und zerrte an ihm mit einer Vehemenz, die ihn auseinanderreißen würde, wenn er dem Ganzen kein Ende setzte. Jetzt. Hier und sofort!

Nein! Niemals hatte er das Unaussprechliche getan. Bewahre! Doch heute, seine linke Hand auf dem nackten Oberschenkel des kleinen Ansgar, das war ein weiterer Schritt hinab ins Böse. Ins teuflische Verderben. Es musste Schluss sein, ein für alle Mal. Dann schlug er zu.

2

17:59 Uhr. Rita Wegener, eine 73-jährige gertenschlanke Seniorin, zupfte einen lästigen Wollfussel von ihrer Kostümjacke, überprüfte Frisur und Schminke und war bereit für die tägliche Berichterstattung der betrieblichen Vorgänge bei Holz Wegener.

18:00 Uhr. Die pompöse Standuhr im Wohnbereich schlug sechs Mal. Liebevoll betrachtete sie das Prunkstück, das ihr Schwiegervater und Gründer der Firma Holz Wegener eigenhändig geschnitzt hatte und seit Jahrzehnten auf einem Ehrenplatz im großzügigen Eingangsbereich der 227-m²-Wohnung stand. Im Gegensatz zum warmen Schwarzwaldholz der Standuhr war der Fußboden aus kühlem italienischem Marmor. Rita liebte das leise Klackern ihrer Pumps auf dem edlen Bodenbelag. Das restliche Ambiente der über den Büroräumen der Firma Holz Wegener liegenden Wohnung bestach durch kühle Eleganz. Nirgends sah man überflüssigen Schnickschnack. Einzig neben dem Wohnzimmersofa stand aus schwarzem Alabaster die lebensgroße Skulptur einer weiblichen Schönheit und eine kleinere Ausführung davon auf dem Fenstersims. Vorhänge oder andere Staubfänger gab es keine. Stattdessen freie Sicht und einen herrlichen Natur-pur-Blick auf den umliegenden Schwarzwald.

Die Möbel waren durchweg aus weißem Schleiflack. Und obwohl sie aus den 70er-Jahren stammten, strahlten sie wie am ersten Tag in ihrem samtigen Weiß. Gute Pflege und achtsame Behandlung. Neben absoluter Pünktlichkeit, Dinge, auf die Rita großen Wert legte.

18:01 Uhr. Schon wieder zu spät ...! Auf ihren Sohn war kein Verlass. Und das, obwohl sie ihm jahrelang eingetrichtert hatte, wie wichtig Pünktlichkeit im Leben ist. Ob er es mit seinen einundvierzig Jahren noch lernen würde? Rita seufzte.

18:03 Uhr. Endlich öffnete sich die Wohnungstür. Herein trat Anton Wegener mit einem Bündel Akten unter dem Arm.

„Du kommst zu spät. Es ist 18:03 Uhr. Beginn ist 18:00 Uhr. Achtzehn Punkt null null!"

„Entschuldige, Mutter."

„In deinem Kalender steht *Tagesabschlussbesprechung 18:00–18:45 Uhr*. Nicht später und nicht früher. Exakt fünfundvierzig Minuten. Nicht länger und nicht kürzer." Sie schaute ihn eindringlich an. „Täglich!" Ihr Blick schien ihn förmlich zu durchbohren. „Wann merkst du dir das endlich?"

„Ich war noch schnell auf der Toilette, Mutter."

„Das ist kein Grund, zu spät zu kommen. Und nenn mich nicht immer Mutter."

„Ja, Mami."

„Na, geht doch!"

„Ja, Mami", seufzte er.

„Und wie du wieder aussiehst. Wo ist dein Jackett? Deine Krawatte?"

„Mami, es hat dreißig Grad draußen."

„Papperlapapp. Du bist der Chef hier. Bei Regen und bei Schnee und erst recht bei dreißig Grad. Chef ist Chef. Und als dieser gehört sich Jackett und Krawatte."

„Aber heutzutage ..."

„Kein Aber! Ein Chef ohne Jackett und Krawatte ist kein richtiger Chef. Dein Vater – Gott hab ihn selig – hatte auch im Hochsommer ein seriöses Langarmhemd an."

Anton unterdrückte den Impuls, frustriert zu schnaufen. Stattdessen nickte er ergeben.

„Nun steh nicht rum. Gib mir endlich den Quartalsbericht. Ich hoffe, der ist besser als der letzte. Und komm mir nicht wieder mit der blöden Idee, hier ein Wellnesshotel mit Kinderpark aufziehen zu wollen! Wood und Wellness Wegener. Was Blöderes ist dir nicht eingefallen?"

„Aber ich glaube, dass das gut ist. Und ich denke, das würde unseren Umsatz enorm –"

„Das Denken überlass den Pferden, die haben den größeren Kopf."

„Ach, Mami."

„Davon abgesehen ist Holz Wegener eine traditionelle Kunstschnitzerei! Und kein Erholungstingeltangel mit Entspannungstrallala."

„Aber es wäre ein Traum von Gabi."

„Von Gabi? Wenn ich das schon wieder höre. Deine Frau hat von Tuten und Blasen keine Ahnung. Sie ist Kindergärtnerin! Und mit ihren Walle-Walle-Ökokleidern sieht sie aus wie … na, egal." Rita winkte ab. „Lass dir von so jemandem nichts einreden, mein Sohn."

„Ja, Mami. Aber ganz ehrlich, wir haben das intensiv überlegt und durchgerechnet, und ich fände es wirklich gut, beides miteinander zu verbinden. Gabi würde die Kinderbetreuung –"

„Schluss mit dem Mist. Warum musstest du auch eine Kindergärtnerin heiraten."

„Erzieherin, Mami, Erzieherin heißt das."

Rita überhörte diesen Einwand geflissentlich. Stattdessen monierte sie: „Kinder hüten! Das ist doch kein ernst zu nehmender Beruf." Jetzt durchbohrte sie ihren Sohn mit einem Blick, der keinen Widerspruch duldete. „Hättest du die Franzi Förster geheiratet, hättest du keine solchen Flausen im Kopf. Und das Holz wäre im Einkauf billiger. Ihrem Vater gehört der halbe Marrenwald. Aber nein, mein lieber Herr Sohn musste eine Kindergartentante schwängern."

Anton ballte die Fäuste, presste die Lippen aufeinander und zählte in Gedanken bis zehn.

Dann reichte er ihr die Unterlagen mit den Worten: „Mami, hier sind die Quartalszahlen."

„Anton, jetzt versuchst du, vom Thema abzulenken. Ich durchschaue das."

„Aber ich wollte ..."

„Wenn deine Gabi im Büro ihren Einsatz täte, anstatt die Rotzlöffel anderer Leute zu bespaßen, sähen die Quartalszahlen besser aus."

„Aber Mami, das kann sie nicht."

„Eben. Sag ich doch. Stattdessen hast du diese Christina Schmid eingestellt, die du teuer entlohnen musst."

„Frau Schmid ist Bürokauffrau und macht einen guten Job."

„Aber was die kostet!" Rita beugte sich vor. „Als dein Vater – Gott hab ihn selig – hier die Dinge geleitet hat, habe ich alles alleine gemacht. Kostenlos sozusagen." Man hörte den Stolz in ihrer Stimme.

„Das ist bald vierzig Jahre her."

„Deshalb ist es nicht weniger wichtig, mein Sohn", erklärte sie mit erhobenem Zeigefinger.

Wieder nickte Anton ergeben.

Und Rita fuhr in versöhnlicherem Ton fort: „Ach ja, damit du es nicht vergisst: Am Sonntag ist der Seniorenausflug nach Degna. Ich werde also nicht zum Kaffee zu euch kommen, was mich freut, denn ich werde *echten* Kuchen bekommen, nicht dieses neumodische Ökozeugs, das deine Frau immer backt."

„Das ist veganer Kuchen aus Dinkelmehl."

„Sag ich doch, neumodisches Ökozeugs."

„Mami, das ist gesund."

„Papperlapapp. Ein Kuchen muss schmecken. Nach frischen Eiern und guter Butter!", erklärte Rita mit strenger Miene und unterstrich das Gesagte erneut mit erhobenem Zeigefinger.

Dann fuhr sie selbstzufrieden fort: „Jedenfalls habe ich alles organisiert. Wir machen einen Tagesausflug. Abfahrt 09:00 Uhr am Rathaus. 09:53 Uhr Ankunft Raststätte Sindelfinger Wald. 13 Minuten Toilettenpause. 10:06 Uhr Weiterfahrt. 10:38 Uhr Ankunft in Degna. Um 10:45 Uhr Kirchenführung in der barocken ‚Ave Maria', von Pfarrer Fischer höchstpersönlich. Anschließend ..."

Anton schaltete gedanklich ab – heilfroh, heute so glimpflich davongekommen zu sein.

3

Mit schmerzverzerrtem Gesicht überquerte Jakob Fischer den nunmehr spärlich beleuchteten Marktplatz von Degna. Seine linke Hand war notdürftig in ein Stofftaschentuch gewickelt. Die Blutung hatte aufgehört, aber die Schmerzen waren unerträglich: Bei jedem Schritt, bei der kleinsten Erschütterung durchpeitschte ihn ein höllisch scharfer Stich. Gut, dass es bereits auf Mitternacht zuging, so würde er niemandem mehr begegnen und ohne großes Aufsehen am Nachtschalter der Apotheke ein Schmerzmittel gegen diese entsetzlichen Qualen in seiner übel zugerichteten Hand holen können.

Eben hatte er den historischen Dorfbrunnen hinter sich gelassen und wollte in die schmale Apothekergasse einbiegen, als sich die Tür vom Gasthof Schwanen öffnete, eine Gestalt heraustrat, kurz innehielt und dann torkelnd auf ihn zukam.

„Ach, da ist er ja, der Herr Pfarrer. Unser Anwärter auf den Heiligen Stuhl. Was machst du denn so spät noch? Musst du nicht deine nächste Predigt vorbereiten oder ... weiß der Geier, was der Herr Hochwürden sonst noch so macht?"

Thorsten, Thorsten Bratsch – der hatte ihm gerade noch gefehlt. Schon nüchtern konnte der sein mieses Mundwerk nur schwer im Zaum halten, betrunken war er unausstehlich. Kaum zu glauben, dass sie früher beste Freunde gewesen waren. Damals, zu Schulzeiten, als die ganze Clique sich jeden Abend im alten Steinbruch getroffen hatte ...

„He – du sagst ja gar nichts. Sprichst du nicht mehr mit mir? Bist dir wohl zu ... fein."

Bedenklich schwankend kam Thorsten näher. Jakob wich zur Seite aus. Doch Thorsten war auf Krawall gebürstet: „He, bleib stehen, ich will mit dir reden!"

Aber ich nicht.

„Bleib stehen, du Drecksack!" Thorsten versperrte ihm den Weg.

Der Geistliche stoppte, versteckte die lädierte Hand so gut es ging hinter seinem Rücken, trat vorsichtshalber einen Schritt zurück – sicher ist sicher – und ließ Thorsten nicht aus den Augen.

„Nur weil du studiert hast, bist du noch lange nichts Besseres!", krakeelte der.

Der Priester trat einen weiteren Schritt zurück. Und noch einen. Doch mit jedem Schritt, den er zurückwich, kam Thorsten zwei Schritte näher. Schon roch Jakob den von Bier und Schnaps durchsetzten Atem und sah in die blutunterlaufenen Augen seines Widersachers, aus denen der blanke Hass schrie.

„Tagsüber den großen Macker mimen, aber wenn es dunkel ist – bist du ein Schisser vor dem Herrn!"

Winzige Spucketröpfchen trafen das Gesicht des Geistlichen. Und mit einer Geschwindigkeit, die er dem Besoffenen nicht zugetraut hätte, fuhr urplötzlich Thorstens rechte Faust auf ihn zu und traf ihn an der Schläfe. Jakob taumelte, schrie auf vor Schmerz, hoffte, sich mit einem weiteren Rückwärtsschritt aus der Gefahrenzone bringen zu können, und rief: „Sag mal, spinnst du? Thorsten, was soll der Scheiß?!"

Doch der starrte ihn mit hasserfüllten Augen an und brüllte: „Du warst es! Gib es zu – du allein bist an allem

Schuld. Du hast sie umgebracht!" Gab ihm einen wütenden Schubs, so dass er erneut taumelte, beinahe das Gleichgewicht verlor und rückwärts stolpernd gegen den Dorfbrunnen stieß. Reflexartig versuchte Jakob, sich mit den Händen abzustützen. Keine gute Idee. In seiner verletzten Hand explodierte ein bestialischer Schmerz. Er schrie auf!

Der scharfe Schmerz raubte ihm die Sinne, ließ ihn erneut straucheln und endgültig das Gleichgewicht verlieren. Im Fallen drehte er sich um die eigene Achse, schlug mit dem Kopf auf den steinernen Brunnenrand, sackte bewusstlos zusammen und blieb regungslos liegen.

4

„Und du warst wirklich nicht auf der Geburtstagsfeier deiner Enkeltochter?"
„Nein."
„Und warum nicht?"
„Weil ich nicht eingeladen war."
„Du warst nicht eingeladen? Oha!"
„Genau. Oha!"
„Das kann ich mir nicht vorstellen. Das ist ja ..."
„War aber so."
„Ach herrjemine! Ich meine, ich weiß ja, dass du und deine Schwiegertochter, also, dass ihr beide euch nicht grün seid, aber zum Geburtstag der Kleinen hätten sie dich schon einladen können."
„Ja –, dass man als Oma nicht zum Geburtstag der Enkeltochter eingeladen wird, ist eine Frechheit."
„Eine bodenlose Frechheit. Da muss ich dir zustimmen."
„Das Allerletzte!"
„Und was hat dein Sohn gesagt?"
„Der? Der hat nichts gesagt. Hat seine Gabi vorgeschickt, um mit mir zu telefonieren."
„Und was hat die gesagt?"
„Dass es Kaffee und Abendbrot geben würde, und ich kommen könne, wie ich Lust habe."
„Also doch eine Einladung."
„Aber nein! Das ist doch keine Einladung! Ganz ohne Uhrzeit. Wo gibt's denn so was?"
„Herrjemine!"
„*Wie ich Lust habe!*, sagte sie. Frechheit!"

„Ja."
„Und dann solle ich eine Schüssel Kartoffelsalat mitbringen."
„Was?"
„Ja, du hast richtig gehört: Eigenes Essen mitbringen."
„Als Gast?"
„Ja!"
„Das ist dreist."
„Sag ich doch."
„Unglaublich!"
„Jedenfalls keine Einladung!"
„Stimmt, das ist wirklich keine Einladung."
„Das ist eine Zumutung!"
„Eine Frechheit!"

5

Jakob öffnete die Augen. Er lag in einem blütenweißen Bett in einem unbekannten Raum. Links ein Fenster, rechts ein kleiner Tisch mit zwei Stühlen und vor ihm eine kahle Wand. Noch während er versuchte, das Ganze zu analysieren, öffnete sich schwungvoll die Tür und herein trat ein Mann in weißem Kittel mit einem Aktenbündel unter dem Arm.

„Aha, nun ist er wach. Wie geht's denn unserem Patienten?", fragte Franz Messerle, seines Zeichens Chefarzt der unfallchirurgischen Abteilung.

„Franz? Franz Messerle?" Freudig erkannte Jakob seinen alten Schulkameraden. „Ich dachte, du bist inzwischen an der Uniklinik in Ulm?"

„Nein, noch bin ich hier. Das hat sich verzögert. Um einen Monat." Der Chefarzt zuckte mit den Schultern. „Aber schön, dass du mich erkennst. So, wie du dir den Schädel angeschlagen hattest, ist das ein gutes Zeichen." Er machte eine Pause und sah seinen Patienten aufmerksam an. „Willst du mir vielleicht erzählen, woran du dich noch erinnern kannst?"

Jakob befühlte mit der Rechten vorsichtig den Verband am Kopf und das Pflaster über dem Auge. Dann betrachtete er schweigend seine fachgerecht bandagierte linke Hand. Wie sollte er das erklären?

„Die Gerüchteküche sagt, eine Schlägerei mit Thorsten Bratsch. Die Polizei war übrigens auch schon hier. Aber du hast noch die Narkose ausgeschlafen, deshalb kommen sie morgen wieder."

Franz Messerle setzte sich an den Tisch und schlug die mitgebrachte Krankenakte auf.

„So, was haben wir denn? Großflächige Schwellungen und Schürfwunden im Gesicht", las er vor, „Platzwunde über dem linken Auge, Gehirnerschütterung, Rippenprellung links, zahllose Hämatome am ganzen Körper und einen feinen Trümmerbruch der linken Hand."

Der Chefarzt blickte auf. „Offizielle Visite ist übrigens erst um siebzehn Uhr, da kommt das ganze Team, aber ich wollte vorher schon sehen, wie's dir geht. Und außerdem bin ich neugierig, was an dem Gerücht dran ist."

Er schlug die Beine übereinander und wartete auf eine Antwort. Aber es kam nichts. „Ach ja, als Chefarzt habe ich dafür gesorgt, dass du im Einzelzimmer liegst. Ist dir hoffentlich recht. Dachte mir, dass du lieber alleine sein willst." Franz Messerle machte eine kurze Pause, als warte er auf eine Erwiderung. Und weil Jakob immer noch nichts sagte, fuhr er schließlich fort: „Ich selbst habe dich übrigens operiert und glaub mir, das war ein ziemliches Durcheinander in deiner linken Hand."

Mit einem leichten Kopfschütteln erklärte er: „Kahnbein, Mondbein, Kopfbein – eine Menge ... Brei und ganz viel Gesplitter. Ob das wieder wird, kann ich nicht versprechen. Ich habe mein Bestes gegeben. Jetzt heißt es abwarten."

Er klopfte kurz auf die Krankenakte und legte sie dann beiseite.

Noch immer nichts von Jakob.

„So weit die Fakten. Aber jetzt mal unter uns: Ich verstehe nicht, warum der Thorsten dir die Hölle so heiß gemacht hat. Dass er ein Stänkerer ist und mit Vorsicht zu genießen, wenn er betrunken ist, weiß jeder. Dass er auch nüchtern kein gutes Haar an dir lässt und egal, was du in den Sitzungen vom Kirchengemeinderat vorbringst, immer dagegen schießt, ist eine unschöne Sache." Er schüttelte den Kopf. „Aber diese brutale Attacke, holla, das ist ein ganz anderes Kaliber. Verstehe ich nicht."

Franz Messerle lehnte sich im Stuhl zurück und beobachtete Jakob, der die Bettdecke intensiv betrachtete, und ergänzte nachdenklich: „Wobei ich auch nicht verstehe, wieso du ausgerechnet hier Pfarrer geworden bist. Ich dachte, so was geht in der Heimatgemeinde nicht."

„Geht eigentlich auch nicht", brach Jakob endlich sein Schweigen, „aber die wunderschöne, barocke Pfarrkirche von Degna hatte es mir schon immer angetan. Regelrecht verliebt war ich in sie und bin es heute noch. Und irgendwie ...", fügte er mit leichtem Räuspern an, „hat es mein großer Chef im Himmel so eingerichtet, dass es klappte. Er hat quasi das Unmögliche wahr gemacht." Jakob lächelte versonnen. „Und es war perfekt. Bis zu dem Moment als Degna, Hausweiler und Waldkirch zu einer Seelsorgeeinheit zusammengefasst wurden. Da fing der ... Ärger an. Vielleicht ist es an der Zeit zu wechseln." Jakob zuckte mit den Schultern und fixierte wieder die Bettdecke. Das Lächeln war erloschen. „Und Priester werden, ja, das wollte ich schon immer."

„Haben wir beide unseren Namen alle Ehre gemacht: Ich bin Chirurg geworden und du Fischer", schmunzelte Franz Messerle.

„*Menschenfischer*, Markus 1, Vers 17", warf Jakob Fischer ein.

„Im Gegensatz zu Thorsten Bratsch, das wäre nichts geworden mit einer Musikerlaufbahn. An ihm wäre jeder Bratschenlehrer verzweifelt." Franz Messerle lachte.

„Ja, der Thorsten, der alte Säufer." Jakob schüttelte den Kopf.

Jetzt schaute der Chefarzt seinen Patienten wieder ernst an, tippte mit dem Finger auf die Krankenakte und meinte: „Der Schwanenwirt sagt, dass es nur eine Frage der Zeit war, wann Thorsten sich mit seiner Sauferei in echte Schwierigkeiten bringt. Aber schwere Körperverletzung, puh, damit hätte wohl keiner gerechnet. Und dann ausgerechnet bei dir!"

Er machte eine Pause. „Mensch Jakob, das verstehe ich nicht. Ihr wart doch die besten Freunde. Damals, zu Schulzeiten. Oder hatte das was mit der Lisa zu tun?"

„Elisabeth Köhler?"

„Ja, in die war er doch verknallt."

„Richtig. Arme Lisa. Tragisch!"

„Was ist damals eigentlich passiert?"

„Es war ein Unfall."

„Ja, das weiß ich. Aber wie?"

„Das ist über dreißig Jahre her, Franz." Jakob drehte seinen Kopf vorsichtig auf dem Kissen. „Das war der Sommer, als wir alle mit der Schule fertig waren und jeden Abend im alten Steinbruch saßen. Mit Lagerfeuer, Gitarre und Bier."

„Stimmt, war eine tolle Zeit", antwortete Franz Messerle und nickte verträumt. „Aber an dem Tag saß ich schon mit meinem Rucksack und Interrailticket im unbequemen Zug nach Frankreich. Damals hatten wir ja noch kein Handy. Hab's also nicht wirklich mitgekriegt."

Jakob schloss für einen langen Moment die Augen und kramte den Unglückstag aus seinem Gedächtnis hervor.

Franz Messerle sah, dass er mit sich kämpfte und ließ ihm die Zeit, bis Jakob endlich zu erzählen anfing.

„Also, die Lisa wollte mir ganz dringend was Wichtiges sagen. Sie brauchte meine Hilfe – wie so oft. Und da sind wir den schmalen Pfad hoch, an der alten Eiche vorbei, bis wir oben an der Abbruchkante standen. Ich erinnere mich genau, es war eine sternenklare Nacht. Man hatte von dort oben einen fantastischen Ausblick auf Degna mit der beleuchteten Pfarrkirche. Unten der Schein des Lagerfeuers und leise Gitarrenklänge. Geradezu romantisch ... im Gegensatz zu Lisas Problem."

Jakob hielt inne.

„Nun ... die Lisa fing unter Tränen an zu erzählen. Nämlich, dass sie schwanger sei. Von Thorsten. Dem sie bisher nichts gesagt hätte. Und nicht mal wisse, ob sie es tun solle und vor allem, was sie überhaupt tun solle. Ich sei der Erste, der davon erführe. Sie war völlig verzweifelt und hatte eine Heidenangst vor ihrem Vater. Meinte, wenn der von ihrer Schwangerschaft erführe, würde er sie totschlagen. Dann flehte sie mich an, ihr zu helfen. Fragte, ob ich wisse, wie das mit einer Abtreibung sei, wo man das machen könne und ob das anonym ginge. Sie sah keinen anderen Ausweg, heulte Rotz und Wasser und war total am Boden zerstört. Da habe ich sie halt in den Arm genommen, gesagt, dass wir irgendeine Lösung finden würden. Habe ihr über die Haare gestreichelt und sanft auf sie eingesprochen, bis sie sich halt beruhigt hatte. Und das war dann der Moment, als Thorsten wutentbrannt auf uns zustürmte. Eifersüchtig wie er war, hat er wohl nach uns gesucht. Und so wie das aussah, Lisa und ich eng umschlungen an der Abbruchkante, müssen wir für ihn wie ein Liebespaar gewirkt haben. Jedenfalls kam er wutschnaubend mit einem Stein in der erhobenen Hand auf uns zugerannt. Wir gerieten beide in Panik. Lisa schrie auf und stieß sich von mir ab, machte dabei einen Schritt in die falsche Richtung ... stolperte ... rutschte ... und fiel über die Abbruchkante die Steilwand hinunter ..." Jakob stockte. „Das ging alles so schnell. Ich war wie gelähmt, konnte überhaupt nicht reagieren."

Franz Messerle fuhr sich mit der Hand übers Gesicht und schüttelte nachdenklich den Kopf. „Jedenfalls muss Thorsten einen mordsmäßigen Hass auf dich haben, so wie er dich zugerichtet hat. Ich bin ja kein Staatsanwalt, aber für mich klingt das nach schwerer Körperverletzung. Das schreit geradezu nach einer saftigen Strafe, eventuell sogar Gefängnis."

Erneut schüttelte er den Kopf. „Das mit deiner Hand", jetzt schaute er dem Einbandagierten direkt in die Augen, „ist mir dennoch ein Rätsel. Da müsste der Thorsten wie ein Idiot mit seinen Stahlkappenschuhen drauf herumgetrampelt sein. Aber das passt irgendwie nicht."

Wieder schüttelte er den Kopf. „Der Schwanenwirt, der auch den Krankenwagen gerufen hat, sagte, dass der Thorsten sich kaum hatte beruhigen lassen, sondern lauthals herumgeschrien, dass er gar nix gemacht hätte. Tatsache ist, dass er versucht hatte, Erste Hilfe zu leisten. Laut Notarzt wäre sein Stofftaschentuch um deine kaputte Hand gewickelt gewesen. Wie gesagt, die Gerüchteküche brodelt."

Jakob hatte schweigend den Ausführungen gelauscht.

„Der Thorsten war das nicht mit meiner Hand", begann er schließlich.

„Wie meinst du das: Der Thorsten war das nicht?"

„Er war es eben nicht." Jakob drehte seinen Kopf vorsichtig zur Seite und starrte aus dem Fenster.

„Das musst du mir jetzt näher erklären."

Doch Jakob blieb stumm. Er schluckte ein paar Mal und rang mit seinem Gewissen, ob er seine Abgründe hier vor seinem ehemaligen Schulkameraden offenbaren durfte. Hatte Gott ihn nicht schon genug bestraft?

Franz Messerle deutete auf die einbandagierte Hand. „Thorsten war hackedicht, wie jeden Abend. Und wenn der besoffen ist, dann steigert er sich in alles rein. Das ist allgemein bekannt. Die Sache mit Lisa hat er wohl immer noch nicht überwunden."

„Mit meiner Hand, das war er trotzdem nicht."

„Bist du gerade auf dem Liebet-eure-Feinde-Trip?"

„Er ist unschuldig."

Jakob starrte weiterhin aus dem Fenster.

„Das musst du mir jetzt aber erklären." Franz Messerle ließ nicht locker.

„Ich kann nicht."

Aufmerksam betrachtete der Chefarzt seinen Patienten.

„Hilft es, wenn ich dir sage, dass dieses Gespräch der ärztlichen Schweigepflicht unterliegt?"

„Ärztliche Schweigepflicht. Pah", kam es tonlos.

„Na, hör mal. Die ärztliche Schweigepflicht ist das Gleiche wie dein Beichtgeheimnis. Und ja, ich nehme das sehr ernst. Also, raus jetzt mit der Sprache", forderte er ihn auf.

Und nach mehreren Momenten absoluter Stille erzählte Jakob stockend, dass er schon immer Priester hatte werden wollen und ihm recht früh klar gewesen war, dass er kein Interesse an Mädchen hatte und dies als gutes Zeichen gewertet. Als er allerdings seine Neigung zu kleinen Jungs realisiert und das Ausmaß der Missbrauchsskandale in der katholischen Kirche bekannt geworden war, hatte er entsetzt erkennen müssen, dass auch er auf dem besten Wege dorthin war. Er habe versucht, den Dämon auszutreiben und mit seiner Selbsttherapie begonnen, indem er sich mit einem Hammer auf Beine und Arme geschlagen habe. Immer so, dass alles unter der Kleidung verborgen geblieben war.

Franz Messerle sah ihn nachdenklich an, schien sich dann zu sammeln und sagte: „Das erklärt natürlich die vielen Hämatome in unterschiedlichen Stadien. Jetzt verstehe ich."

„Und gestern ...", fuhr Jakob stockend fort und erzählte mit zitternder Stimme die Vorkommnisse am Dorfweiher.

„Ansgar? Mein Ansgar?", erwiderte Franz Messerle empört.

Jakob nickte beschämt. „... und deshalb musste ich es tun!"

Er hob die lädierte linke Hand. „Das Böse muss ein für alle Mal ausgetrieben werden."

Franz Messerle war aschfahl. „Dabei ist der Kleine so stolz gewesen, neben dir sitzen zu dürfen. Und dass er ein Freund von Bartimäus gewesen ist und nicht wie sein Bruder Friedhelm nur ein Hirte oder gar ein Schäfchen wie der Timmy."

Mit fassungslosem Blick fuhr er fort: „Scheiße, Jakob, du brauchst einen Therapeuten, und zwar einen verdammt guten."

Dann erhob er sich und wankte zur Tür. „Ich schau, was ich machen kann, und schicke dir jemanden vorbei. Aber jetzt, entschuldige ... Ich muss das Ganze erst mal verdauen." Und verließ fluchtartig das Patientenzimmer.

6

Zwei Patientinnen waren noch vor ihr. Dann wäre sie an der Reihe: Jule Seltmann, siebenunddreißig, glücklich verheiratet und - schwanger. Endlich schwanger!

Ein seliges Lächeln umspielte ihre schön geschwungenen Lippen und strahlte um die Wette mit dem Zahnpastalächeln der Promis auf den Klatschseiten der Wartezimmerliteratur. Ihre gepflegten kastanienbraunen Haare glänzten seidig und die widerspenstigen Locken hüpften bei jeder Bewegung fröhlich auf und ab. Jule schwebte auf Wolke sieben. Endlich hatte sich der langersehnte Nachwuchs angekündigt!

Vor etwas mehr als elf Jahren hatte sie den attraktiven Edgar Seltmann, genannt Eddie, geheiratet, anschließend waren sie in ein großzügiges Reiheneckhaus gezogen, das seither auf lärmendes Kindergeschrei und tapsende Kinderfüße wartete. Und nun war es soweit! Schwanger! Endlich! Nach so vielen Jahren des enttäuschenden Wartens. Liebevoll streichelte sie mit der Hand über das noch nicht vorhandene Bäuchlein. Ihr aufgeregtes Herz vollführte einen ausgelassenen Luftsprung. Und, hoppla, der Winzling in ihr antwortete mit einem vergnüglichen Purzelbaum. Sie fühlte es genau, ein leichtes Flattern, wie ein Schmetterling auf einer Sommerblüte.

Angeblich waren die Bewegungen des Kindes erst ab der achtzehnten Schwangerschaftswoche wahrnehmbar. Aber Jule spürte es schon jetzt, dieses sanfte Ziehen und zarte Stupsen des neuen Lebens.

Im Gegensatz zu den jährlichen Routine- und Krebsvorsorgeuntersuchungen, die für Jule ein regelmäßiger Graus waren und die sie nur widerwillig über sich ergehen ließ, konnte sie es heute kaum erwarten, sich mit freiem Unterkörper auf den gynäkologischen Behandlungsstuhl zu legen.

Jetzt war nur noch eine Patientin vor ihr.

Jule freute sich wie eine Schneekönigin. Der heißersehnte neue Lebensabschnitt rückte in greifbare Nähe. Sie konnte es kaum erwarten, in ihrem Beruf als Grundschullehrerin eine Pause einzulegen, um sich als Vollzeitmama um das Kleine zu kümmern, lange Spaziergänge mit dem Kinderwagen zu machen und sich mit anderen Muttis auf dem Spielplatz zum Sandkuchenbacken, Rutschen und Schaukeln zu treffen.

Natürlich, bis das Würmchen auf die Welt kommen würde, gab es einiges zu erledigen. Aber auch darauf freute sie sich. Gestern hatte sie die Anmeldeformulare für Babyschwimmen, musikalische Früherziehung und sanfte Massage bei akuten Blähungen heruntergeladen und ausgefüllt. Heute saß sie glücklich im Wartezimmer ihres Frauenarztes und freute sich auf das erste Ultraschallbild ihres winzigen Wunders.

Eddie wusste noch nichts von dieser Neuigkeit. Heute Abend würde sie ihn überraschen und beim Abendessen die Schwarz-weiß-Aufnahme neben seinen Teller legen. Ob es ein Junge oder ein Mädchen werden würde? Egal. Hauptsache, das heißersehnte Baby war unterwegs.

Keine Patientin mehr vor ihr. Jeden Augenblick würde sie zum Ultraschall aufgerufen werden. Urin hatte sie bereits abgegeben. Der wurde im Moment auf alles Mögliche und überflüssigerweise auch auf Schwangerschaft getestet. Überflüssig deshalb, weil ihre Periode seit mehr als zwei

Wochen im Verzug war und der Sachverhalt somit eindeutig. Versonnen strich Jule eine besonders vorlaute Haarlocke hinter das Ohr. Okay, der Schwangerschaftstest, den sie zuhause gemacht hatte, war negativ ausgefallen, aber das lag daran, dass sie einen Billigtest aus dem Drogeriemarkt verwendet hatte. Das Geld hätte sie sich sparen können.

„Frau Seltmann, bitte in Raum zwei."

7

11:59 Uhr. Hoch oben am wolkenlosen Himmel zog ein Roter Milan seine Kreise. Unten, in einer sonnigen Kuhle des Friedhofsweges, genoss eine fröhlich tschilpende Spatzenschar ein Bad im warmen Sand.

12:00 Uhr. Auf den Glockenschlag genau öffnete sich das schmiedeeiserne Friedhofstor und Rita trat ein. Schimpfend stoben die Spatzen auseinander, um sich sofort wieder niederzulassen und unter lautem Gezeter um den besten Platz im Sandbad zu streiten.

Währenddessen ging die in elegantes Grau gekleidete Rita gemessenen Schrittes und verbissenen Blickes zum Familiengrab der Wegeners, um ihrem Mann von ihren Sorgen zu berichten. So, wie sie es jeden Tag machte seit seinem Tod.

„Ach, Martin, es ist ein Graus mit unserem Sohn! Ich habe in der Erziehung versagt. Warum musstest du nur so früh von uns gehen? Ein paar väterliche Ohrfeigen zur rechten Zeit hätten nicht geschadet. Im Gegenteil. Ganz sicher wäre Anton dann ein pünktlicher Mensch geworden. Und bei strenger Zucht und Ordnung wäre er jetzt mit der Franzi verheiratet und nicht mit dieser Kindergartentante."

Rita seufzte.

„Ach, Martin, es ist so schwer mit ihm. Und du verstehst doch bestimmt, dass ich mich deshalb auch weiterhin um die Firma kümmern muss. Gestern hat er zum Beispiel wieder mit diesem Wood-und-Wellness-Wegener-Schwachsinn angefangen. *Wood und Wellness Wegener!* Ach, Martin, wenn du nur ein Machtwort ..."

Rita hielt inne. Ihr Blick fiel auf ein paar welke Blätter, des ansonsten ordentlichen Grabes. „Und wie es hier wieder aussieht. Alles muss man selber machen." Verärgert zupfte sie die Blätter ab. „Wozu bezahle ich denn seit x Jahren die Gärtnerei für die Grabpflege."

Wieder hielt sie inne, rupfte hier und da. Dann zeterte sie weiter: „Und jetzt soll ich auch noch einen Euro mehr im Monat zahlen! Das kann er sich aus dem Kopf schlagen. Das werde ich der Gisela und dem Eugen auch sagen. Eine Unverschämtheit von ihrem Sohn. Das sind ganze zwölf Euro mehr pro Jahr ... dafür, dass es hier so verwahrlost aussieht. Da muss man sich ja schämen!"

Dann wurden ihre Gesichtszüge überraschend weich und sie sprach sanft weiter: „Morgen kann ich nicht kommen, mein lieber Martin. Bitte verzeih. Aber da werde ich einen Ausflug machen ... mit dem Seniorenkreis. Weißt du, das ist so eine neue Idee des Bürgermeisters, um Senioren vor der Vereinsamung zu schützen und neben dem Kinderfest für die Kleinen auch den Älteren etwas zu bieten."

8

Eben hatte die Krankenschwester das Frühstücksgeschirr abgeräumt, als sich die Tür erneut öffnete.

„Guten Tag, Herr Pfarrer Fischer. Ich bin Lucy, und ich habe erfahren, dass Ihnen ein psychotherapeutisches Gespräch guttun würde", wurde er von einer zierlichen, weiß gekleideten Frau begrüßt.

Donnerwetter, das ging aber schnell. Da hatte der Franz ganze Arbeit geleistet und ratzfatz sein Wort eingelöst, freute sich Jakob.

„Selbstverständlich unterliegt dieses Gespräch der Schweigepflicht", sprach Lucy weiter, während sie auf einem der beiden Stühle Platz nahm, ihrer Handtasche Block und Stift entnahm und vor sich auf dem Tisch platzierte. „Dann legen Sie mal los. Wo drückt denn der Schuh?"

Jakob sah in zwei freundliche, braune Augen, die ihn aufmerksam anblickten. Lucy war dezent geschminkt, hatte leicht gebräunte Haut und ihre langen blonden Haare fielen in sanften Wellen über die schmalen Schultern. Ihr Alter war schwer zu schätzen. Eigentlich sah sie ziemlich jung aus. Konnte er dieser bildhübschen Frau von seinen perversen Bildern erzählen? Von diesem sündhaften Zerren und Zucken? Von diesem teuflischen Spuk? Wie aus dem Nichts überrollte ihn eine dampfend heiße Welle, schäumte und wirbelte, tobte und stürmte, um schließlich grauenvoll dumpf über ihm zusammenzubrechen.

Jakob schämte sich. Er schämte sich für seine Gedanken, die er nicht im Zaum halten konnte, und er schämte sich, dass er war, wie er war. Unzulänglich, unvollkommen und verabscheuenswert. Womöglich hatte Lucy einen kleinen Sohn. Womöglich hatte dieser selbst Schlimmes durchmachen müssen, womöglich ... Andererseits hatte Franz ihm mit Sicherheit eine kompetente Therapeutin geschickt.

Jakob holte tief Luft, räusperte sich, nahm seinen Mut zusammen und begann mit leiser Stimme zu erzählen. Erst langsam. Zögerlich. Silben zäh aneinanderreihend, mit sich ringend, mühsam nach Worten suchend, dann schneller und flüssiger, erleichtert, sich alles von der Seele reden zu dürfen. Zwischendurch innehaltend und stockend. Schluchzend.

Sich erneut fassend, erzählte er weiter: von seiner skandalösen Neigung und diesen schlimmen Bildern in seinem Kopf, von der Selbsttherapie durch Selbstbestrafung. Aber auch von seiner Kindheit, den schrecklichen Albträumen, in denen er nach seiner Mutter geschrien hatte, die ihn im dichten Schneegestöber nie gehört, ohne ihn weitergegangen und ihn verängstigt zurückgelassen hatte.

Dass er ein Bettnässer gewesen war und bis in die Grundschulzeit jede Nacht ins Bett gemacht hatte und sein Vater ihn deshalb jeden Morgen mit der Nase hineingedrückt hatte, so wie er es mit den Hundewelpen auch gemacht hatte, damit diese stubenrein werden sollten; hineingedrückt in dieses stinkende Etwas, das er nicht kontrollieren konnte, das ihn selbst ekelte und ihm Angst machte, Angst vor jedem neuen Morgen.

Letztendlich berichtete er auch von Lisa und den Geschehnissen am Steinbruch, von Thorsten und der Sache am Marktplatz. Er offenbarte, dass es schon immer sein Wunsch gewesen war, katholischer Priester zu werden, und dass er glücklich sei in seinem Beruf. Er erzählte alles, während Lucy ihn mit einfühlsamen Augen aufmerksam ansah. Behutsam die ein oder andere Frage stellte, ihn nicht verurteilte, nur mitfühlend zuhörte.

Viel zu lange hatte er das Schlimme für sich behalten. Erst versucht zu ignorieren, dann zu unterdrücken und schließlich zu bekämpfen, um sich im Endeffekt noch mehr zu quälen. Aber: Wem hätte er es sagen können? Im Gebet mit Gott bekam er keine Antwort. Und wäre er zum Dechant in seinem Dekanat gegangen ... nein, das hätte ihn womöglich seine Stellung, seine ganze Existenz gekostet.

Am Ende seiner Beichte – so konnte man es durchaus bezeichnen – war Jakob nassgeschwitzt. Zitternd und mit ängstlichem Blick sah er Lucy an, gefasst auf Verurteilung und Verachtung. Doch die schaute ihn weiterhin wohlwollend an, mit der gleichen Güte wie damals Pater Gerold, seinem großen Vorbild, dem er so viel zu verdanken hatte.

„Gut, dass Sie mir das alles erzählt haben. Danke", nahm Lucy nach einem Moment der Stille das Gespräch wieder auf.

„Danke? Sie bedanken sich?", fragte Jakob sichtlich irritiert und mit sarkastischem Unterton.

„Aber natürlich bedanke ich mich", erklärte Lucy freundlich. „Es ist nicht einfach, jemand anderem solche Einblicke zu gewähren."

„Aber das sind doch widerliche ... abscheuliche ... Abgründe!", empörte Jakob sich und fügte kopfschüttelnd hinzu: „Dass Sie da nicht schreiend aus dem Zimmer gerannt sind ..."

„Hätte es Ihnen weitergeholfen, Herr Pfarrer?" Lucy sah ihn eindringlich an.

„Nein. Ja. Ich weiß es nicht ..."

„Und deshalb wollen wir doch lieber nach der Ursache forschen, damit wir gemeinsam eine gute Lösung finden und Sie das Vergangene hinter sich lassen können."

„Ja, das wäre schön." Jakob nickte. „Zu schön."

„Es gibt zwei Wege, einer davon ist der des psychotherapeutischen Ansatzes. Aber bevor wir loslegen und richtig einsteigen: Haben Sie noch Fragen? Und: Was wünschen Sie sich, was erhoffen Sie sich?"

„Was ich mir wünsche? Erhoffe? Na, dass ich diese widerlichen Gedanken, perversen Gefühle und vor allem diesen schlimmen Drang nicht mehr verspüre – dass ich einfach meinen Beruf als Priester ausüben kann. Ich will ein guter Priester sein für meine Gemeinde. Aber ich bin es nicht. Als Priester hat man doch eine gewisse Verantwortung und Vorbildfunktion. Und wenn das jemand erfährt, in der heutigen Zeit, wo an jeder Ecke Missbrauchsskandale und ..." Angewidert und traurig schüttelte er den Kopf. „Warum erlöst Gott mich nicht davon? Warum bin ich so erbärmlich? Wie kann ich das Böse, das Teuflische in mir austreiben? Was soll ich der Polizei sagen? Wie soll ich das mit meiner Hand erklären? Und wie soll es weitergehen mit mir?"

„Das sind ziemlich viele Fragen. Fangen wir mit dem Naheliegendsten an: Was sagen Sie der Polizei?"

Jakob drehte den Kopf zum Fenster, starrte eine Weile hinaus und meinte dann mit kaum vernehmbarer Stimme: „Denen sollte ich wohl die Wahrheit sagen: 2. Buch Mose, Kapitel 20, Vers 16: *Du sollst nicht lügen.* – Aber ich habe Angst, dass ich damit alles schlimmer mache."

Hilflos schaute er Lucy an. „Wenn das rauskommt ... Das wäre eine Katastrophe! Ich könnte keine Kinder- und

Jugendarbeit mehr machen." Und mit einem resignierten Seufzer fügte er hinzu: „Vielleicht ganz gut so. Wahrscheinlich sollte ich die Gemeinde wechseln und ganz weit weg gehen, wo mich keiner kennt. Vielleicht nach Afrika? In die Mission?"

Jakob hielt inne. „Vielleicht war das alles ein Zeichen, dass ich hier in meiner Heimatgemeinde nicht hätte sein sollen?"

Jetzt schaute er Lucy direkt an: „Aber eigentlich wollte ich hierbleiben, wissen Sie, es gefällt mir in Degna, und Fremdsprachen waren noch nie mein Ding. Außerdem –"

„Stopp, stopp, stopp! Die Frage lautete einfach nur: Was sagen Sie der Polizei?"

Als er nicht antwortete, fuhr Lucy fort: „Da Sie nicht lügen, werden Sie denen die Wahrheit erzählen."

„Die Wahrheit?", stieß er entsetzt hervor.

„… dass Sie sich selbst verletzt haben und auf dem Weg zur Apotheke waren."

„Dann kommt alles ans Licht mit den Kindern und …", entgegnete Jakob alarmiert.

„Den Teil würde ich weglassen." Lucy zuckte mit den Schultern. „Und auch, dass es Absicht war. Das brauchen Sie ja keinem zu erzählen." Herausfordernd sah Lucy den Geistlichen an. „Ich meine: Müssen Sie alles haarklein schildern?"

„Aber …"

„Am besten erwähnen Sie so wenig wie möglich und geben nur so viel preis wie nötig."

Jakob war noch nicht überzeugt.

„Und Sie meinen, die glauben dann, dass ich mich *versehentlich* verletzt habe?"

„So was soll vorkommen beim Heimwerkeln", gab Lucy zurück und zuckte noch einmal mit den Schultern, „da wären Sie nicht der Erste."

Jakobs Gesichtszüge erhellten sich, um sich sofort wieder zu verdunkeln. „Aber langfristig hilft das nicht. Diese schändlichen Gefühle werden wiederkommen und –"

„Um dauerhaft etwas zu ändern", unterbrach Lucy ihn, „müssen wir tiefer einsteigen in die Welt der Gefühle und deren Gesetzmäßigkeiten, wenn Sie es so nennen wollen. Beginnen wir damit: Es gibt weder gute noch schlechte Gefühle. Alle Gefühle sind gleichwertig. Das bedeutet, dass Angst, Freude oder Trauer gleichberechtigt nebeneinanderstehen. Zweitens: Gefühle kann man nicht kontrollieren oder wegdrücken, auch wenn wir das manchmal meinen. Sie sind, wie sie sind und einfach da. Man kann Gefühle lediglich kanalisieren."

„Kanalisieren? Was meinen Sie damit?"

„Kanalisierung bezeichnet die bewusste Lenkung in eine vorherbestimmte Bahn. Im Falle der Gefühle bedeutet es, diese zielgerichtet in die gewünschte Richtung zu leiten."

Jakob bemühte sich trotz seiner Gehirnerschütterung, den Ausführungen zu folgen.

„Ich mache mal ein Beispiel: Ein wohlgeformter Körper, und dabei spielt es keine Rolle, ob Männer-, Frauen- oder Kinderkörper, ist zuerst einmal etwas Wunderbares und Schönes. Und auch erotische Gefühle sind per se nicht schlecht. Denn wenn ein Ehemann beim Anblick seiner Ehefrau sexuelle Phantasien entwickelt und die beiden sich miteinander vergnügen und ihre Wünsche ausleben, so ist das etwas ganz Großartiges. Bekommt derselbe Ehemann diese heißen, sinnlich-erotischen Gefühle aber, wenn er seine Nachbarin sieht, dann darf er diese Gefühle zwar grundsätzlich haben – er könnte auch gar nichts dagegen tun, dass er sie hat – allerdings sollte er sich zügeln, seine Wünsche und Gedanken auszuleben. Und an dieser Stellschraube muss man ansetzen."

„Und wie?"

„Das ist individuell verschieden, das kann man nicht verallgemeinern. Dazu muss man im jeweiligen Einzelfall gezielt nach den Ursachen suchen, um speziell darauf einzugehen. Leider existiert hierfür kein Patentrezept."

Lucy machte eine Pause, während Jakob in sich versunken schien.

„Beispielsweise gibt es Menschen, die haben ein unbändiges Verlangen danach, andere zu quälen, ihnen Böses zuzufügen, um sich am Leid zu ergötzen. Oft an Tieren, aber auch an Menschen. Der Drang ist so groß, dass sie kaum widerstehen können. Diese Leute haben widerliche Bilder im Kopf, auf die ein *normaler* Mensch gar nicht kommt. Wenn so eine Person einen Gruselroman oder einen Thriller schreiben würde, könnte sie gedanklich alle Dinge durchleben, die sich in ihrem Kopf abspielen, ohne es in natura zu tun. Der Zwang wird kanalisiert. Und führt in diesem Fall sogar zu etwas Gutem."

„Zu etwas Gutem?"

„Ja, es gibt Leser, die lieben Gruselbücher und Thriller."

„Sie meinen, ich solle ein Buch schreiben?", fragte Jakob sichtlich irritiert.

„Aber nein. Nicht jeder sollte ein Buch schreiben. Es gibt schon genug schlechte Bücher." Lucy lachte auf. Ein helles, klares Lachen.

Jakob bemühte sich zu lächeln, aber ihm gelang nur ein schiefes Grinsen.

„Aber wenden wir uns Ihrem Thema zu", fuhr Lucy fort. „Unabdingbar ist es, die eigenen Gefühle und den inneren Zwang zu erkennen und sich einzugestehen." Sie machte eine kleine Pause. „Ihre Problemfelder haben Sie bereits erkannt. Jetzt heißt es eingestehen und dulden."

Jakob wollte etwas erwidern, aber Lucy hob beschwichtigend die Hand.

„Und nein, ich spreche nicht von Ausleben, lediglich davon, es zu billigen. Also zulassen, annehmen und tolerieren, dass es ist, wie es ist. Es geht um Akzeptanz und Versöhnung."

Aufmerksam musterte sie nun den Priester. „Es gilt die Ursache zu ergründen. Nur so kann man das Problem lösen oder, wenn es nicht lösbar ist, umleiten und kanalisieren."

„Ganz ehrlich, ich verstehe nur Bahnhof", warf Jakob ein.

„Das macht nichts." Lucy lächelte nachsichtig. „Schließen Sie doch mal die Augen und spüren Sie tief in sich hinein."

Jakob schloss gehorsam die Augen.

„Was erkennen Sie? Was berührt Sie, jetzt gerade? Fällt Ihnen etwas auf?"

Lucy schwieg einen Augenblick, ehe sie weitersprach: „Kann es sein, dass tief in Ihnen der sehnliche Wunsch steckt, geliebt zu werden? Mit allen Fehlern und Unzulänglichkeiten? Dass der Dreikäsehoch, der schreckliche Alpträume hat, einfach nur geliebt werden möchte? Der einsame Junge, der nach seiner Mutter ruft, die ihn nicht hört und ohne ihn weitergeht, gehalten, angenommen und geliebt werden möchte? Und der kleine Bub, der jede Nacht ins Bett macht – dass auch er nur geliebt werden will? Geliebt, obwohl er jeden Morgen in einer Pfütze aufwacht. Geliebt, mit allen Defiziten und Schwächen. Geliebt, trotz dessen. Einfach nur geliebt. Bedingungslos! Wäre das nicht schön? Wäre das nicht fantastisch?"

Tränen rannen über Jakobs Gesicht und tropften vom Kinn auf die Bettdecke. Ja, geliebt werden, mit allen Fehlern und Makeln. Bedingungslos. Das wäre schön. Zu schön!

Lucy reichte ihm ein Papiertaschentuch, das er dankbar annahm. Jakob trocknete behutsam Gesicht und Augen und putzte sich im Anschluss ausführlich die Nase.

„Hier können wir ansetzen."

„Und wie?", wollte er hoffnungsvoll wissen.

„Alles deutet darauf hin, dass Sie jemanden benötigen, der Sie liebt. Immer. Bedingungslos. Zu jeder Zeit. Und vor allem so, und genau so, wie Sie sind. Mit sämtlichen Eigenarten. Dann können diese alten Wunden heilen."

Entrüstet starrte der Geistliche Lucy an: „Aber Ihnen ist schon klar, dass ich katholischer Priester bin und im Zölibat lebe?"

„Ja, das weiß ich sehr wohl." Ein verschmitztes Lächeln erschien auf ihren Lippen. „Aber auch, wenn Sie nicht im Zölibat leben würden, wäre es fraglich bis unwahrscheinlich, ob eine Frau, ein Partner, ein anderer Mensch, Ihnen das geben könnte, was Sie brauchen."

Jakob nickte nachdenklich. „Und? Was heißt das jetzt?"

Lucy lächelte geheimnisvoll. „Was halten Sie von der Idee, sich einen Hund anzuschaffen?"

„Einen Hund anzuschaffen!"

„Ein Hund liebt sein Herrchen – bedingungslos. Mit allen Makeln und Mängeln. Darum wird er Sie sogar dann lieben, wenn Sie sich selbst überhaupt nicht leiden können."

Nach kurzem Staunen brach Jakob in schallendes Gelächter aus.

„Aber mal im Ernst, Lucy", sagte er und wischte sich eine Lachträne aus dem rechten Auge, „Sie behaupten jetzt nicht wirklich, dass Pädophilie dadurch heilbar ist, dass man sich einen Hund anschafft?"

Lucy stimmte in sein befreites Lachen ein, um ihn gleichzeitig mit erhobenem Zeigefinger zu schelten: „Hochwürden, Sie belieben zu scherzen!" Und augenzwinkernd fuhr sie fort: „Also, wenn Sie das jemandem von der Presse erzählen, das gäbe einen Riesenskandal und sooo eine Schlagzeile." Lucy malte mit beiden Händen ein riesiges Rechteck in die Luft. „Ich sehe sie schon vor mir: Psychologin heilt Pädophilie mit Hund. Ab sofort Hund als Krankenkassenleistung auf Rezept."

Nun lachten beide. Ein erlösendes Lachen.

„Aber wieder zurück zu Ihrem Thema. Es geht darum, nach dem ursächlichen Bedürfnis zu suchen. In Ihrem Fall ist es die bedingungslose Liebe. Und wenn wir Ihr Problem durch die Anschaffung eines Hundes lösen könnten, die Gefühle und den Zwang dadurch kanalisieren, dann wäre das doch fantastisch, oder?"

„Ja, das wäre unglaublich, geradezu phänomenal. Wenn es denn so einfach wäre ..."

„Das Richtige ist oftmals einfach. Oder anders gesagt: Wenn man weiß, wie es geht, ist es immer einfach."

Jakob legte die Stirn in Falten.

Dann schüttelte er den Kopf. „Bitte seien Sie mir nicht böse, Lucy, aber das glaube ich nicht. Einen Hund anschaffen! Nein, das überzeugt mich nicht." Erneut schüttelte er den Kopf, drehte ihn zum Fenster, starrte nachdenklich hinaus, um nach einem Moment des Schweigens hinzuzufügen: „Sie sagten anfangs, es gäbe noch einen anderen Weg."

9

Vor einer guten Stunde hatte Anton noch im Zug gesessen und den umfangreichen Vortrag durchgelesen, den er morgen bei der Internationalen Holzkunstmesse in Ulm halten würde. Doch je näher er dem Ziel seiner Geschäftsreise gekommen war, desto mehr hatte sich eine flüchtige Idee zu einem knallharten Entschluss verfestigt: Er – Anton Wegener – würde hier und heute seinem Leben ein Ende setzen. Er hatte keine Kraft mehr; der enorme Druck, der auf seinen Schultern lastete, raubte ihm jegliche Lebensenergie; ihm wurde alles zu viel. Und er sah keine Möglichkeit, sein verkorkstes Leben geradezubiegen. Er hatte es satt. So satt. Die demütigenden Tagesabschlussbesprechungen, der Dauerdicke-Luft-Zustand seiner Ehe und der Schmerz, keine Zeit für die kleine Ann-Sophie zu haben. Dazu kamen die extremen Migräneattacken, die ihn immer heftiger in immer kürzeren Abständen überfielen.

In Ulm angekommen, hatte Anton sein Reisegepäck an der Rezeption des Hotels abgegeben und war bereit für die letzte Stunde seines Lebens.

Nun stand er – befreit von aller Last – auf dem sonnendurchfluteten Münsterplatz und bewunderte das monumentale Bauwerk. Ein Meisterstück gotischer Baukunst. Vollendet 1890 nach über fünfhundert Jahren Bauzeit, wie er einer Informationstafel entnehmen konnte. Und mit einer Gesamthöhe von 161,53 Metern hatte Ulm den höchsten Kirchturm der Welt, über vier Meter mehr als der Kölner Dom.

Anton ließ seinen Blick zur Turmspitze schweifen. Ganz schön weit bis zur obersten Plattform. Bestimmt hatte man dort eine wunderbare Aussicht auf die Stadt und ihre Umgebung. Perfekt, um sich in den letzten Lebenssekunden frei zu fühlen – wie ein Vogel im Flug. Wie ein Roter Milan im freien Fall die letzten Atemzüge genießen. Ein kaum wahrnehmbares Lächeln umspielte seine für gewöhnlich ernsten Gesichtszüge.

Mit sich im Reinen betrat Anton die dämmrige Kühle des alten Bauwerks, stand überwältigt im mächtigen Mittelschiff und sah sich um: ganz vorne der Chorraum, hinter ihm die Hauptorgel und links neben ihm die von einem Arbeitsgerüst umhüllte Kanzel. Angeblich verschlangen die nie enden wollenden Restaurationsarbeiten pro Jahr mehrere hunderttausend Euro. Allein das momentan stattfindende Abstauben des Schalldeckels über der Kanzel, wo sich in sechzig Jahren eine zwei Zentimeter dicke Staubschicht angesammelt hatte, würde mehr als dreißigtausend Euro kosten, hatte er kürzlich einem Artikel der „Südwestpresse" entnommen. Gerne hätte er die filigrane Arbeit aus Lindenholz mit einer sich wendelnden Treppe im Inneren näher betrachtet und die grazile Handwerkskunst bestaunt, aber die Planen am Arbeitsgerüst ließen keinen Blick zu. Schade.

So schlenderte er gemächlich durch den Mittelgang Richtung Chorraum und bemerkte, dass an den Rückenlehnen der Sitzbänke Scharniere angebracht waren. Diese ließen sich von der einen zur anderen Seite klappen. Dadurch konnte jede Bank in zwei Sitzrichtungen benutzt werden, je nachdem, ob der Altar an der Kanzel oder der im Chorraum im Mittelpunkt des Geschehens stand. Eine raffinierte Idee!

Anton ließ seinen Blick schweifen. Hinauf zum bunt verzierten Deckengewölbe und war ergriffen von der monumentalen Größe des Bauwerkes. Laut Infotafel waren es über vierzig Meter Innenhöhe. Gehalten wurde das Deckengewölbe durch unzählige Pfeiler, die sich in exakt denselben Abständen aufreihten und den majestätischen Mittelgang von den Seitengängen trennte. Auf jedem dieser Deckenstützen war in schwindelnder Höhe ein Podest angebracht, auf dem eine Heiligenfigur stand, die entweder auf die Gläubigen herabsah oder in weite Ferne blickte. Staunend ging Anton weiter und blieb vor einem der Pfeiler stehen. Paulus mit Bibel und Schwert schaute segnend auf ihn. Oder hatte er die Hand zum Gruße erhoben?

Stopp!

Wie ein Stromschlag durchzuckte ihn die Erkenntnis: Der gestreckte Arm mit der nach vorne geöffneten Hand war kein Segenszeichen.

Stopp, Anton, dein Weg führt in die falsche Richtung. Stopp. Kehre um!

Und schlagartig spürte Anton wieder die erdrückende Last seines verkorksten Lebens.

Anton! Kehre um! Jetzt!

Nein. Es ist entschieden.

Anton! Ändere dein Leben!

Haha, Leben ändern. Anton wandte sich ab.

Stopp, rief Paulus ihm hinterher. *Anton!*

Doch der hatte ihm den Rücken zugedreht und eilte mit zügigen Schritten zum nächsten Pfeiler. Dort stand Petrus, der Anführer der christlichen Urgemeinde, ebenfalls mit einer großen Bibel in der rechten Hand. Anschließend Johannes mit entrücktem, himmelwärts gerichtetem Blick. Ihm gegenüber entdeckte er Jakobus. Anton betrachtete die Kirchenheiligen auf ihren Sockeln ausgiebig, ohne Eile. Und die Eindrücke der aus Stein gemeißelten Kunstwerke, die mahnend, gütig oder mitleidvoll von ihrem Sockel herabsahen, übertünchten die flehentlichen Appelle von Paulus.

Schließlich war er im vorderen Teilbereich des Münsters angekommen und das lästige Rufen nicht mehr zu hören. Neugierig betrat Anton den riesigen Chorraum, der gut und gern die Ausmaße einer eigenständigen Kirche hatte, betrachtete ehrfurchtsvoll die tadellos erhaltenen und über fünfhundert Jahre alten Schnitzereien des eichenen Chorgestühls. Das war echtes Kunsthandwerk. Wunderschön! Ihm wurde warm ums Herz. Ja, heute war der perfekte letzte Lebenstag.

Er verließ den Chorraum, wandte sich nach rechts und stand nach wenigen Schritten vor zwei Metallrahmentischen, die mit hellem Sand gefüllt waren, in dem hauchdünne weiße Kerzen steckten. Verwundert erkannte Anton, dass man hier im evangelischen Münster Kerzen gegen Entgelt entzünden konnte. Ein katholischer Brauch, der langsam auch in protestantischen Kirchen Einzug hielt.

Automatisch nahm er eine Kerze aus dem Vorratsfach und warf fünfzig Cent in den Schlitz. Wie ferngesteuert zündete er sie an, stellte sie in das Sandbett und starrte bewegungslos in die Flamme. Warum er das tat? Er wusste es nicht. Vielleicht, weil er es von klein auf gewohnt war, in der Kirche eine Kerze anzuzünden und diese andächtig betend anzustarren. Jetzt wusste er nicht, was er tun sollte. Stumm einen Wunsch äußern? Laut seinen Frust beklagen?

In seiner Kindheit hatte Anton gebetet, Gott alle Wünsche, Sorgen und Ängste mitgeteilt. Und dem Vater im Himmel auch die schönen Erlebnisse erzählt. Doch sein unschuldiger Kinderglaube war einer trüben Leere gewichen und hatte einen schalen Geschmack hinterlassen, weil die zahllosen Gebete unerfüllt geblieben waren. Wie der sehnliche Wunsch nach einer elektrischen Eisenbahn. Papa hatte abends, wenn Anton schlief und vom lichterhellen Weihnachtsbaum und einer strombetriebenen Eisenbahn träumte, eine Holzlok geschnitzt. Das war der Anfang von Kinderspielzeug bei Holz Wegener gewesen. Aber wie inbrünstig hatte Anton sich eine echte Eisenbahn gewünscht mit blauem Trafo, elektrischen Weichen und stromversorgten Haltesignalen.

Auch der Wunsch nach einem Geschwisterchen oder wenigstens einer kleinen Katze hatte sich nicht erfüllt. *Zuviel Aufwand! Zuviel Dreck! Unnötig!* waren stets die Worte seiner Mutter gewesen. Und ja, auch das flehentliche Sehnen nach einer passenden Partnerin war nicht in Erfüllung gegangen. Anfangs schien Gabi die Richtige zu sein, die Erhörung seiner Gebete. Aber inzwischen war auch dieses Hoffen einer inneren Leere und zwischenmenschlichem Unverständnis gewichen.

Keiner seiner Herzenswünsche hatte sich erfüllt. Und somit hatte er eines Tages aufgehört, mit Gott zu reden.

Nun stand er da. Stumm seine brennende Kerze fixierend, bedauerte er sich selbst, sein Leben, diese innere Zerrissenheit, und dass sein kindlicher Glaube unwiderruflich verloren gegangen war.

Und wie er so mit leerem Blick vor sich hinstarrte, begannen seine Hände ganz automatisch die durcheinander gestellten Kerzen zu sortieren. Immer schön eine neben die andere, hinten die größeren, vorn die am weitesten abgebrannten. Jeweils im selben Abstand. Ordnung. Struktur. Normierung. Erleichterung.

Anton atmete auf.

„Schön, dass Sie dem Chaos Einhalt gebieten, Herr Pfarrer", wurde er von der Seite angesprochen. Anton erschrak. Neben ihm stand eine alte Frau mit frisch ondulierten, silbergrauen Haaren, die sich krampfhaft an ihrem Gehwägelchen aufrecht hielt, und ihm ein gütiges Lächeln schenkte.

Irritiert nickte Anton. *Herr Pfarrer*, nur weil man einen dunklen Anzug trägt und Ordnung in ein offensichtliches Durcheinander bringt, schon wird man mit einem Geistlichen verwechselt. Schrecklich diese Oberflächlichkeit! Niemand gab sich mehr die Mühe, zum wahren Menschen durchzudringen. Ein weiterer Grund, sein heutiges Vorhaben durchzuziehen und dem Elend ein Ende zu bereiten.

„Und grüßen Sie die Lucy, Herr Pfarrer."

Lucy? Welche Lucy?

„Ähm ja ... werde ich tun", log Anton.

Das gütige Lächeln wurde zu einem Strahlen: „Danke, Herr Pfarrer, das ist lieb von Ihnen."

„Aber gerne doch", log er weiter.

„Ich wünsche Ihnen einen schönen Tag und viel Erfolg bei Ihrem heutigen Vorhaben. Gottes Segen bei allem, was Sie tun."

Erfolg, ja – Gottes Segen sicher nicht, dachte Anton grimmig und zwang sich zu einem Lächeln. „Ihnen auch einen schönen Tag."

Und während die alte Dame auf wackeligen Beinchen weiterzuckelte, ordnete er die restlichen Kerzen, bis wirklich alle in Reih und Glied standen. Kurz genoss er das Gefühl der inneren Ruhe, das die akkurate Anordnung in ihm ausgelöst hatte und sprach dann doch noch ein stummes Gebet: *Gott, wenn es dich wirklich gibt, dann pass auf meine*

Ann-Sophie auf, wenn ich nicht mehr da bin. Dann drehte er sich abrupt um und verließ zügigen Schrittes das Münster durch den Seitenausgang.

10

„Ja, das ist richtig, Herr Pfarrer, es gibt noch einen anderen Weg. Sie haben gut aufgepasst", wurde er von Lucy gelobt. „Diesen zweiten nenne ich den göttlichen Weg."

„Den göttlichen Weg?" Verdutzt öffnete Jakob den Mund. „Wie habe ich das zu verstehen?"

Lucy tadelte ihn schmunzelnd: „Aber Herr Pfarrer, das sollte Ihnen geläufig sein."

Jakob deutete zwar ein Lächeln an, aber in seinem Kopf rauschte und flimmerte es. Worauf wollte sie hinaus? Was sollte ihm geläufig sein? Das, was Lucy bisher gesagt hatte, war reichlich kompliziert gewesen und nicht wirklich das, was er sich erwartet hatte. Von wegen, alle Gefühle zulassen. Unfug. Und dann dieser Quatsch mit Ursachenforschung und Kanalisierung. Blödsinn. Einen Hund anschaffen! Lächerlich.

Unsanft wurde er aus seinen Gedanken gerissen. „Was sagt denn die Bibel? Das ist doch Ihr Part, Herr Pfarrer."

„Was die Bibel dazu sagt?" Jakob hielt inne. „Das ist mehr als eindeutig: Im 1. Mose, Kapitel 19 werden Sodom und Gomorrha zerstört, dem Erdboden gleichgemacht. Und in Lukas 3, Vers 9 heißt es: *Denn jeder Baum, der keine Früchte bringt, wird umgehauen und ins Feuer geworfen.* Beseitigt. Vernichtet."

Nach einer kleinen Pause murmelte er: „Herr, ich bin nicht würdig, dass du eingehst in mein Haus, aber sprich nur ein Wort, so wird meine Seele gesund."

Wieder hielt er inne, starrte auf seine einbandagierte Hand und dachte: *Ach, wenn Gott doch nur ein Wort zu mir sprechen würde ...*

Es schien, als könne Lucy Gedanken lesen, denn sie sagte: „Durch die Bibel *spricht* Gott doch zu den Menschen. Oder?"

Jakob sah auf. „Sie ist das Wort Gottes, richtig."

Aber Gott könnte doch direkt zu mir sprechen, ärgerte er sich. *Und warum heilt er mich nicht von diesem Übel?* Laut sagte er: „Die Bibel gibt klare Handlungsanweisungen: *Wenn deine Hand dich zum Bösen verführt, dann haue sie ab. Es ist besser mit nur einer Hand in den Himmel einzugehen, als mit zwei Händen ins ewige Feuer der Hölle zu kommen.* Markus 9, Vers 43."

„Und ebenso bei Matthäus 5, Vers 30", fügte Lucy hinzu, „das ist korrekt. Ich möchte allerdings an einer ganz anderen Stelle ansetzen. Könnten Sie sich vorstellen, dass Gott Sie liebt?"

„Gott liebt uns alle, natürlich, aber ..."

„Aber?"

Jakob schüttelte den Kopf. „Aber ... so, wie ich bin, kann er mich doch nicht lieben. Diese widerlichen Gedanken, dieses Toben in mir, diese ..."

„Aber so hat er Sie geschaffen."

Nachdenklich musterte Jakob die kahle Wand seines Krankenhauszimmers.

Als er beharrlich schwieg, fuhr Lucy fort: „Sind Sie gar der Ansicht, er hätte einen Fehler gemacht? Oder anders ausgedrückt: Ist Gott ein Fehler unterlaufen, als er Sie erschaffen hat?"

Was wollte Lucy damit sagen? Gott passieren keine Fehler. Natürlich nicht!

„Ich denke, er hat Sie gemacht, wie Sie sind, weil er Sie genau so haben wollte."

„Das ist ... das wäre ..."

„Er hat Sie nach seinem Ebenbild geschaffen. 1. Mose, Kapitel 1, Vers 27: *So schuf Gott die Menschen, nach seinem Bild.* Ich bin sicher, er wusste, was er tat. *Wir sind der Ton, du bist der Töpfer und wir sind das Werk deiner Hände.*"

„Jesaja 64, Vers 7."

Lucy nickte. „Ebenso Psalm 139: *Du weißt alles über mich, du hast alles in mir geschaffen.*"

„Das ist schön und gut, aber sämtliche Textstellen sind aus dem Alten Testament. Da hat Jesus einiges revidiert", klärte der Priester auf. „Am bekanntesten ist der Satz: *Auge um Auge, Zahn um Zahn* aus dem Alten Testament. Das zum Beispiel wurde von Jesus abgeändert in: *Wenn jemand dich auf die eine Wange schlägt, dann halte ihm auch die andere hin.*"

„Aber ist nicht die Kernaussage dieselbe geblieben? Gott hat den Menschen geschaffen, und er liebt ihn, so, wie er ist." Lucy sah ihn mit gütigen Augen an. „Und ich bin sicher, dass Gott auch Sie liebt, Herr Pfarrer, und zwar genau so, wie Sie nun mal sind."

Wieder starrte Jakob die kahle Wand an und schwieg. Gelegentlich schüttelte er den Kopf und seufzte.

„Was ist das wichtigste Gebot?", hörte er Lucy. „Was steht dazu im Neuen Testament?"

Das wichtigste Gebot? Das wurde Jesus eines Tages von den Pharisäern und Gesetzesgelehrten gefragt. Eine berechtigte Frage. Hatte aber nichts mit ihm zu tun.

Mehrere Bibelstellen wirbelten durch Jakobs Kopf. Ehe er sie ordnen konnte, ergriff Lucy abermals das Wort: „*Du sollst den Herrn, deinen Gott, lieben, von ganzem Herzen, mit ganzer Seele und mit all deinen Gedanken!*"

„Matthäus 22, Vers 37."

„Genau, Herr Pfarrer. Sie sind bibelfest, wie es sich für einen guten Priester gehört."

Lucy zwinkerte ihm zu.

„Und anschließend heißt es – das wissen Sie natürlich auch: *Ein weiteres ist genauso wichtig: Liebe deinen Nächsten, wie dich selbst.* Daraus können gerade Sie als Priester erkennen, dass es elementar ist, sich selbst zu lieben, sich selbst anzunehmen."

Aber wie könnte ich mich selber annehmen, geschweige denn lieben, wenn ich so bin, wie ich bin. Nein, so kann Gott mich nicht gewollt haben. Nicht mit meinen gravierenden Fehlern und Mängeln ... dieser quälenden Versuchung ... ein widerwärtiges Scheusal, das ich bin.

Wieder zog Lucy ihn aus seinen Gedanken. „Es ist oftmals leichter, andere anzunehmen, aber es ist elementar, auch sich selbst zu lieben und anzunehmen."

Jakob seufzte.

„Gott, seine Mitmenschen und sich selbst zu lieben, ist gleichermaßen wichtig. Das ist eine enorme Aufgabe. Ich weiß. Denn das bedeutet, sich mit sich selbst zu versöhnen, trotz der Tatsache, fehlerbehaftet zu sein."

Jakob seufzte erneut und schaute Lucy hilflos an.

„Als Pfarrer, als Mensch des Glaubens", sprach diese weiter, „sollten Sie sich uneingeschränkt, vollkommen und bedingungslos von Gott geliebt fühlen."

Jakob seufzte ein weiteres Mal. *Die hat gut reden!*

„Wie Sie sehen, Herr Pfarrer, sind wir wieder bei der Liebe gelandet. Gott ist Liebe. Bedingungslose Liebe. Er liebt Sie, wie Sie sind. Dessen sollten Sie sich bewusst sein. Er verurteilt Sie nicht. Und wenn *er* es nicht macht, sollten Sie es auch nicht tun." Nun sah sie ihm direkt in die Augen, mit diesem Blick, mit dem auch Pater Gerold ihn angeschaut hatte – damals. „Wenn *er* Sie liebt, sollten auch *Sie* sich lieben."

Nachdenklich nickte Jakob. Mit versteinertem Gesicht, die Augen starr auf die kahle Wand gerichtet, dachte er über das Gehörte nach.

Eine geraume Zeit saßen die beiden schweigend. Lucy beobachtete ihn und sah förmlich, wie sein Gehirn arbeitete, Gedanken ratterten und neue Erkenntnisse versuchten, sich zu ordnen.

„Das war nun ziemlich viel für Sie, Herr Pfarrer. Schlafen Sie doch ein bisschen, das wird Ihnen gut tun."

Daraufhin nahm sie Block und Stift vom Tisch, packte alles in ihre große braune Tasche und verabschiedete sich mit einem aufmunternden Lächeln. „Es war schön, mit Ihnen geredet zu haben, Herr Pfarrer."

11

Mit verkniffenem Mund und in Gedanken weit weg saß Jule an einem der Puzzletische und hielt ein Teilchen in den rastlosen Händen. Drehte und wendete, legte es von rechts nach links, zwirbelte mit Daumen und Zeigefinger daran herum, wechselte von der einen zur anderen Hand und wieder zurück. Ohne davon Notiz zu nehmen. Ohne hinzusehen, was die Finger taten.

Vor einer Stunde hatte sie ein zwanzigteiliges Puzzle aus dem Schrank geholt und sich an einen der vielen Tische gesetzt. Seither hockte sie dort, gedankenversunken, immer noch das gleiche Puzzlestück in den Händen. Grübelnd und mit leerem Blick auf den ihr gegenüberstehenden freien Stuhl. Die kastanienbraunen Haare waren fettig und hingen ihr ungepflegt ins Gesicht. Eine Dusche wäre dringend nötig. Aber dazu konnte sie sich nicht aufraffen. Seit Tagen nicht. Jule fühlte sich schlaff und kraftlos. Auch von ihrer üppigen Lockenpracht war nichts zu sehen. Keine einzige fröhlich-freche Locke kringelte sich über die Stirn. Alles an Jule war schlaff und kraftlos. Kein Wunder: Ein eiserner Schraubstock hatte ihr Inneres umschlossen und rigoros Energie und Lebensfreude herausgepresst.

Jule seufzte.

Wie schnell sich alles ändern konnte. Vor kurzem noch euphorisch im Wartezimmer ihres Frauenarztes, nun geistesabwesend an einem der weißen Kunststofftische im Mittelbau der *Psychosomatischen und Psychiatrischen Klinik am Bergsee* in Bad Schwäbisch Weiler, beim vergeblichen Versuch ein zwanzigteiliges Pipifax-Puzzle zu machen. Eben noch glücklich und alles im grünen Bereich – im nächsten Augenblick in der Klapse. Warum? Wieso? Und weshalb ich? Ihre Gedanken wirbelten hilflos durcheinander.

An jenen Schicksalstag erinnerte Jule sich ganz genau, als sie im Wartezimmer gesessen und sich auf das erste Ultraschallbild des Winzlings in ihrem Bauch gefreut hatte, der ihr bisheriges Leben auf den Kopf hätte stellen sollen. Ja, ihr Leben hatte sich auf den Kopf gestellt! Aber auf tragische Weise. Jule konnte es immer noch nicht fassen, was der Ultraschall ergeben hatte: In ihrer Gebärmutter hatte sich kein Baby, sondern ein faustgroßer Tumor eingenistet. Ein Leiomyosarkom. Ein bösartiges Myom. Und, typisch für dieses fiese Geschwulst, dass es sich durch keinerlei Beschwerden verraten hatte, sondern in aller Heimlichkeit rasant gewachsen war. Die Erkenntnis, dass ihre Gebärmutter entfernt werden musste und sie niemals ein eigenes Kind haben würde, hatte sie mit der Wucht eines startenden Düsenjets getroffen und in einen Abgrund düsterer Trauer gestoßen.

Die OP und die anschließende Zeit waren in schwarzem Nebel versunken. Alle Erinnerungen daran nur schemenhaft und verschwommen. Das war auch gut so, denn die drei Termine in der strahlentherapeutischen Abteilung der Uniklinik waren demütigend für Jule gewesen. Mit nacktem Unterleib hatte sie auf einem gynäkologischen Stuhl zusehen müssen, wie man ihr einen Stift mit radioaktiver Substanz eingeführt hatte. Die Alphastrahlung würde die Wahrscheinlichkeit eines Rezidivs verhindern, hatte man ihr erklärt. Nebenwirkungen hatte die Behandlung keine gehabt, aber das entwürdigende Gefühl schutzlos der kalten Technik ausgesetzt zu sein, würde sie nie vergessen.

Eddie hatte sich bemüht sie zu trösten, indem er fortwährend betont hatte, dass Kinder nicht das Wichtigste im Leben seien und sie beide auch ohne glücklich sein konnten. Als sich Jules Zustand allerdings nicht verbesserte, wurde er auf kränkende Weise mürrisch und zunehmend kurz angebunden – wohl seine Art, mit der Trauer umzugehen.

Bei Jule war der Schmerz über den Verlust immer mächtiger geworden und hatte ihr Herz mit Traurigkeit geflutet, gleichzeitig war zäher schwarzer Nebel in jede Zelle eingedrungen und hatte sie in ein Loch aus gespenstischer Hoffnungslosigkeit gestürzt. Wie lange dieser Zustand angehalten hatte, wusste sie nicht. Erst hier in der Klinik hatte das klebrige Schwarz widerwillig angefangen, sich zu lichten. Die verabreichten Medikamente zeigten Wirkung und in zögerlichem Schneckentempo hatte Jule Stück für Stück angefangen, ihre Umwelt wieder wahrzunehmen.

Gestern war sie von der geschlossenen Abteilung auf die offene Station umgezogen und hatte den ersten Tag und die erste Nacht in einem komfortablen Einzelzimmer mit Blick auf den mit Buchs und Bambus bepflanzten Innenhof verbracht. Sie hatte gehofft, dass Eddie zu Besuch käme, um sie liebevoll in seinen Armen zu wiegen. Doch der hatte über die Pflegestation ausrichten lassen, dass er niemals ein Irrenhaus betreten würde.

Nun saß sie gedankenverloren an diesem Tisch und zernudelte ein hilfloses Puzzleteil. Es würde ein langer Weg werden, zurück in eine lebenswerte Normalität.

12

Anton hatte das Münster umrundet und ausgiebig von allen Seiten betrachtet. Nun machte er sich auf die Suche nach dem Ticketautomaten, kaufte eine Eintrittskarte zur Turmbesteigung und begann den Aufstieg. Laut Informationstafel siebenhundertachtundsechzig Stufen bis zum Turmkranz.
1, 2, 3, ... fing er an zu zählen.
15, 16, 17. Erstaunlich, wie eng sich die schmale Treppe nach oben schraubte.
32, 33, 34. Platzangst sollte man hier besser keine bekommen und Gegenverkehr wäre ein Problem.
57, 58, 59. Nur gut, dass Aufstieg und Abstieg in getrennten Wendeltreppentürmchen verliefen.
83, 84, 85. Hochkonzentriert zählte er. Jede einzelne Treppenstufe.
123, 124, 125. Setzte rhythmisch einen Fuß vor den anderen.
139, 140, 141. Zusammen mit den immer gleichen, monoton sich wendelnden Steinstufen, hatte dies eine beruhigende Wirkung.
174, 175, 176. Beinahe meditativ.
213, 214, 215. Je höher er kam, desto freier fühlte er sich. Und immer weniger Gedanken schwirrten durch seinen Kopf. Eine wohlige Leichtigkeit und Unbeschwertheit erfasste ihn, wie er sie lange nicht mehr verspürt hatte. Alle Probleme schienen vergessen. Wieder umspielte ein kaum wahrnehmbares Lächeln seine Gesichtszüge.

Leider war dieser Zustand nur von kurzer Dauer, denn bei Stufe 253 kam er ins Schwitzen und bei Stufe 272 ging ihm die Puste aus. Bei Stufe 307 angelangt, rang er nach Luft. Anton blieb stehen, schaute auf die goldene Uhr am Handgelenk, ein Erbstück seines Vaters, und überprüfte mit Hilfe des Sekundenzeigers seinen Puls. Über hundertvierzig. Ein Suizid war anstrengender als gedacht.

Ungeduldig wartete er, bis der Herzschlag wieder in einem akzeptablen Bereich war, und ging dann mit gedrosseltem Tempo weiter. Von Zeit zu Zeit gönnte er sich einen Blick durch die vergitterten Fenster, die an der Außenseite der Treppenhaustürmchen angebracht waren, und die Sicht auf den Münsterplatz freigaben.

Obwohl er seine Schrittfrequenz verlangsamt hatte, kam er erneut außer Puste, so dass er bei jedem Fensterchen, also nach jeder vollen Wendelung, eine kleine Verschnaufpause einlegte.

Anton genoss den sich stets ändernden Blick auf den Münsterplatz mit den durcheinanderwuselnden Menschen. Menschen so groß wie Ameisen.

Doch trotz dieser Atempausen war sein Puls weiterhin zu hoch. Inzwischen hatte er sogar den Krawattenknoten gelockert und die Krawatte baumelte stillos am Hals. Wenn das Mutter sehen würde.

Mit jeder weiteren Runde wurde er noch langsamer und langsamer.

Bis er nurmehr im Schneckentempo vorankam. Ärgerlich.

Andererseits hatten seine Augen jetzt Zeit für die kleinen Details am Rande. Und erstaunt stellte er fest, dass alle Stufen exakt gleich hoch waren und je nachdem, ob man seinen Fuß weiter innen oder außen aufsetzte, man ganz individuell die Schrittlänge dem eigenen Empfinden anpassen konnte.

Auf einer Stufe entdeckte er ein zerknülltes Kaugummipapier, achtzehn Stufen weiter ein weggeworfenes Papiertaschentuch. Später einen ausgespuckten Kaugummi. Mitten auf der Trittfläche. Sauerei. Solche Hinterlassenschaften verschandeln den ehrwürdigen Eindruck eines sakralen Bauwerks! Ebenso die unmögliche Sitte, Wände zu bekritzeln oder an die Fenstergitter Freundschaftsschlösser anzubringen. Was sich manche Leute doch erlaubten! Unverschämt.

Verärgert setzte er seinen Weg nach oben im Schneckentempo fort.

424, 425, 426. Leises, kontinuierlich lauter werdendes Geschnatter kündigte eine sich nähernde Schulklasse an.

444, 445, 446. Die wild durcheinanderschreienden Knirpse hatten eine deutlich bessere Kondition und waren ihm bald auf den Fersen.

451, 452, 453. Anton legte einen Zahn zu. Doch sein sprunghaft in die Höhe schnellender Puls machte ihm einen Strich durch die Rechnung. Zwangsläufig verfiel er wieder in sein Schneckentempo.

Bei Stufe 462 hatten sie ihn eingeholt. Er versuchte, sich nicht beirren zu lassen, und zählte hochkonzentriert weiter.

Aber Lärm und Gedränge in seinem Rücken machten ihn nervös. Bei Stufe 483 ließ er sie schließlich passieren. Oder war es Stufe 484? Himmelherrgott nochmal! Jetzt wusste er nicht mehr, wo er war. Grimmig schaute Anton die lärmenden Schüler an, die sich einzeln an ihm vorbeiquetschten, und stapfte dann missmutig weiter. Das Zählen nahm er wieder auf, doch die innere Ruhe war dahin.

Oben angekommen bemerkte er, dass er sich um eine Stufe verzählt hatte. Hätte er die lärmende Bande nur nicht vorbeigelassen, ärgerte er sich.

Es dauerte, bis Anton sich wieder beruhigt hatte und den Ausblick genießen konnte, der sich ihm von der obersten Plattform aus bot: Zu seinen Füßen lagen die Dächer der Altstadt. Dazwischen der Münsterplatz. Dort die Donau, die Baden-Württemberg von Bayern trennt, und dahinter Neu-Ulm. Wunderschön.

Und diese Weitsicht!

Da Föhnwetter herrschte, konnte man mit bloßem Auge bis zu den Alpen sehen. Dort links, das müsste die Zugspitze sein. Ein atemberaubendes Panorama und der perfekte Ausblick für die letzten Lebensminuten.

Endlich war die lärmende Schulklasse auf dem Rückweg nach unten und Anton alleine auf der Plattform. Ein letzter Blick auf das gigantische Alpenpanorama. Dann war es soweit: Wenige Augenblicke trennten ihn vom Sprung in die Tiefe. Allein die Abschrankung aus Stahl war noch zu überwinden.

Er setzte den rechten Fuß auf einen Mauervorsprung und umschloss mit beiden Händen die kühlen Metallstreben des Absperrgitters. Ein heißer Adrenalinstoß durchzuckte seinen Körper. Anton drückte sich nach oben. Sein linker Fuß fand eine passende Trittfläche und ein weiterer Adrenalinstoß verlieh ihm die erforderliche Kraft, sich höher zu ziehen. Es war anstrengender als gedacht, aber das pulsierende Adrenalin gab ihm die nötige Energie. Ein weiterer Tritt, ein kräftiger Zug nach oben. Noch ein winziges Stück, dann wäre das Absperrgitter überwunden.

„Was machst du da?"

Anton hielt erschrocken inne und blickte über seine Schulter.

„Was machst du? Ich will auch da hochklettern. Hilfst du mir?", plapperte ein kleines Mädchen auf ihn ein. Die Ärmchen hatte es nach oben gestreckt und sah ihn erwartungsvoll an. Nun hüpfte es aufgeregt in die Luft. „Bitte! Bitte!"

Wo kam die denn plötzlich her? Mist. Jetzt konnte er nicht springen. Nicht wenn die Kleine zusah.

Vor Ärger und Anstrengung heftig atmend, ließ Anton sich auf den sicheren Boden gleiten und betrachtete seufzend das etwa vierjährige Mädchen, das ihn mit in die Luft gestreckten Ärmchen freudig anstrahlte. „Heb mich hoch, ich will die Berge sehen."

„Lucylein, Schätzelchen, wo bist du denn? Du sollst doch nicht einfach wegrennen", drang eine besorgte Frauenstimme aus dem Treppenhaustürmchen. „Ach, da bist du ja, mein Schätzelchen! Was machst du denn? Du sollst doch nicht mit fremden Leuten sprechen. Der Mann will bestimmt nicht gestört werden. Komm! Komm her zu mir."

Und an Anton gewandt, der bleich am Absperrgitter lehnte, meinte sie: „Bitte entschuldigen Sie meine Tochter, sie ist ein Wildfang ... Aber, was ist mit Ihnen? Geht es Ihnen nicht gut? Sie sind ganz weiß im Gesicht. Brauchen Sie Hilfe?"

„Mir ist nicht zu helfen", murmelte Anton, drängelte sich an den beiden vorbei und stürmte zur Treppe.

13

Immer noch saß Jule am Puzzletisch, fingerte am selben Teilchen und starrte mit leerem Blick auf den ihr gegenüberliegenden freien Sitzplatz. In den Klinikalltag hatte sie sich eingelebt und dank der Medikamente fühlte Jule sich einigermaßen stabil. Deshalb sollte sie ab heute im Speisesaal essen und ab Montag an weiteren Therapien und Gruppenstunden teilnehmen. Vor beidem graute ihr. Denn bisher hatte Jule alle Mahlzeiten alleine auf ihrem Zimmer eingenommen. Sie war noch nicht bereit, mit anderen in Kontakt zu treten. Und schon gar nicht, mit wildfremden Leuten über ihre Leidensgeschichte zu sprechen. Doch Jule hatte die Ärzte nicht umstimmen können. Die behaupteten nämlich, dass Gruppenstunden nötig seien und auf dem Genesungsweg weiterhelfen würden, und rechtfertigten ihre Vorgehensweise mit einem wissenschaftlich nachgewiesenen Nutzen bei seelischen Heilungsprozessen. Außerdem seien die Mitpatienten nett, so dass sie wirklich keine Bedenken zu haben brauche.

Ja, ja, höhnte eine Stimme in ihrem Kopf, *die haben gut reden. Typisch Ärzte halt. Bei denen ist immer alles Friede, Freude, Eierkuchen.* Jule seufzte. Okay, in einem Punkt musste sie ihnen recht geben. Der Umgang der Patienten untereinander war zuvorkommend und freundlich. Jedem schien klar zu sein, dass der andere, genau wie man selbst, ein kranker Mensch mit Problemen war, dem man mitfühlend und nachsichtig gegenübertrat. Rational betrachtet gab es keinen Grund, sich vor Montag und dem erweiterten Therapieangebot zu fürchten. Auch war sie darüber aufgeklärt worden, dass die Patienten ausnahmslos per Du untereinander waren, was den Kontakt erleichtern und gleichzeitig eine gewisse Anonymität schaffen sollte. Schließlich stand der kranke Mensch als solcher im Mittelpunkt. Völlig unwichtig, ob das Gegenüber im wahren Leben ein hochdotierter Professor war, eine freischaffende Künstlerin oder sich als Reinigungskraft einer öffentlichen Toilette über Wasser hielt. Das Konzept der Klinik baute darauf auf, dem Menschen als Mensch und auf Augenhöhe zu begegnen.

Immer noch spielten Jules Finger mit besagtem Puzzleteil, als sie aus dem Augenwinkel eine Bewegung wahrnahm. Jemand setzte sich auf den freien Stuhl.

„Hallo ... du bist neu hier. Ich bin Raffael."

Verwundert blickte sie auf. Ihr gegenüber hatte ein deutlich jüngerer Mann im Trainingsanzug Platz genommen und lächelte sie an.

„Ich war gerade auf dem Weg in die Turnhalle", plapperte er drauf los, „ein paar Körbe werfen. Aber da ist gerade die Therapie *Bewegung und kreativer Tanz für Frauen* und so muss ich zehn Minuten warten." Wieder lächelte er sie freundlich an. „Darf ich mich setzen? Also ich meine, dir zugucken, solange ich warte, sitzen tue ich ja schon."

Und als Jule kaum merklich nickte, fuhr er fort: „Ich bin schon ein paar Mal hier vorbeigelaufen. Du sitzt bereits eine ganze Weile vor den Teilen. Ich bin ja nicht so der Puzzler, aber wenn ich dir einen Tipp geben darf, das Ding, das du in der Hand hast, sieht aus wie ein Eckteil. Und da es blau ist, schätze ich, dass es der Himmel ist, also rechts oder links oben hingehört."

Jule löste sich aus ihrer Gedankenstarre und zwang sich zu einem höflichen: „Ich bin Jule." Dann begutachtete sie das Puzzlestück in ihrer Hand und nickte. „Ja, du hast recht:

ein Eckteil." Und entschuldigend fügte sie hinzu: „Ich habe seit Ewigkeiten nicht mehr gepuzzelt und mir gedacht, dass so ein 20-Teile-Puzzle ein guter Anfang wäre und schnell gemacht ist. Aber Fehlanzeige. Ich kann mich einfach nicht konzentrieren. Ist ganz schön ... frustrierend, wenn man nicht mal ein Mini-Pipifax-Puzzle schafft."

„O ja. Das glaube ich. Aber mach dir nichts draus, so geht es den meisten hier. Je mehr man seinen Gedanken nachhängt, desto weniger kann man oder auch frau sich konzentrieren und desto schwerer fällt es einem, ein Puzzle zu machen. Deshalb glaube ich, dass es Absicht ist, dass es hier so viele Puzzles gibt. Vermutlich eine wissenschaftlich innovative Erkenntnis für den schnelleren Heilungsprozess oder gesundheitsfördernde psychologische Methodik oder so was. Also, Konzept der Klinik halt."

Ach, deshalb dieser Schrank mit Puzzeln in jeglicher Größe, Farbe, Form und Schwierigkeitsgrad.

„An dem Puzzle hier", Raffael zeigte auf ein ziemlich großes Puzzle, welches rechts neben Jule lag und auf seine Fertigstellung wartete, „ist Dörte dran. Die hat auch ganz klein angefangen und macht nun ein tausendteiliges Megadings. Wahnsinn!"

Kopfschüttelnd betrachtete Jule das fast fertige Puzzle: ein richtiges Wimmelwuselsuchbild mit einer Fülle an Gegenständen in sämtlichen Farbschattierungen. Ihr wurde ganz schwummerig beim Draufschauen. *Kurioses Küchenregal von Colin Thompson* war auf dem dazugehörenden Karton zu lesen, welcher neben dem Puzzle aufgestellt war und als Vorlage für den Zusammenbau diente. Ein tolles Bild. Aber so ein Puzzle würde sie niemals hinkriegen.

„In welcher Gesprächsgruppe bist du? Ich bin in GELB", plauderte Raffael weiter.

„GELB?" Jules verständnisloser Blick sprach Bände.

„Ach, das hat dir noch keiner erklärt? Na, dann mach ich das mal", strahlte er und eine makellose Zahnreihe kam zum Vorschein. „Also, jeder Patient hier in der Klinik ist in einer solchen Gesprächsgruppe. Der Übersichtlichkeit halber hat jede Gruppe eine andere Farbe. Ich bin in GELB. Dann gibt es noch ROT, GRÜN, BLAU, ORANGE und so weiter. Wir GELBEN sind eine tolle Truppe, wir sehen uns nicht nur in der Therapiestunde, sondern sitzen auch bei den Mahlzeiten zusammen am Tisch, und am Wochenende unternehmen wir gemeinsam was. Fast wie eine Familie." Das schien ihn sichtlich zu freuen, denn er nickte unterstützend.

„Aha". Jule nickte ebenfalls, aber wusste nicht, ob sie das alles gut oder beängstigend finden sollte. „Und woher weiß ich, in welcher Gruppe ich bin?"

„Das steht in deinem Therapieplan."

„Aha." Sie nickte wieder.

„Du hast doch einen?", hakte Raffael nach.

„Ähm, nein. Bisher nicht."

„Normalerweise müsstest du einen haben."

„Keine Ahnung." Jule zuckte hilflos mit den Schultern.

„Jeder Patient, der nicht in der geschlossenen Abteilung ist, bekommt einen speziell auf ihn zugeschnittenen Therapieplan", erklärte er. „Da stehen alle Anwendungen und Termine drauf. Und der wird jede Woche neu angepasst. Auch in welcher Gesprächsgruppe du bist, steht da drauf."

„Und woher kriege ich so einen Plan?"

„Heute ist Freitag. Der Therapieplan für die kommende Woche liegt immer freitags ab achtzehn Uhr in deinem Postfach. Am besten du guckst nach dem Abendessen mal rein. Dann weißt du, was ab Montag auf dich zukommt.

Und vielleicht bist du ja auch in GELB. Würde mich freuen." Raffael sah auf seine Armbanduhr. „So, dann geh ich mal weiter. Ich schätze, der Kurs sollte nun fertig sein."

Zum Abschied lächelte er Jule noch einmal zu. „War nett, mit dir zu plaudern." Und verschwand in Richtung Turnhalle.

Überrascht stellte Jule fest, dass ihr diese seichte Unterhaltung und das freundliche Lächeln des wildfremden Menschen gutgetan hatten. Und erstaunt registrierte sie auch, dass der Schraubstock, der ihr Inneres so unerträglich zusammenquetschte, sich um den Bruchteil eines Lichtstrahles gelockert hatte. Der winzige Ansatz eines Lächelns huschte über ihr seit Wochen verhärmtes Gesicht.

14

Wieder saß Franz Messerle im Patientenzimmer von Jakob. Vor ihm auf dem Tisch lag dessen Krankenakte.

„Soweit sieht alles ganz gut aus", meinte der Chefarzt. „Wir können dich morgen entlassen. In drei Wochen möchte ich dich allerdings wieder sehen, außer du hast Schmerzen oder irgendetwas Ungewöhnliches, dann kommst du früher vorbei. Und bis dahin heißt es schonen, schonen, schonen."

Franz Messerle machte eine Notiz in die Krankenakte.

„Hast du noch Fragen?" Er sah Jakob ungewöhnlich kalt und distanziert an.

Der überlegte kurz, ob er dazu etwas sagen sollte, meinte dann aber: „Nein, Fragen habe ich keine. Aber bedanken wollte ich mich bei dir, wegen Lucy."

„Lucy?" Der Chefarzt zog die rechte Augenbraue nach oben.

„Ja, Lucy. Eine bemerkenswerte Frau, die du mir da geschickt hast. Ich bin sicher, dass –"

„Was erzählst du da, Jakob?", wurde er unterbrochen.

„Na, du hast doch –"

„Welche Lucy?" Franz Messerle sah ihn beinahe empört an.

„Aber ..."

Mit zusammengezogenen Augenbrauen taxierte der Chefarzt seinen Patienten.

Und unwirscher als nötig erklärte er: „Unser Psychologe hat noch zwei Wochen Urlaub. Danach kriegst du deinen Termin. Eine Lucy arbeitet hier nicht."

Jetzt musterte er ihn mit durchdringendem Blick. Dann schaute er noch einmal in die Krankenakte. Und nach einigen Augenblicken absoluter Stille fragte Franz Messerle etwas versöhnlicher: „Sollen wir dich lieber noch ein paar Tage hierbehalten, zur Beobachtung?"

„Nein, schon gut, das passt morgen mit der Entlassung", entschied Jakob und versuchte, sich seine Verblüffung nicht anmerken zu lassen.

„Gut, dann machen wir das so." Ein weiteres Mal musterte der Chefarzt seinen ehemaligen Schulkameraden mit diesem durchdringenden Blick, öffnete kurz den Mund, als wolle er noch etwas sagen, überlegte es sich aber anders, machte eine Notiz, schloss die Akte und verließ kopfschüttelnd das Patientenzimmer.

Kaum hatte sich die Tür mit einem lauten Rums geschlossen, hämmerte in Jakobs Kopf die Frage: Wer ist Lucy?

15

Zarte Sonnenstrahlen verirrten sich durch die teuren Vorhänge und malten winzige Konturen auf den edlen Fußboden. Langsam kam Anton zu sich. Wo war er? Im Himmel? Nein! Sein Schädel schmerzte. Ein hämmerndes Pulsieren. Im Krankenhaus vielleicht? Vorsichtig tastete er den Kopf ab. Kein Verband. Also musste er zuhause sein. Langsam öffnete er das rechte Auge. Ein beißender Schmerz ließ ihn aufstöhnen. Schnell wieder zu. Nach einer gefühlten Ewigkeit ein neuerlicher Versuch. Das wenige Morgenlicht, das trotz der zugezogenen Vorhänge ins Zimmer drang, bohrte sich schmerzhaft in seine Sehnerven. Sofort verdoppelte sich das unglaubliche Dröhnen oberhalb der rechten Schläfe. Typische Anzeichen einer Migräneattacke. Anton seufzte. Migräne. Mal wieder.

Mit geschlossenen Augen fingerte er nach der Packung mit Tabletten, die für solche Fälle immer in der obersten Schublade seines Nachttisches bereit lag. Doch das Schubfach war leer. Verwundert tastete er weiter. Sein aufkeimender Ärger wandelte sich in Irritation. Weder die Migränetabletten noch ordentlich gebügelte, in Türmen zu exakt zehn Stück aufgestapelte Herrentaschentücher waren zu finden. Hier stimmte etwas nicht.

Starr auf dem Rücken liegend und jede weitere Bewegung vermeidend, blinzelte Anton durch die halb geschlossenen Augen. Der Schmerz war unerträglich. Ohne den Kopf unnötig zu bewegen, scannte er sein Blickfeld. Was er sah, irritierte ihn: zartgrüne Zimmerdecke und sattgrüne Vorhänge.

Zäh tröpfelte die Erinnerung in sein migränegeplagtes Bewusstsein: Internationale Holzkunstmesse. Ulm. Hotelzimmer. Kein Wunder also, dass das Schubfach leer war. Anton fluchte. Hoffentlich hatte Gabi beim Kofferpacken nicht vergessen, Migränetabletten in den Kulturbeutel zu stecken. Ohne die wäre der heutige Tag gelaufen.

Mit zusammengekniffenen Augen schälte er sich aus den Laken und tastete sich in Richtung Badezimmer. Sachte setzte er einen Fuß vor den anderen, sorgfältig darauf bedacht, unnötige Erschütterungen zu vermeiden.

Im Kulturbeutel lag griffbereit die Schachtel mit den Migränetabletten. Gut. Anton tastete zum Zahnputzbecher und füllte diesen mit kaltem Leitungswasser. Aaargh, ein Geräusch ... wie ein tosender Wasserfall! In schnellen Schlucken trank er die Tablette hinunter.

Die Augen weiterhin geschlossen, tappte er zurück zum Bett, ließ sich auf die viel zu weiche Matratze sinken und hoffte, dass die Wirkung bald einsetzte und dem Schmerz ein Ende machte. Doch es dauerte eine gefühlte Ewigkeit, bis die Chemie seine hämmernden Kopfschmerzen in den Griff bekam. Erst kaum merklich. Doch Anton seufzte vor Erleichterung.

Je weiter die Tablette ihre Wirkung entfaltete und das dumpf dröhnende Pochen in seinem Kopf einfing, desto mehr befreiten sich allerdings lärmende Gedanken und bohrten sich wild rotierend in sein Bewusstsein. Schwer Verdauliches stürmte auf ihn ein und plärrte lautstark durcheinander. Gequält stöhnte Anton auf. Und je massiver sich die kreischenden Monster in seinem Kopf festsetzten, desto mehr kam er zu der Erkenntnis, dass Migräne das angenehmere Übel gewesen wäre.

Denn: Geschäftlich wie privat lief alles schief. Angefangen mit den verheerenden Quartalszahlen – wenn die nicht ganz schnell mit Hilfe einer guten Geschäftsidee nach oben gingen, drohte der Firma Holz Wegener eine baldige Insolvenz –, über den ständigen Ärger mit seiner Mutter – die immer noch eisern die Fäden bei Holz Wegener in der Hand hielt –, bis zu seiner Ehe mit Gabi, die alles andere als glücklich war. Ein Kampf an vielen Fronten, ein Kampf, der ihn überforderte.

Wie alles begonnen hatte? Schwer zu sagen. Irgendwie hatte Anton den Eindruck, dass sein verkorkstes Leben bereits mit dem viel zu frühen Tod seines Vaters eingeleitet worden war. Anton war gerade mal acht Jahre alt gewesen, als ein Baumstamm vom Laster gerutscht und seinen Vater tödlich verletzt hatte. Ein tragischer Betriebsunfall. Seither hatte Mutter bei Holz Wegener alle Fäden in der Hand gehabt. Ja, sie hatte Tag und Nacht für die Firma geschuftet und für ihn, den damals kleinen Anton, damit er eines fernen Tages das Erbe seines Vaters antreten könne. Für Zuwendung und Gefühle war keine Zeit gewesen. Aber fairerweise musste man zugeben, dass sie den Betrieb souverän durch Hochs und Tiefs der Holzkunstbranche geführt hatte.

An ihrem sechsundsechzigsten Geburtstag hatte Rita Wegener sich offiziell aus der Firmenleitung zurückgezogen und unter viel Tamtam ihrem damals vierunddreißigjährigen Sohn die Firma übergeben. Seit nunmehr sieben Jahren war er, Anton Matthäus Wegener, Sohn von Martin Wegener und Enkel des Firmengründers Matthäus Wegener, offiziell Inhaber und alleiniger Firmenchef bei Holz Wegener. Die Wirklichkeit sah anders aus, denn immer noch stand alles unter der Fuchtel seiner Mutter.

Jeden Abend, Schlag achtzehn Uhr, musste er ihr Rechenschaft abgeben – die schlimmsten fünfundvierzig Minuten des Tages. Anton fühlte sich mehr als Laufbursche denn als Unternehmer. Für eigene Ideen ließ sie ihm keinen Raum. Dabei klang Wood und Wellness Wegener vielversprechend. Und irgendetwas musste getan werden, sonst würde der Traditionsbetrieb den Bach runtergehen. Die Zahlen sahen wirklich schlecht aus. Das letzte Quartal war verheerend gewesen. Nur gut, dass Mutter bei der letzten Besprechung gedanklich mit dem Seniorenausflug beschäftigt gewesen war, sonst wäre er nicht so ungeschoren davongekommen.

Warum war sie auch so dickköpfig? Das neue Projekt könnte ihre Rettung sein. Wood und Wellness Wegener! Sogar der erzkonservative und jegliches Risiko scheuende Steuerberater hatte es für gut befunden und zahlenmäßig abgesegnet. Aber darauf gab sie keinen Deut. Stattdessen musste sie immer noch mitmischen. Und wollte partout nicht einsehen, dass die Zeiten sich grundlegend geändert hatten: Heute arbeitete man mit Computern und mit einer ausgefeilten Website. Alles Dinge, die sie mit einem empörten Schnauben wegwischte. „Moderner Unfug."

Und dann dieses *Mami*. Wie er es hasste! Aber er kam gegen sie nicht an. Seine Mutter war zu dominant. Und zu einer offenen Auseinandersetzung fehlten ihm der Mut und auch die Kraft.

Anton seufzte. Sein migränegeplagter Kopf wummerte. Und … als wenn das nicht genug an überflüssigen Problemen wäre, die Energie und Nerven kosteten, war da noch der ständige Ärger mit seiner Ehefrau. An allem nörgelte Gabi herum. Nichts konnte Anton ihr recht machen. Und dieser Tonfall, in dem sie mit ihm redete – wie mit einem Kleinkind. Gut, Gabi war vor ihrer Heirat mit Leib und Seele Erzieherin gewesen, aber Herrgott nochmal, er war ein einundvierzigjähriger, erwachsener Mann und kein Kindergartenkind.

Im Bett lief auch schon lange nichts mehr. Nicht verwunderlich, fand Anton, dass sich so mancher Ehemann nach einer leidenschaftlichen Affäre umsah. Oder von Zeit zu Zeit eine heiße Nacht mit einer Prostituierten verbrachte. Und was bei Messen so alles abging, naja ...

Eigentlich hatte er die Hoffnung niemals aufgeben wollen, dass sich eines Tages alles ändern, alles bessern würde und sie beide eine glückliche und harmonische Ehe führen würden – und war deshalb seiner Ehefrau stets treu geblieben. Schließlich hatte er Verständnis, wie belastend der Alltag für Gabi sein musste. In der viel zu kleinen Zweizimmerwohnung, alles beengt, wo es drunter und drüber ging und Ann-Sophie kein eigenes Kinderzimmer hatte. Im winzigen Wohnzimmer lag ihr Spielzeug in der Ecke auf dem Boden, im Schlafzimmer stand das Kinderbettchen eingepfercht zwischen Nachtschränkchen und Kommode. Bald würde die Kleine ein größeres Bett in einem eigenen Zimmer brauchen. Doch woher sollte er im Moment das Geld für eine größere Wohnung nehmen? Die Löhne für die Angestellten und die pünktliche Bezahlung der laufenden Ausgaben hatten Vorrang.

Wieder stöhnte Anton auf. In seinem Kopf bohrte ein dröhnender Presslufthammer mit einer zischenden Dampflok um die Wette. Ob er eine zweite Tablette nachlegen sollte?

Und dann war da die Sache zwischen Gabi und seiner Mutter. Das typische Klischee von ständigem Ärger zwischen Schwiegermutter und Schwiegertochter. Rita war von Anfang an gegen die Hochzeit mit Gabi gewesen, ließ kein gutes Haar an ihr. Und er stand zwischen den Fronten.

Letzte Woche hatte dann ein trauriger Höhepunkt der Familienzwistigkeiten stattgefunden, wobei Anton immer noch nicht wusste, was wirklich vorgefallen war. Mutter blockte und seine Frau war sich keiner Schuld bewusst. Dabei hätte alles so schön sein können! Gabi hatte Rita zum fünften Geburtstag von Ann-Sophie eingeladen und auf drängenden Wunsch der Kleinen gebeten, eine Schüssel von ihrem leckeren Kartoffelsalat mitzubringen. Ann-Sophie hatte sich riesig gefreut, war schon am Morgen im Kreis gesprungen und hatte *Kartoffelsalat, Kartoffelsalat, mein lieblingsliebster Kartoffelsalat* gesungen. Aber nein, Rita hatte nur ein Minigeschenk vor die Haustür gelegt, nicht einmal gratuliert hatte sie ihrer einzigen Enkeltochter. Ann-Sophie hatte geweint, und Anton hatte es fast das Herz gebrochen.

Und dann diese scheußliche Migräne. In immer kürzeren Abständen wurde er von immer heftigeren Attacken gepeinigt. Er stöhnte. Wieso ausgerechnet heute? Und warum so heftig? Weder war Regen in Sicht, noch hatte er gestern Alkohol getrunken. Er stöhnte ein zweites Mal. Dann stand er behutsam vom Bett auf und wankte erneut ins Bad, um eine weitere Tablette nachzulegen. Viel Zeit blieb nicht mehr. Um elf Uhr sollte er zur Eröffnung der Holzkunstmesse einen Vortrag über *die Traditionelle Holzkunst im Wandel der Zeit* halten. Im momentanen Zustand unmöglich.

Zurück im Bett ratterten seine Gedanken weiter: Der Druck von allen Seiten war extrem und Anton am Ende seiner Kräfte. Niemandem konnte er es recht machen, und er selbst kam schon viel zu lange viel zu kurz.

Warum schaffte er es nicht, Ordnung in sein Leben zu bringen? Warum war es nicht so einfach wie bei den Kerzen, die er gestern ganz automatisch in eine harmonisch ausgewogene Komposition gebracht hatte.

Und warum um alles in der Welt hatte es gestern nicht geklappt? Mit seinem erlösenden Sprung. Warum war dieses Kind dazwischengekommen? Herrgott nochmal. Er war nur noch einen Moment vom Ende all seiner Probleme entfernt gewesen!

16

Montagvormittag. 10:22 Uhr. Verärgert hetzte Jule zu den Therapieräumen. Bei der Blutabnahme und anschließendem Routine-EKG hatte es Verzögerungen gegeben und so würde sie in ihre erste Gruppenstunde GELB mit einer Verspätung von mehr als zwanzig Minuten hineinplatzen.

Noch zwei Stockwerke und dann den Gang entlang. Vor der gelb gestrichenen Tür (wie praktisch, die Türen in der Gruppenfarbe zu streichen) blieb sie stehen und schnaufte kurz durch. Undeutliches Gemurmel war durch die Tür zu hören. Am liebsten hätte Jule umgedreht und sich auf ihr Zimmer verkrochen. Plötzlich war sie wieder das kleine Mädchen, das neu in die Klasse kam. Das vor der Tür stand und gleich von allen neugierig angestarrt werden würde. Damals hatte Mama sie an der Hand gehalten. Heute stand sie alleine vor einer Tür. Der Fluchtreflex war derselbe.

Jule hob die Hand und wollte gerade anklopfen, als sich ihr Magen krampfartig zusammenzog und das Frühstück in die Speiseröhre schob. Schnell drückte sie eine Hand auf den Mund.

Ihr war speiübel vor Angst. Wie damals.

Reiß dich zusammen, hatte sie die Stimme ihrer Mutter im Ohr, *es war allein deine Entscheidung, die Schule zu wechseln.* Eine Fehlentscheidung, die sie bitter hatte bereuen müssen.

„Das ist lange her. Du bist jetzt eine erwachsene Frau", schimpfte sie sich und holte tief Luft. Der Druck ließ nach. Sie klopfte zaghaft und öffnete die Tür.

Oje. Ein Stuhlkreis! Wie im Kindergarten! Erneut kämpfte Jule gegen ihren Fluchtreflex.

Eins ... zwei ... drei ... vier ... fünf Personen befanden sich im Therapieraum. Alle Augen auf Jule gerichtet. Niemand sagte etwas. Wie damals. Trotzig schob sie das Kinn nach vorne. Da entdeckte sie Raffael, der rechts neben der Tür saß und sie anlächelte. Das gab ihr Mut, vollends in den Raum zu treten und die Tür zu schließen.

„Guten Morgen, ich bin zu spät", murmelte sie.

Nun erhob sich linker Hand ein circa fünfzigjähriger Mann – mit löchriger Jeans, Pferdeschwanz und Kapuzenpulli auf jugendlich getrimmt –, kam auf sie zu und reichte ihr die Hand: „Guten Morgen, Frau Seltmann, schön, dass Sie da sind. Nehmen Sie Platz. Hier zwischen Herrn Kahmen und Frau Neumayer ist ein freier Stuhl. Wie mir berichtet wurde, kennen Sie Herrn Kahmen bereits."

Auf Jules irritierten Blick erklärte er: „Sie müssen wissen, wir haben zweimal täglich eine Besprechung. Da wird über jeden Patienten berichtet, so sind stets alle Mitarbeiter informiert."

Big brother is watching you, schoss es Jule durch den Kopf.

„Wir sind eine psychiatrische Einrichtung und das Wohl der Patienten liegt uns am Herzen."

Aber *Raffael kennen* ist trotzdem übertrieben, dachte Jule, während sie ihren Platz ansteuerte.

„Die Station hat mich informiert", fuhr der Möchtegern-Junggebliebene fort, „dass es im Labor zu einer Verzögerung gekommen sei. Machen Sie sich nichts draus, Frau Seltmann. Ist also nicht Ihre Schuld, dass Sie zu spät sind."

Nachdem Jule sich gesetzt hatte, stellte er sich vor. „Mein Name ist Krpcicz. Ich bin Psychologe und leite die Gruppe

GELB. Da wir nicht wussten, wann Sie kommen würden, haben wir bereits mit der Befindlichkeitsrunde angefangen."

Befindlichkeitsrunde? Ach herrje, wo war sie da hineingeraten?

„Ich schlage vor, dass wir die zu Ende machen. Wo waren wir stehen geblieben?" Ein fragender Blick in die Runde.

Raffael hob die Hand.

„Herr Kahmen. Wie geht es Ihnen?"

„Ja, also, bei mir hat sich was getan. Nach wie vor spüre ich große Trauer in mir. Aber heute ... auch etwas Freude."

„Freude?"

„Ja. Zwar wenig, aber ich kann sie spüren." Raffael lächelte.

„Das klingt nach einem Fortschritt", beglückwünschte ihn der Psychologe und die Gruppe nickte anerkennend.

„Haben Sie eine Idee, woran das liegen könnte?", fragte Herr Krpcicz.

„Hmm, eigentlich nicht so recht. Vielleicht schlagen die Therapien jetzt an, und das ist ein erstes Zeichen."

„Gut möglich. Auf jeden Fall erfreulich."

„Heute Nacht bin ich zum ersten Mal nicht an diesem Albtraum aufgewacht, sondern habe durchgeschlafen."

Ein Raunen ging durch den Raum. Alle freuten sich für Raffael.

„Und Sie, Frau Seltmann, wie geht es Ihnen", wandte sich Herr Krpcicz an Jule.

Jule war überfordert. „Ähm, ja ... also mir geht es nicht so gut", stotterte sie.

„Können Sie das präzisieren? Was fühlen Sie?"

„Na ja, wie soll ich sagen. Es geht mir besser, seit ich in der Klinik bin und ... Medikamente bekomme, aber gut ..." Sie schüttelte den Kopf. „... gut geht es mir noch nicht."

„Frau Seltmann, dies hier nennt sich Befindlichkeitsrunde. Jeder soll in sich hineinhorchen, welche Gefühle genau in diesem Moment wahrnehmbar sind. Während einer Depression spüren die meisten Patienten keine Gefühle, stattdessen ist Leere. Manche empfinden auch eine schwarze Nebelwand."

Jule nickte. Die schwarze Nebelwand war seit Wochen ihr ständiger Begleiter.

„Und *gut* ist kein Gefühl", belehrte er sie. „Wut, Trauer und Freude sind Gefühle."

Jule nickte nachdenklich.

„Der Sinn bei dieser Übung ist, sich über seine Gefühlslage klar zu werden. Diese erkennen und benennen zu können. Und ja, in gewisser Weise ist das Spüren von Gefühlen ein Indikator für den Schweregrad einer Depression", klärte er auf. „Jetzt versuchen Sie es noch einmal, Frau Seltmann. Horchen Sie in sich hinein und lassen Sie sich Zeit. Am Anfang ist das gar nicht so einfach."

Jule schloss die Augen, forschte in sich hinein und versuchte, hinter der zähen Nebelmasse ein Gefühl zu entdecken. Aber da war nichts. Nur diese kalte Suppe. Jule fröstelte. Gerade wollte sie die Augen wieder öffnen, da geschah es: Wie mit einem Donnerknall zerriss die Nebelwand und vor ihr stand ... Trauer! Abgrundtiefe, schwarze Trauer! Gleichzeitig schossen ihr Tränen in die Augen und im nächsten Augenblick wurde sie von einem Heulkrampf geschüttelt. Jule war machtlos gegenüber dieser Kraft, von der sie mit unglaublicher Wucht überrannt wurde. Sie heulte, schluchzte und schniefte.

Wie peinlich!

Doch dann merkte Jule, wie sich von links eine Hand auf ihren Rücken legte und sanft streichelte (Raffael!) und von rechts zwei Frauenhände sie sachte in die Arme nahmen und beruhigend hin und her wiegten. Irgendwer legte ihr eine Box mit Papiertaschentüchern auf den Schoß und drückte ihr eines davon in die Hand. Eine gefühlte Ewigkeit wurde sie von der Trauer gequält, heulte alles aus sich heraus. Bis nichts mehr da war. Nur noch Leere.

Erschöpft ließ Jule sich halten von den Armen, die sie umschlungen hatten und weiterhin sanft hin und her wiegten.

Als sie sich aufrichtete, die Augen rieb und vorsichtig in die Runde blinzelte, stellte sie erstaunt fest, dass ihre Schwäche weder peinlich noch störend für die Gruppe gewesen war. Im Gegenteil, alle schauten mitfühlend und anteilnehmend. Jetzt lächelte die ihr gegenübersitzende blonde Frau, und der Mann mit Glatze, der direkt am Fenster saß, nickte ihr aufmunternd zu.

„Sehr schön, Frau Seltmann, dass Sie sich geöffnet und ihrer Trauer freien Lauf gelassen haben."

Jule lächelte tapfer.

„Wie fühlen Sie sich jetzt?"

„Das Weinen hat gutgetan ... Die Trauer ist noch da, aber die Nebelwand scheint aufgebrochen."

„Das klingt gut, Frau Seltmann. Sie dürfen stolz auf sich sein, dass Sie die heutige Aufgabe so souverän bewältigt haben."

Dankbar, dass die Gruppe sie aufgefangen hatte, lächelte Jule ihr erstes zartes Lächeln seit der Hiobsbotschaft beim Gynäkologen.

17

Jakob horchte. Dann schob er den Vorhang beiseite, der die Sakristei vom Altarraum trennte, und lugte hinaus. Niemand. Erleichtert trat er heraus und genoss die friedvolle Atmosphäre seiner Kirche. Die erhabene Kühle des alten Gemäuers, die Weite des Raumes mit den stuckverzierten Wänden und den Putten, die sich spielerisch um Kopf und Beine der Heiligenfiguren platziert hatten.

Er atmete köstliche Stille. Seine Lungen füllten sich mit dem Schweigen der Heiligen. Er sog den Duft von alten Kirchenbänken und erloschenen Bienenwachskerzen in sich auf, roch Spuren von Weihrauch und fühlte sich wohlig umfangen von himmlischer Ruhe. Ja, hier war sein Zuhause. Hier spürte er wahren Frieden. Ehrfürchtig fuhr Jakob mit der flachen Hand über den glattpolierten Altar aus veronarotem Marmor. Ein Relikt aus den siebziger Jahren und ein seltsamer Kontrast zum barocken Stuck. Sein Blick fiel auf einen Blutfleck. Den hatte er scheinbar übersehen, in jener Nacht, als er mit letzter Kraft Hammer und empfindlichen Stein mit verdünnter Salzsäure gereinigt hatte. Jetzt war es zu spät. Der veränderte Rotton würde für immer von dieser Tat zeugen.

Ein kühler Windhauch ließ ihn frösteln und kroch als dumpfer Schmerz in seine einbandagierte Hand, ehe er sich auflöste.

Jakob ging weiter zum Kreuz. An den Steinstufen davor kniete er nieder und sah auf zum Herrn. Dann hob er die Arme, beugte sich vornüber und legte Stirn und Hände flach auf den kalten Marmor. So hatte er es bei Pater Gerold gesehen. Pater Gerold, seinem Vorbild, der bei seinen Gebeten Antwort von Gott bekommen hatte.

Jakob schien dies verwehrt, denn noch nie war eines seiner Gebete erhört worden. Minutenlang kniete er. Die Kanten der Stufen gruben sich schonungslos in Knie und Schienbein. Aber Jakob verspürte keinen körperlichen Schmerz – er war noch vollgepumpt mit Schmerzmitteln, die er bei der heutigen Entlassung bekommen hatte. Umso schwerwiegender war sein seelischer Schmerz.

„Herr, hab Erbarmen mit deinem Diener. Sieh in mein Herz und schaue auf meinen Glauben ... nicht auf meine Taten. Reiße das Übel aus mir heraus. Du bist heilig, Herr, du allein kannst retten. Ich flehe dich an! Erhöre meine Gebete und gib mir Antwort ... ein Zeichen ... sag mir, was ich tun muss. O Herr Jesus, Sohn des Allmächtigen, Herrscher des Himmels und der Erde. Ich bin nicht würdig, dass du eingehst unter mein Dach, aber sprich nur ein Wort, so wird meine Seele gesund."

Bewegungslos lag er da und hoffte auf Antwort. Auf ein Zeichen des Herrn. Doch nichts geschah. Warum konnte es bei ihm nicht so sein wie damals bei Pater Gerold?

Wie an jenem Tag, als Jakob von zuhause ausgerissen war und beschlossen hatte, Priester zu werden ...

„Mach schon, Jakob, beeil dich, wir kommen zu spät."

Thorsten Bratsch und Franz Messerle standen mit ihren Schulranzen parat, um Jakob abzuholen. Doch bevor der aus der Haustür witschen konnte, kam sein Vater und schnappte ihn am Ohr. „Halt, hiergeblieben. Wir zwei müssen noch was klären." Und mit Blick auf Thorsten und Franz meinte er: „Ihr beiden könnt schon los. Der Jakob kommt nach."

Dann zog er den Sohn hinter sich her. Die Finger hielten Jakobs Ohr fest umschlossen. Der schrie auf vor Schmerz, schlug mit den Armen um sich und versuchte, sich zu befreien. Doch sein Vater war stärker. Dann wurde Jakob in sein Bett gedrückt und spürte das ekelige Nass im Gesicht.

„Werde endlich ein Mann! Und jetzt ab in die Schule. Geh mir aus den Augen!"

Jakob rannte zur Haustür. Nur weg! Er rannte und rannte. Zum Urin im Gesicht mischten sich Rotz und Tränen. Als er an der Schule ankam, läutete gerade die Glocke, der Unterricht begann. Nein, nicht noch mehr Demütigung! Jakob bog ab und rannte in den Wald. Auf gar keinen Fall würde er jetzt zur Schule gehen. Zu groß waren Schmerz und Scham. Jakob rannte, alles hinter sich lassend. Nur weg. Weit weg. Und nie wieder nach Hause zurück!

Erst als er Seitenstechen bekam, gönnte Jakob sich eine Verschnaufpause, dann wanderte er strammen Schrittes den Forstweg weiter. Hinaus in die große weite Welt.

Die endete jedoch in Degna.

Als Jakob aus dem Wald herauskam, hatte sich der Himmel zugezogen. Ein wütender Wind trieb dunkle Wolken vor sich her. In der Ferne blitzte und donnerte es bereits. Jakob beschleunigte seine Schritte.

Als die ersten Tropfen fielen, stand er auf dem Marktplatz von Degna. Um ihn herum war es düster und gleich würde der Himmel seine Schleusen öffnen. Er brauchte einen Unterschlupf. Plötzlich ein Blitz, gefolgt von lautem Donnergrollen. Jakob erschrak, rannte über den Marktplatz zur Kirche und hatte Glück: Sie war unverschlossen.

Mit klopfendem Herzen trat er ein und setzte sich erschöpft in die hinterste Bankreihe. Draußen prasselte schon der Regen. Das schummrige Dunkel und der Duft von brennenden Kerzen riefen bei ihm ein Gefühl von Geborgenheit hervor. Sein Puls normalisierte sich, die Atmung wurde ruhig. Ärger und Scham lösten sich auf und erstaunliche Ruhe überkam ihn. Friedvolle Stille – wie an Weihnachten unter dem geschmückten Baum. Hier gefiel es ihm. Hier würde er bleiben.

Mehr als drei Stunden saß Jakob in der Kirche. Im Weihwasserbecken hatte er sich das Gesicht gewaschen. Vorsichtshalber hatte er sich so hingestellt, dass Jesus vom Kreuz aus nichts sehen konnte. Dann hatte er sich die Kirche angeschaut, die erhabene Stille und den Geruch von Weihrauch in sich aufgesogen.

Jetzt saß Jakob in der zweiten Reihe der hölzernen Sitzbänke und aß sein Vesperbrot. Das Gewitter war weitergezogen, der Regen hatte aufgehört, dennoch war es schummrig in der Kirche. Eben schluckte er den letzten Bissen hinunter, als eine Gestalt den Vorhang der Sakristei beiseiteschob und in den Altarraum trat. Jakob erschrak, duckte sich und beobachtete die Person durch die Ritzen im Holz. Die Gestalt ging zum Kreuz, kniete sich auf den Stufen nieder, erhob die Arme und legte demütig Hände und Stirn auf den kalten Marmor.

„Gott Vater, der du regierst im Himmel zusammen mit deinem Sohn, unserem Herrn Jesus Christus, und dem Heiligen Geist, erhöre mein Gebet. Ich will dir danken. Mit Freude danken für diesen Vormittag, an dem ich dir dienen durfte. Und danken, o Herr, für die Aufgabe, die du für mich bereithältst, die du mir für den weiteren Tag geben wirst."

Fasziniert lauschte Jakob dem Gebet. Spürte, wie auf einmal der ganze Raum mit Wärme erfüllt wurde. Sah, wie ein Lichtstrahl durch das Fenster fiel und die betende Person erleuchtete, als er plötzlich seinen Namen hörte.

„Jakob."

Er zuckte zusammen, kauerte sich noch tiefer in die Kirchenbank und wusste doch, dass er gemeint war.

„Jakob", hörte er es noch einmal.

„Ja ...? Ich bin da", meldete er sich mit klopfendem Herzen und richtete sich auf.

Er sah, wie der Betende überrascht zusammenzuckte, mühsam aufstand, sich umdrehte und ihn im Halbdunkel entdeckte.

„Oh, hallo. Dann bist du wohl meine heutige Aufgabe. Komm doch mal zu mir. Wie heißt du denn?"

18

Immer noch lag Anton mit pochendem Migräneschmerz im Bett des Hotelzimmers und zerbrach sich den Kopf über sein verkorkstes Dasein. Dabei hätte alles so schön sein können. Zumindest die Ehe mit Gabi. Schließlich liebte er seine Frau wie am ersten Tag. Klang kitschig, war aber so.

Ob alles zu schnell gegangen war? Vielleicht. Im Herbst vor sechs Jahren hatte Anton sich unsterblich in die pummelige Gabi verliebt. Über den gesamten darauffolgenden Winter hatten sie sich innige Liebesbriefe geschrieben. Es war eine romantische Zeit gewesen. Am Valentinstag hatte er ihr Blumen geschickt und beim Schützenfest im Mai die Sturzbetrunkene nach Hause begleitet, einen Monat darauf um ihre Hand angehalten, und drei Tage später waren sie Mann und Frau gewesen. Acht Monate danach war Ann-Sophie auf die Welt gekommen und Anton der glücklichste Mensch auf Erden. Beim Gedanken an diesen besonderen Moment huschte ein zartes Lächeln über sein Gesicht.

Dann seufzte er, denn auch wenn es momentan alles andere als rund lief in seiner Ehe, war er sich tief in seinem Herzen trotzdem sicher, keinen Fehler gemacht zu haben. Denn immer, wenn er an diesen schicksalhaften Tag dachte, an dem er sich Hals über Kopf in Gabi verliebt hatte, ging ihm das Herz auf.

Es war ein sonnig warmer Herbstsamstag gewesen. Kinderfest. Das wichtigste Ereignis des Jahres und das ganze Dorf auf den Beinen, um den Festumzug zu beklatschen. Auch der damals 35-jährige Anton stand – einträchtig neben seiner Mutter – am Straßenrand, um dem Spektakel zu folgen: vorneweg die gestriegelten Rösser des Reit- und Fahrvereins. Dann die festlich geschmückte Kutsche mit dem Bürgermeister und der Landrätin. Hinterher latschten die Mitglieder des Gemeinderates, die sich wie jedes Jahr vergeblich bemühten, im Gleichschritt zu marschieren. Gefolgt vom Musikverein im professionellen Gleichschritt – „BMW-Paule", Frauenheld und Dorfcasanova, strahlend an der Pauke, den Takt für den Einheitsschritt vorgebend. Anschließend der Turnverein, der Kirchenchor, der Schützenverein und die Kinder vom katholischen Kindergarten, als Indianer verkleidet, hatten stolz den selbstgebastelten Federschmuck, Pfeile und Bogen präsentiert.

Und dann, genau auf Antons und Ritas Höhe, war ein kleiner Steppke gestolpert und Kopf voraus in einen der dampfenden Pferdeäpfel gefallen, den die Rösser auf ihrem Weg zum Festzelt hinterlassen hatten. Großes Gelächter am Straßenrand. Lautstarkes Geheule bei dem armen Kerl.

Doch anstatt den kleinen Pechvogel wegen seiner Tollpatschigkeit zu schimpfen, hatte die damals noch Auszubildende Gabi sich liebevoll seiner angenommen, die bösen Worte und das Gelächter der Zuschauer ausgeblendet und war nur für die Sorgen und Nöte des Kleinen da gewesen.

Sogar als Rita sich laut und vernehmlich beschwert hatte, dass sie doch wegen dieser Lappalie nicht den ganzen Umzug aufhalten solle, hatte Gabi in aller Gemütsruhe gemeint, dass es für das Kind keine Lappalie sei, wenn der Federschmuck ruiniert wäre. Dann hatte sie ihren eigenen abgenommen und dem Kleinen aufgesetzt. Nun war er Oberhäuptling, strahlte übers ganze Gesicht und konnte sein Glück kaum fassen.

Das war der Moment gewesen, als Anton sich in diese wunderbar einfühlsame und warmherzige, sechzehn Jahre jüngere Frau verliebt hatte.

Nach diesem Ereignis war Anton verzückt und mit innerem Grinsen tagelang auf rosa Wolken getänzelt. Das Leben war schön! Gleichzeitig hatte er neue Probleme: Seine Mutter würde eine Beziehung mit der erst Neunzehnjährigen niemals erlauben – schließlich drängte sie ihn seit Jahren, Franzi Förster zu heiraten. Und dann natürlich Gabi: Wie würde sie auf sein Liebesgeständnis reagieren?

So hatte er den ganzen November in vielen schlaflosen Nächten nach einer Lösung gesucht und sich schließlich entschieden, seiner Angebeteten einen Liebesbrief zu schreiben. Kein E-Mail. Nein. Ganz altmodisch. Auf Papier. Und anonym.

Er unterschrieb seinen ersten Liebesbrief romantisch mit *dein Traumprinz* – etwas verwegen, aber so hatte es sich richtig angefühlt. Den Brief hatte Anton bei Nacht und Nebel in den Kindergartenbriefkasten geworfen, adressiert an *Märchenprinzessin Gabi – Erzieherin im katholischen Kindergarten*. Und wenn sie seine Gefühle teile, solle sie bitte antworten und den Brief in den Hohlraum am Dorfbrunnen legen – eine Skizze hatte er beigefügt.

Denn in der hinteren Ecke, wo der Dorfbrunnen sich an die Kirchenmauer schmiegte, gab es, verdeckt durch rankendes Efeu, einen losen Stein, der herausgezogen einen kleinen Hohlraum freigab, welcher hervorragend für geheime Botschaften geeignet war. Dorthin sollte sie ihre Antwort legen.

Diesen geheimen Briefkasten hatte ihm sein Vater gezeigt und überraschenderweise waren dort immer Briefe für den kleinen Anton gewesen, wenn sie sich beide heimlich und unter größter Vorsicht in der Dämmerung angeschlichen hatten. Das war spannend gewesen und jedes Mal eine freudige Überraschung. Anton hatte dort auch jahrelang seine Briefe ans Christkind hinterlegt. Nach Vaters Tod waren die Briefe nie mehr abgeholt worden, was er damals nicht verstanden hatte. Und nie wieder lag auch nur annähernd das Geschenk unter dem festlich geschmückten Weihnachtsbaum, das er auf den Wunschzettel geschrieben hatte. Da hatte er Zweifel bekommen, ob es das Christkind, und irgendwann auch Gott, überhaupt gab.

Nach dem ersten Brief an Gabi hieß es warten. Jeden Abend war Anton nach Einbruch der Dämmerung zum Dorfbrunnen geschlichen. Aber keine Antwort. Nur gut, dass er anonym geschrieben hatte, so gab es neben der Enttäuschung nicht auch noch Ärger mit Mutter und blödem Dorftratsch.
Nach sieben Tagen endlich die Erlösung: Im Hohlraum lag ein Brief von Gabi. Schlagartig war alles in ihm leicht und schön und rosig. Mit breitem Lächeln war er nach Hause getänzelt und hatte sich beherrschen müssen, nicht wie ein kleines Kind vor Freude den ganzen Weg zu hüpfen.
Gabi schrieb, dass sie nicht glauben könne, dass sie für jemanden eine Prinzessin sei und dass ein Mann sie jemals attraktiv fände. Sie habe lange gezögert zu antworten, da sie Angst vor einem bösen Scherz gehabt habe, aber nach dem Motto *Wer nicht wagt, der nicht gewinnt* doch geantwortet hätte. Und sie schrieb, dass ihr Vater nicht erlauben würde, dass sie einen Freund habe, solange sie in Ausbildung sei. Sie sich also nicht treffen könnten, sie sich aber über weitere Briefe freue, die in Zeiten von Handy und

Internet viel romantischer seien und sie sich nun wie eine hübsche Märchenprinzessin vorkäme, die vom bösen Drachen gefangen gehalten werde.

Und so kam es, dass Gabi nach anfänglichem Zögern und vorsichtigem Herantasten viel von sich erzählte, von ihrer Arbeit im Kindergarten, die ihr Spaß machte, und von ihrem Traum, eines Tages eine große Familie mit vielen Kindern zu haben.

Der Briefwechsel beschleunigte sich: Kaum dass eine Botschaft aus dem Hohlraum geholt worden war, lag bereits die Antwort an derselben Stelle. Die Briefe flogen in Windeseile hin und her. Und immer waren sie unterschrieben mit *Traumprinz* und *Märchenprinzessin*.

Zum Valentinstag hatte Anton ihr einen großen Strauß mit roten Baccara-Rosen zum Kindergarten liefern lassen. Natürlich hatte er die Blumen nicht beim Gärtner im Ort gekauft, sondern war unter einem Vorwand nach Ulm gefahren und hatte sie bei einem dortigen Blumenhändler ausgesucht. Ein Heidengeld hatte das gekostet. Auf die Valentinskarte hatte er einen selbstgedichteten Zweizeiler geschrieben, etwas holprig und stelzend, aber romantisch und von ganzem Herzen.

Ein Dutzend Gedichte hatte er ihr im weiteren Verlauf geschrieben. Und sie waren zunehmend besser geworden, bis eines Nachts sein bestes entstanden war. Sein Lieblingsgedicht. Es war eine dieser einsamen und schlaflosen Winternächte gewesen. Sein Herz vor Sehnsucht schmerzend, nur an seine Märchenprinzessin denkend, hatte Anton den wirbelnden Schneeflocken im Scheinwerfer der nächtlichen Hofbeleuchtung zugeschaut.

Leise weiße Flocken fallen,
decken langsam zu die Welt.
Nirgends laute Schritte hallen,
alles ruht in Wald und Feld.

Stille liegt auf Flüssen, Seen,
Ruhe, die so angenehm.
Sanft die Liebste in den Armen,
tut mein sehnend Herz erwarmen.

Langsam nun die Nacht verrinnt,
und der Morgen ist schon nah.
Man sich schwer des Traums entsinnt,
nur die Sehnsucht ist noch da.

Dummerweise hatte Mutter das Gedicht auf seinem Nachttisch gefunden und sich ausgiebig und ziemlich respektlos darüber lustig gemacht. Am meisten hatte sie über das Wort *erwarmen* gelacht, weil es dies in der deutschen Sprache nicht gäbe. Antons Hinweis auf Reim und künstlerische Freiheit bei Gedichten hatte sie mit einer bissigen Bemerkung über Unvermögen und Dummheit abgebügelt und ihm ausdrücklich verboten, sein misslungenes Werk an Franzi Förster zu schicken. Das hatte er ihr hoch und heilig versprechen müssen. Was ihm leicht gefallen war, da er das Gedicht sowieso nur für Gabi, die Frau seiner sehnsuchtsvollen Träume, geschrieben hatte und niemals nicht der ratschmäuligen Franzi hatte zeigen wollen.

Unter das Gedicht hatte er neben *dein Traumprinz* seine Initialen, AMW, geschrieben – Anton Matthäus Wegener. Nein, nicht geschrieben, gemalt hatte er sie. Und sich mit diesem Gesamtkunstwerk seiner Märchenprinzessin zu erkennen geben wollen. Auf dem Dachboden hatte er nämlich ein Buch über alte Handwerkskunst gefunden und darin meisterhafte Buchstabenverzierungen entdeckt.

Anton hatte sich angestrengt, wirklich angestrengt, die Anfangsbuchstaben seines Namens nach Vorlage auszuschmücken. Ein ganzes Wochenende hatte er gebraucht, um mit Bleistift – und ganz viel Radiergummi –, Tusche und einer Riesenportion Geduld die Buchstaben mit Ranken, Blüten und Blättern zu verzieren. Eine Menge Arbeit, die er voller Leidenschaft für seine Liebste getan hatte.

Das Ergebnis war, na ja, nicht überwältigend gewesen, eher enttäuschend. Das A sah aus wie ein verkorkstes B, und da er für das W ein umgedrehtes M genommen hatte, standen dort die Blätter nach oben und die Blüten hingen quasi welk nach unten. Dennoch hatte Anton stolz das Gedicht mit den angefügten Initialen in einen edlen Briefumschlag gesteckt und mit klopfendem Herzen in den Hohlraum gelegt.

Und Gabi war überrascht gewesen, hatte geschrieben, dass sie nie damit gerechnet hätte, dass ausgerechnet *er* hinter den wunderschönen Briefen stecke, ihn aber gerne weiterhin Traumprinz nennen würde. Und hoffe, dass er damit einverstanden sei, ihre romantische Beziehung wie bisher geheim zu halten und daher bei einer zufälligen Begegnung im Dorf so zu tun, als wären sie quasi Fremde. Damit war er einverstanden gewesen und immer, wenn sie sich über den Weg liefen, tat Gabi so, als würde sie Anton nicht kennen. Er hatte damit seine Probleme, starrte sie an, konnte die Augen nicht von ihr lassen. Darum war er stolz auf Gabi, dass sie es so gut konnte, denn was hätten die Tratschweiber gesagt, wenn sie mitbekommen hätten, dass sie beide insgeheim ein Paar waren.

19

Nervös saß Jule auf ihrem Stuhl im Therapieraum GELB. Krampfhaft klammerten sich ihre schwitzigen Hände rechts und links an die hölzernen Armlehnen. Heute fand die zweite Gruppenstunde statt. Genau wie beim vorherigen Mal hatte diese mit der Frage nach Befindlichkeit und vorhandenen Gefühlen begonnen. Und obwohl die letzte Stunde durchaus positiv verlaufen war, hatte Jule Angst, dass sie erneut in Tränen ausbrechen würde.

Raffael musste ihre Anspannung spüren, denn er zwinkerte ihr aufmunternd zu. „Wird schon. Keine Angst."

Dankbar lächelte sie zurück. Je näher allerdings die Runde zu ihr kam, desto verkrampfter wurde sie. Als Jule schließlich an der Reihe war, hatte sie weiße Fingerknöchel, so sehr hatten sich ihre Fäuste um die Armlehnen verkrallt.

Wieder ein aufmunternder Blick von Raffael.

Jule atmete tief durch die Nase ein. Anschließend – wie sie es in der Therapie *Beruhigende Atemtechnik* gelernt hatte – gaaanz langsam durch den leicht geöffneten Mund wieder aus. Dann schloss sie die Augen, fühlte in sich hinein und begann mit klopfendem Herzen: „Ich spüre immer noch diese Trauer in mir."

Eine einzelne Träne rollte über Jules Wange. „Aber nicht mehr so heftig wie gestern."

Eine weitere Träne tropfte, der Schwerkraft folgend, auf ihren Pulli. Von rechts reichte ihr jemand die Box mit den Papiertaschentüchern. Und tapfer fügte sie hinzu: „Es zerreißt mich nicht mehr."

„Sehr schön, Frau Seltmann", lobte Herr Krpcicz und die gesamte Gruppe nickte anerkennend.

„In der letzten Therapiestunde GELB konnten wir Frau Seltmann als neues Mitglied in unseren Reihen begrüßen", fuhr der Psychologe fort, der heute denselben Kapuzenpulli und dieselbe modisch zerlöcherte Jeans anhatte wie gestern.

„Heute ist zum ersten Mal Herr Böckle dabei, der unsere Gruppenregeln nicht kennt. Darum schlage ich vor, dass ich die rasch erkläre und wir anschließend eine Vorstellungsrunde machen. Einverstanden?" Ohne eine Antwort abzuwarten, legte er los: „Wir treffen uns täglich von zehn bis zwölf Uhr und besprechen von Ihnen mitgebrachte Themen."

Mit hochmotivierter Miene schaute er jeden Einzelnen an. „Also, was Sie gerade beschäftigt, worauf Sie Antworten suchen."

Dann sah er mit ernstem Gesichtsausdruck erneut vom einen zum anderen. „Erste und wichtigste Gruppenregel: Ich, als Therapeut, rede Sie mit Sie und Nachnamen an, während Sie untereinander per Du sind."

Ein nachdrücklicher Blick für jedes Gruppenmitglied. „Zweitens: Wir sprechen nicht mit vollem Mund, wobei Essen und Getränke hier im Gruppenraum sowieso verboten sind ... hahaha." Er lachte über seinen eigenen Witz, doch keiner lachte mit.

Irritiert sah er von einem zum anderen, dann fuhr er fort: „Drittens. Jeder arbeitet mit und trägt zum Gruppengespräch bei." Herrn Krpciczs Blick schoss direkt auf die neben Jule sitzende blonde Frau, die daraufhin genervt die Augen verdrehte. „Viertens: Wir nehmen die therapeutischen Gruppensitzungen ernst, und dazu gehört, dass jeder pünktlich zu Beginn der Gruppenstunde hier im Raum ist." Erneut ein ausgiebiger Rundblick. Dann meinte er direkt zu Jule: „Pünktlich! Auch Sie, Frau Seltmann."

Jule zuckte zusammen. „Aber gestern haben Sie –", weiter kam sie nicht.

„Man muss immer mit Verzögerungen rechnen, deshalb planen Sie mehr Zeit ein", tadelte er mit gereiztem Unterton.

Die blonde Frau verdrehte erneut die Augen, während Jule mit rotem Kopf den weiteren Ausführungen zuhörte.

„Fünftens. Wir begegnen einander stets höflich und wertschätzend." Erneuter Rundblick. „Sechstens …"

Am Schluss seiner umfangreichen Rede gab es für jeden einen erwartungsvollen Augenaufschlag. „Haben Sie alles verstanden? Gibt es Fragen?"

Und wieder ein Rundblick, dieses Mal gepaart mit einem aufmunternden Augenzwinkern.

Jule fand sein psychologisches Mienenspiel sowie die therapeutischen Rundblicke nervig und das, was er inhaltlich von sich gab, lächerlich. Alles Selbstverständlichkeiten grundlegender sozialer Umgangsformen.

Jetzt hob Herr Krpcicz einen grellbunt bemalten, handtellergroßen Flusskiesel hoch. „Ich habe hier einen *Redestein* für unsere Vorstellungsrunde. Wenn Sie fertig sind, geben Sie ihn der Reihe nach weiter, bis er wieder bei mir ist, dann ist die Vorstellungsrunde beendet."

Stuhlkreis, Erläuterungen über Sozialverhalten, Redestein, Jule wusste nicht, was sie davon halten sollte. Aus den Augenwinkeln sah sie, wie die blonde Frau neben ihr genervt den Kopf schüttelte und erneut die Augen verdrehte.

„Mein Name ist Konrad Krpcicz, ich bin siebenundvierzig Jahre alt, meine Urahnen waren noch Torfstecher bei Danzig, aber ich bin Psychologe geworden", erzählte er mit großem Stolz. „Erst habe ich Maschinenbau studiert, aber nach neun Semestern festgestellt, dass das nichts für mich ist, und umgeschwenkt auf Psychologie. Jetzt leite ich die Gruppe GELB. Sie sehen, es gibt keine Fehler ... nur Umwege."

Mit den Worten: „Wollen Sie weitermachen, Herr Kahmen?", gab er den Stein weiter.

„Ja, also, mein Name ist Raffael Kahmen, ich bin fünfundzwanzig Jahre alt und habe zwei kleine Kinder – Merle und Ludwig, vier und zwei Jahre. Meine Frau ist gestorben. Bei einem Autounfall."

Raffael hielt inne. Seine Augen schimmerten feucht. „Ein LKW ist ungebremst in sie reingedonnert. Am helllichten Tag, mitten auf der Kreuzung. Der Fahrer behauptet, dass er Grün gehabt hätte."

Wieder hielt Raffael inne, drehte den Kopf zum Fenster und schaute schweigend hinaus auf den Innenhof. Dann rieb er sich kurz über die Augen und sprach weiter: „Mara war sofort tot." Eine winzige Träne kullerte über seine Wange und verfing sich im attraktiven Drei-Tage-Bart.

„Ich ... ich mache mir solche Vorwürfe. Hätte ich bloß den Einkaufszettel mitgenommen ..." Eine zweite Träne rollte der ersten hinterher. „... dann hätte ich nicht vergessen, Rosmarin für den Lammbraten zu kaufen und ..." Er hob niedergeschlagen eine Hand. „... und Mara wäre noch am Leben. Alles meine Schuld."

Energisch wischte er weitere Tränen weg und mit einer schiefen Grimasse sagte er: „Das hat mich aus der Bahn geworfen. Deshalb bin ich hier."

Raffael gab den Stein an seine linke Sitznachbarin weiter.

„Ich heiße Christina Neumayer, bitte nennt mich Nina. Ich bin achtundvierzig und verheiratet. Habe zwei erwachsene Töchter. Arbeite beim Sozialamt. Stadt Stuttgart. Beamtin. Mittlerer Dienst."

Sie gab den Stein an die blonde Frau links neben ihr, die ihn mit den Worten „Ich bin Dörte Hansen aus Hamburg. Und bevor hier einer blöd fragt: Ja, ich habe meine Handtasche immer bei mir" sofort an Jule weiterreichte.

Hui, das konnte ja heiter werden, eine echte Zimtzicke, dachte Jule. Laut sagte sie: „Also, ich heiße Jule, Jule Seltmann und bin siebenunddreißig Jahre alt."

„Was? Wie alt bist du?", platzte Raffael dazwischen.

„Äh, siebenunddreißig", antworte Jule zaghaft.

„So alt bist du?" Entgeistert starrte er Jule an, die augenblicklich in sich zusammensackte und den verletzten Blick auf ihre Schuhspitzen heftete.

„Ja, mein Mann sagt das auch immer, also, dass ich voll alt aussehe", murmelte sie.

„Was? Nein! So meine ich das nicht", stammelte Raffael, „du siehst viel jünger aus!"

„Jünger?"

„Ja, jünger!"

Jule sah irritiert auf.

„Als ich am Freitag, bei den Puzzletischen mit dir geredet habe, war mir klar, dass du älter bist als ich. Zwei oder drei Jahre habe ich gedacht. Aber doch keine zwölf! Nein, das glaube ich nicht!" Raffael schüttelte den Kopf und musterte Jule ungläubig.

Auch die anderen attestierten ihr ein deutlich jüngeres Aussehen. Sechsundzwanzig oder vielleicht siebenundzwanzig, aber definitiv unter dreißig, da war sich die Gruppe einig.

Jule war überrascht. Und nachdenklich gab sie den Redestein nach links weiter.

„Grüezi mitenand, ich heiße Beat-Urs Rüebli. Wie man unschwer hört, bin ich Schweizer." Er lächelte in die Runde. „Ich bin zweiundsechzig Jahre alt." Nun strich er sich über die Glatze. „Und genauso alt, wie ich aussehe." Dabei zwinkerte er Jule zu.

„Urs, der Bär", murmelte diese, bevor sie es verhindern konnte.

„Ja, genau", strahlte Beat-Urs. „Und Beat, der Glückliche, die männliche Form von Beate."

„Der glückliche Bär!", kombinierte Jule.

„Richtig", freute sich Beat-Urs. „Im Moment ist mir das Glück allerdings nicht so hold. Diagnose: schwere Depression."

Beat-Urs hielt inne und knetete seine Hände für einen kurzen Moment. „Ich bin Chefarzt in einer renommierten Schweizer Klinik zur Behandlung von Depressionen. Und wenn man bei sich selber diese typischen Symptome entdeckt, dann will man das nicht wahrhaben. Und sich in der eigenen Klinik therapieren lassen, will man erst recht nicht. Aber ja, es kann jeden treffen." Er starrte auf den Stein in seiner Hand. „Niemand ist gefeit vor einer Depression."

„Das ist beruhigend und erschreckend zugleich", warf Nina ein.

Beat-Urs nickte und gab den Redestein an den Neuen weiter.

„I be dr Krischtof Böckle. I be five-a-fuchzig ond i han älleweil Migräne. Mir duat emmer dr Schädel so waihdoa ond i han au äll Dag …"

Da unterbrach Dörte: „Also, bitte entschuldige, aber ich habe nicht ein Wort von dir verstanden. Könntest du das freundlicherweise wiederholen? Aber auf Hochdeutsch."

„Nadürlich. Also iii", Kristof deutete mit einer weitausholenden Armbewegung auf sich selbst, „biiin deeer Krischtooof Böööckle", radebrechte er, demonstrativ jede Silbe einzeln betonend, „iii bin füüünf-a-füüünfzig uuund …"

„Stopp, so geht das nicht, Herr Böckle. Reißen Sie sich zusammen und sprechen Sie Hochdeutsch. Das können Sie doch, oder?"

„Abeeer daaas maaach iii dooch!", empörte sich dieser.

„Nein, so geht das nicht, Herr Böckle. Lassen Sie mich überlegen … ah ja … schriftlich formulieren, das ist automatisch Hochdeutsch."

„Öhm." Kristof kratzte sich ratlos am Kopf.

„So, schauen Sie her, ich gebe Ihnen einen Zettel und Sie schreiben alles auf und lesen dann ab. Eine brillante Idee von mir", strahlte Konrad Krpcicz und reichte Stift und Block.

Dörte verdrehte die Augen.

Kristof nahm beides und kratzte sich erneut am Kopf. Schließlich kritzelte er ein paar Worte, überlegte, strich durch, schrieb weiter, verbesserte den Text, leckte mit der Zunge über die Zähne, dachte nach, biss sich höchstkonzentriert auf die Unterlippe, ersetzte ein Wort durch ein anderes, und las schlussendlich voll Stolz das Geschriebene vor: „Ich bin der Kristof Böckle. Ich bin fünfundfünfzig und ich habe alleweile [1] Migräne. Mir tut immer der Schädel so wehtun, und ich habe auch alle Tage Ranzenweh."

„Ranzenwas?", fragte Dörte gereizt.

„Ranzenweh! Also da", und zeigte auf seinen fülligen Bauch, „tut es wehtun."

„Bauchschmerzen?"

---

[1] immer

„Ja, genau. Mei Arzt sagt, i hab Color irritiert, also Darmverwirrung."

„Color irritiert? Kann es sein, dass du Colon irritable meinst?", hakte Beat-Urs nach.

„Ja, genau!" Kristof strahlte. „Sag i doch."

„Herr Böckle, haben Sie noch mehr aufgeschrieben?"

„Noi."

„Neu?", fragte Dörte verwirrt.

„Noi, Käsdregg[2]! I wollt *nein* sage", verbesserte er sich.

„Danke, Herr Böckle, das haben Sie gut gemacht." Zufrieden schaute der Psychologe in die Runde. „Gibt es Fragen?"

Blitzartig schoss Kristofs Arm in die Höhe. Wild fuchtelnd und lautstark mit den Fingern schnalzend machte er auf sich aufmerksam.

„Herr Böckle, wir sind hier nicht in der Schule, Sie brauchen sich nicht zu melden", tadelte Konrad Krpcicz, „und schon gar nicht mit den Fingern zu schnipsen. Sprechen Sie einfach drauf los."

Dörte neugierig anschauend fragte er in breitestem Schwäbisch: „Wieso dusch du dohanna[3] herkomma, wenn du koi Muggaseggele[4] verschdanda duscht?"

Sofort wurde er vom Gruppenleiter zurechtgewiesen: „Herr Böckle! Hochdeutsch!"

Brav griff Kristof zu Block und Stift und formulierte seine Frage schriftlich: „Ändschuldigung. Ich wollte wissen, wieso du dahannen herkommen tust, wenn du kein Muckenseggele verstanden tust?"

[2] Blödsinn
[3] da, hier
[4] Schwabens kleinste Maßeinheit

„Wieso ich was?"

„Dahannen herkommen tuen."

Kurz dauerte es, bis Dörte die Frage verstanden hatte, dann wurden rote Flecken an ihrem Hals sichtbar, und mit zu Schlitzen verengten Augen stauchte sie den verdutzten Kristof zusammen: „Das muss ich mir nicht gefallen lassen, von einem dahergelaufenen Hinterwäldler, der zu unkultiviert ist, sich in adäquatem Deutsch zu artikulieren!"

Kristofs Gesicht färbte sich dunkelrot, seine Stirnader trat deutlich hervor. Alle hielten die Luft an. Doch bevor die Situation eskalieren konnte, griff Konrad Krpcicz ein.

„Stopp, stopp, stopp!"

An Kristof gewandt, sagte er: „So geht das nicht, Herr Böckle, kein Kauderwelsch! Verwenden Sie korrekte hochdeutsche Wörter."

Und an Dörte gewandt: „Das war niveaulos von Ihnen, Frau Hansen. Bedenken Sie, dass für jeden Dialektsprechenden Hochdeutsch fast wie eine Fremdsprache ist. Hier können Sie üben, tolerant und nachsichtig ihren Mitmenschen gegenüber zu sein. Genau ihr Thema, Frau Hansen."

Zornig funkelte diese den Psychologen an: „Im Gegensatz zu Ihnen, bin ich sehr wohl ... ach, was rege ich mich überhaupt auf ... Sie haben doch keine Ahnung!"

Und an Kristof gerichtet: „Ich bin in Hamburg bekannt wie ein bunter Hund und habe ein Klinikum gesucht, wo ich quasi anonym bin. Die *Klinik am Bergsee* hier in Bad Schwäbisch Weiler ist weit genug weg von Hamburg und hat bezüglich der Behandlung von Panikattacken einen ausgezeichneten Ruf", bemühte sie sich um freundliche Auskunft.

20

„Meine liebe Dietlinde, wir haben heute einen Gast zum Mittagessen. Der Herr hat uns einen Bub geschickt."

Pater Gerold schob den kleinen Jakob in die Küche des Pfarrhauses. Dort stand die Haushälterin am Herd und holte heiße Würstchen aus einem Kochtopf. Die Dreiundvierzigjährige war sehr klein und sehr dick. Mit ihren ausladenden Hüften das genaue Gegenteil zur hageren Gestalt des 72-jährigen Paters.

„Das ist Jakob aus Waldkirch und das, lieber Jakob, ist Dietlinde Mühlenbacher", stellte er die beiden einander vor.

„Aber, Pater Gerold, darauf bin ich nicht vorbereitet, das hätten Sie mir früher sagen müssen."

„Meine liebe Dietlinde, Sie wissen doch: Die Wege des Herrn sind unergründlich."

„Das weiß ich wohl, Pater Gerold. Aber, was machen wir jetzt?", jammerte Dietlinde Mühlenbacher. „Es gibt heute Feuerwurst und Brot."

„Ist das ein Problem?"

„Ja, Feuerwurst ist zu scharf für Kinder."

„Dann geben Sie ihm etwas anderes."

„Das würde ich ja gerne", erwiderte diese und erklärte mit Bedauern: „Aber wir haben nichts anderes da. Ich gehe doch erst heute Nachmittag zum Einkaufen."

Dietlinde Mühlenbacher öffnete den Kühlschrank. „Sieht wirklich schlecht aus. Ist nur Marmelade drin. Und eine Schüssel Schokoladenpudding für die Kommunionskinder heute Nachmittag."

Sie drehte sich um. „Jakob, was hältst du von Marmeladenbrot mit Schokopudding zum Mittagessen?"

Marmeladenbrot und Schokopudding? Zum Mittagessen? Ich bin im Paradies!

Nach dem gemeinsamen Tischgebet sah man eine fröhlich schlemmende Gesellschaft. Pater Gerold tunkte seine Feuerwurst in extra scharfen Meerrettich. Dietlinde Mühlenbacher begnügte sich mit mildem Senf. Und Jakob mampfte strahlend vor sich hin. Er fühlte sich wohl wie lange nicht mehr. Genüsslich biss er vom Marmeladenbrot, dann schob er einen Löffel Schokopudding hinterher. Immer im Wechsel: herbe Johannisbeere und süße Schokolade. Hier gefiel es ihm.

„Sag mal, Frau Mühlenbacher, hast du Kinder?", fragte er zwischen zwei Bissen.

„Nein, Jakob, der liebe Gott hat mir keine geschenkt."

„Geschenkt? Aber Kinder bekommt man doch gar nicht von Gott geschenkt!"

„Nicht?"

„Aber nein, Frau Mühlenbacher", klärte er fachkundig auf. „Die Martina haben wir vom Krankenhaus. Meine Mama hat ganz viel gegessen. Und als sie dick war, ist sie ins Krankenhaus gegangen und hat die Martina bekommen."

Mit großen Augen schaute er auf Dietlinde Mühlenbachers Bauchumfang. „Du bist auch richtig dick. Geh auch ins Krankenhaus. Die haben bestimmt ein Kind für dich und ..."

„Jakob!", fuhr Pater Gerold dazwischen. „Die Frau Mühlenbacher ist schon alt. Die bekommt kein Kind mehr."

„Das glaube ich nicht, Pater Gerold. Meine Mama ist viel älter als Frau Mühlenbacher."

„Vielleicht sollte ich doch mal im Krankenhaus fragen", meinte Dietlinde Mühlenbacher augenzwinkernd und tätschelte ihre Fettpolster.

„Ja, mach das, Frau Mühlenbacher. Mama ist steinalt und hat auch ein Kind bekommen", ereiferte sich Jakob.

„Soso, deine Mama ist steinalt", amüsierte sich Pater Gerold. „Wie alt ist sie denn? Etwa so alt wie ich?"

„Aber nein, Pater Gerold, meine Mama ist viel, viel älter als du. Die ist nämlich schon neunundzwanzig Jahre."

Pater Gerold unterdrückte ein Grinsen. „Bei Gott, das ist ziemlich alt."

„Ja, das ist wirklich alt", bestätigte Dietlinde Mühlenbacher lachend.

„*Ich* könnte dein Kind sein, Frau Mühlenbacher. Und du kümmerst dich um mich", präsentierte Jakob eine neue Idee.

„Nein, Jakob, das geht nicht", lehnte die Haushälterin ab. „Ich muss mich um den Pater kümmern."

„Und wenn ich dein Nachfolger werde, Pater Gerold?", wandte sich Jakob hilfesuchend an den Pfarrer.

„Ja, dann könnte sich Frau Mühlenbacher um dich kümmern. Ein guter Vorschlag, Jakob." Der Pater nickte schmunzelnd.

„Bekomme ich dann jeden Tag Marmeladenbrot mit Schokopudding?", fragte Jakob hoffnungsvoll.

„Na, vielleicht nicht jeden Tag."

„Aber jeden Sonntag?"

„Darüber können wir reden", amüsierte sich Frau Mühlenbacher.

„Gut dann werde ich dein Nachfolger, Pater Gerold." Zufrieden schob Jakob das letzte Stück vom Brot in den schokoladeverschmierten Mund.

„Halleluja, dann hätten wir das auch geklärt", meinte der Pater belustigt, „und jetzt bringe ich dich nach Hause."

„Nein", widersprach Jakob und riss entsetzt die Augen auf.

„Doch, mein Kleiner. Erst putzt du dir den Mund, und dann fahre ich dich mit dem Wagen nach Waldkirch. Ich muss zum Kommunionsunterricht pünktlich wieder hier sein." Mit Blick auf die leere Schüssel ergänzte er: „Und Sie, Dietlinde, machen doch bitte neuen Schokopudding für die Kommunionskinder. Der Bub hat ja alles aufgegessen."

„Ich gehe nie mehr heim!", protestierte Jakob.

„Aber warum denn, Jakob?", wollte Dietlinde Mühlenbacher wissen.

Doch der kniff den schokoladeverschmierten Mund zusammen, senkte den Blick und blieb stumm.

„Jakob", forderte Pater Gerold ihn auf, „hab keine Angst. Erzähl uns, warum der Herr deine Schritte hierher in die Pfarrkirche gelenkt hat. Unser guter Vater macht nichts ohne Grund."

Doch Jakob blieb stumm. Erst als der Pater ihn erneut aufforderte, brach er das Schweigen und erzählte zögerlich von seinem Leid. Zwischendurch schaute er immer wieder vorsichtig auf und staunte jedes einzelne Mal, wie geduldig Pater Gerold und Frau Mühlenbacher ihm zuhörten: kein Augenverdrehen, kein Schimpfen, keine abfällige Bemerkung. Pater Gerolds Augen waren voll Wärme und Güte. Ein eigenartiges Leuchten ging von ihnen aus, das tief in Jakobs Innerem ein Gefühl von Geborgenheit und Geliebtwerden erzeugte.

„... und darum geh ich nie wieder nach Hause", beendete Jakob seine Ausführung.

„Hab keine Angst, ich rede mit deinem Vater."

Mit Vater reden? Jakob starrte den Pater entsetzt an. Dann schüttelte er den Kopf. „Nein, mit Vater kann man nicht reden."

Dietlinde Mühlenbacher tätschelte Jakobs Hand. „Hab keine Angst, dein Vater wird auf Pater Gerold hören. Denn Gott, der Herr, ist mit unserem Pater, und der Heilige Geist spricht durch seinen Mund. Und sieh in diese Augen, Jakob. Da leuchtet die unendliche Liebe unseres Herrn Jesus Christus."

„Na, na, Sie übertreiben, Dietlinde."

„O nein, Pater Gerold, aus Ihren Augen strahlt Gottes reine Liebe."

„Halleluja. Lobet den Herrn. Und jetzt wollen wir gemeinsam beten und den Herrn um Beistand bitten."

Pater Gerold faltete die Hände, schloss die Augen und sprach: „Gott Vater, der du regierst im Himmel zusammen mit deinem Sohn, unserem Herrn Jesus Christus, und dem Heiligen Geist, erhöre mein Gebet: Der kleine Jakob hat ein Problem. Und nur du kannst erahnen, wie schwer er darunter leidet. Herr Jesus steh ihm bei. Deine Liebe ist unerschöpflich. Deine Hilfe grenzenlos. Steh ihm bei in seiner Not. Und gib mir ein Zeichen, einen göttlichen Rat, wie ich helfen kann. Im Namen des Vaters und des Sohnes und des Heiligen Geistes, Amen."

Als Pater Gerold die Augen öffnete, hatte sich das Leuchten zu einem intensiven Strahlen gesteigert. Das konnte Jakob ganz deutlich sehen.

„Dietlinde, bringen Sie den guten Hirten."

„Den guten Hirten? Pater Gerold, ich weiß nicht, was Sie meinen."

„Den mit dem Lämmlein auf dem Arm. Der Herr hat mich in seiner unendlichen Güte wissen lassen, was dem Bub helfen wird." Fürsorglich schaute er Jakob an. „Inzwischen erzähle ich unserem Gast das Gleichnis vom verlorenen Schaf, und dass unser Herrgott sich um jedes seiner Lämmchen kümmert. Denn *der Herr ist mein Hirte, mir wird nichts mangeln, er führet mich auf grüne Auen.*"

„Psalm 23."

„Richtig, meine liebe Dietlinde. Und nun rasch. Schauen Sie bei den Krippenfiguren im Wohnzimmerschrank."

Während Dietlinde Mühlenbacher den guten Hirten suchte, erzählte Pater Gerold und Jakob lauschte gebannt.

„Hier ist der gute Hirte." Dietlinde Mühlenbacher überreichte Jakob die Figur. Der hielt sie vorsichtig in den Händen und betrachtete neugierig den Hirten, welcher sanft und liebevoll sein Schäflein im Arm hielt.

„Den legst du jeden Abend nach dem Nachtgebet unter dein Kopfkissen", erklärte Pater Gerold. „Und Gott, der Herr, wird über dich wachen, wie der gute Hirte über sein Lamm."

Mit großen Augen starrte Jakob abwechselnd den Pater und die Figur an. „Und das soll helfen?"

„Das sage nicht ich, das sagt der Herr, unser guter Hirte, der über all seine Schafe wacht."

Seit jenem Tag legte Jakob nach dem Nachtgebet den guten Hirten unter sein Kopfkissen. Und wirklich: Von da an blieb sein Bett trocken.

21

In der Nacht zum 1. Mai hatte Anton seiner Liebsten ganz traditionell einen Maibaum vor die Tür gestellt. Gabi war gerührt gewesen, ihr Vater außer sich, weil er noch immer weder Freund noch Verehrer für seine Tochter duldete. Dennoch hatte Gabi in ihrem nächsten Brief vorgeschlagen, dass sie sich kommende Woche am Schützenfest ganz offiziell kennenlernen könnten. Schließlich würde sie Ende Mai mit ihrer Ausbildung fertig sein und ihr Vater hoffentlich nicht mehr dagegen, wenn sie nun einen Freund hätte. Sie schloss den Brief mit *Ich liebe dich, mein Traumprinz!*

Mit hoffnungsvollem Bangen sehnte Anton den Tag des Schützenfestes herbei. Sie hatten sich auf zwanzig Uhr an der Zeltbar verabredet. Früher war nicht möglich gewesen, da er an diesem Tag noch einen wichtigen Geschäftstermin bei der Ulmer Holzkunstmesse gehabt hatte.

Die Mittagspause hatte Anton genutzt, ein schickes T-Shirt und eine lässige Jeans zu kaufen, um nicht in geschäftsmäßigem Hemd und Anzug ins Festzelt gehen zu müssen.

Unglücklicherweise hatte die Bahn Verspätung gehabt, so dass er erst nach einundzwanzig Uhr auf dem Schützenfest und am vereinbarten Treffpunkt hatte erscheinen können – und mit Entsetzen hatte feststellen müssen, dass seine Prinzessin mit Paule und dessen Saufkumpanen in der hinteren Ecke der Bar zu finden war. Ausgerechnet mit BMW-Paule, der sich rühmte, *jede flach zu legen*. Paule, dessen ganzer Stolz und einzig wahre Liebe ein alter BMW 2002 Targa war, den er von seinem Opa geerbt und in mühevoller Arbeit restauriert hatte, und mit dem es sich wunderbar *Mädels aufreißen* ließ.

Verlegen hatte Anton in ihrer Nähe gestanden und auf eine passende Gelegenheit gewartet, auf sich aufmerksam zu machen. Doch seine Prinzessin hatte nur Augen für den alten Angeber gehabt. Es war zum Hühnermelken gewesen. Wieso fiel Gabi auf diesen Blender herein? Hatte sie zu viel Alkohol getrunken? Zumindest reihten sich auf der Theke ein Dutzend leere Sektgläser. Ein volles hatte sie in der Hand und kippte es unter lautem Johlen der Umstehenden in einem Zug hinunter. Wie viel Alkohol sie wohl intus hatte? Nüchtern war dieses Verhalten nicht zu erklären.

Gegen Mitternacht hatte Anton die Sturzbetrunkene nach Hause gebracht. Ihr Vater, ein allseits bekannter, arbeitsloser Raufbold mit Alkoholproblemen, war über Gabis Zustand wenig begeistert gewesen. Aber noch weniger über die Tatsache, wer seine torkelnde und lallende Tochter um diese Uhrzeit nach Hause gebracht hatte. Und da Anton weder sportlich gewandt war noch mit einer derart aggressiven Reaktion gerechnet hatte, war der Fausthieb von Gabis Vater aus heiterem Himmel gekommen und hatte für ein Veilchen und eine Menge Dorftratsch gesorgt.

Einen Monat nach dem Schützenfest hielt Anton zum Erstaunen des ganzen Dorfes um Gabis Hand an, und heiratete sie drei Tage später auf dem Standesamt. Ohne Trauzeugen, ohne Verwandtschaft.

Die Tratschweiber im Dorf hatten sich das Maul zerrissen, dass Anton die fette Gabi aus der Hartz-4-Familie geheiratet hatte, wo doch die Hochzeit mit der sportlichen Franzi Förster aus reichem Hause eine beschlossene Sache gewesen war.

Und Rita? Rita hatte getobt! Als sie dann noch erfahren hatte, dass Gabi zu diesem Zeitpunkt bereits schwanger gewesen war, hatten Wut und Ärger keine Grenzen gekannt und sie hatte ihrer Entrüstung freien Lauf gelassen.

„Dafür habe ich dir nicht die Firma übergeben, dass sich diese Gabi Habenichts in ein gemachtes Nest setzt", hatte sie ihn zusammengestaucht. „Die hat dich drangekriegt und es darauf angelegt, schwanger zu werden. Aber glaub ja nicht, dass ich dich unterstütze oder du mehr Gehalt bekommst, für dein bisschen Arbeit hier, nur weil du so dumm warst, dir einen Balg anhängen zu lassen."

Jedes Wort ein Schlag in die Magengrube.

„Am besten wäre, sie würde abtreiben, dann wäre der Schandfleck getilgt", hatte sie sich ereifert. „Hier wird sie jedenfalls nicht einziehen."

Diese Androhung hatte Rita wahr gemacht, und Anton war mit Gabi in eine kleine Zweizimmerwohnung im Unterdorf gezogen.

Acht Monate danach war Ann-Sophie zur Welt gekommen. Was für ein emotionaler Augenblick! Dieser Moment, als er die Kleine das erste Mal auf den Arm genommen hatte. Diese winzigen Fingerchen. Er hatte fast Angst gehabt, dass sie abbrechen könnten, sobald er sie berührte. Er wollte ihr ein guter Vater sein, dieser zahnlosen Schreihälsin, die mit einem einzigen Lächeln eine durchwachte Nacht in Freude verwandeln konnte.

Heute – fünf Jahre später – war sein Leben alles andere als freudig, aber Anton hatte seine damalige Entscheidung niemals bereut. Im Gegenteil, er war stolz, dass er zum ersten Mal in seinem Leben gemacht hatte, was ihm – und nur ihm! – wichtig war. Auch wenn er gegen den Willen seiner Mutter entschieden hatte.

Leider war Rita bis heute nicht versöhnt. Der seinerzeitige Ungehorsam ihres einzigen Sohnes nagte an ihr, wog zentnerschwer und hatte sie zutiefst erschüttert. Das Miteinander war hart. An Gabi mäkelte sie ständig herum und mit der süßen Ann-Sophie konnte oder wollte sie nichts anfangen.

Und Gabi? Ja, seine Märchenprinzessin hatte letzte Woche alles andere als glücklich gewirkt, als Anton ihr zum sechsten Hochzeitstag einen Strauß roter Rosen überreicht hatte. Nun fing das verflixte siebte Jahr an. Und es fing nicht gut an!

Mit einem wehmütigen Seufzen dachte Anton an die erste Zeit zurück, in der sie sich diese romantischen Briefe geschickt hatten. Er hatte ihr seither nie wieder etwas geschrieben und sie hatten nie über diese leidenschaftliche Zeit gesprochen. Warum auch? Er hatte seine Märchenprinzessin geheiratet und es gab Wichtigeres: die Firma, die Wohnung, das Kind. Außerdem hatte Anton keinen der Briefe mehr. Sofort nach dem Lesen hatte er sie in klitzekleine Schnipsel zerrissen und heimlich weggeworfen. Auch wenn er sie gerne aufgehoben hätte, damit sie ihm in schlaflosen Nächten sein sehnsuchtsvolles Herz erwärmten, war die Gefahr zu groß gewesen, dass Rita sie gefunden, es Riesenkrach gegeben und er sich weitere blöde Bemerkungen über Unvermögen und Dummheit hätte anhören müssen.

Aber er wusste, dass Gabi all seine Briefe aufgehoben hatte. In ihrer Nachttischschublade lagen sie, ganz hinten, versteckt unter ihren riesigen BHs. Und Gabi nahm sie oft hervor, um darin zu lesen. Anschließend hatte sie diesen verklärten Blick, der sie noch anziehender für Anton machte. Allerdings las Gabi immer nur, wenn sie sich unbeobachtet fühlte. Wahrscheinlich war es ihr peinlich, alte Liebesbriefe zu lesen und wie ein Schulmädchen zu träumen. Das zumindest schloss Anton daraus, dass Gabi die Briefe jedes Mal schnell in das Nachttischchen warf, das Schubfach mit viel zu viel Schwung zuknallte und nervös versuchte, so zu tun, als sei nichts gewesen, wenn er ins Schlafzimmer kam.

Und naja, zum Thema Schlafzimmer ... Seit der Geburt von Ann-Sophie hatten sie kaum noch Sex. Die wenigen Male konnte man an einer Hand abzählen.

Auch der Alltag hatte seine Tücken. Gabi war stets distanziert. Als ob ihr Herz woanders wäre. Er hatte sich sein Eheleben anders vorgestellt.

Anton seufzte tief und ausgiebig.

Nicht einmal der alles erlösende Sprung vom Münsterturm war ihm vergönnt gewesen. Wehmütig seufzte er ein zweites Mal.

Ach, wenn er doch nur jemanden hätte, den er um Rat fragen könnte, jemand, der wusste, was zu tun wäre.

22

Auch heute begann die Gruppenstunde GELB mit einer Befindlichkeitsrunde und der Frage nach den Gefühlen. Dieses Mal musste Jule nicht lange in sich hineinhorchen, sondern spürte sofort ihre immer noch vorhandene Trauer. Aber hinter der Nebelwand, dort in der äußersten Ecke ihres Bewusstseins, versteckt zwischen alten Säcken dumpfer Melancholie und schweren Kisten schwarzen Seelenschmerzes, zwängte sich ein Zipfelchen Zuversicht durch das zähe Grau. Es schien, als ob die Therapien ansprächen und der seelische Heilungsprozess in Gang gesetzt worden war.

„Neben der Trauer spüre ich heute einen Funken Zuversicht."

„Sehr schön, Frau Seltmann," lobte der Psychologe und die gesamte Gruppe nickte anerkennend.

Im Anschluss benannten die anderen Mitpatienten ihre Gefühlslage und schon ging es weiter.

„Hat jemand ein Thema? Etwas zu klären?"

Inzwischen liebte Jule die Gruppenstunden. Ein wertschätzendes Aufeinander-Zugehen. Hinhören. Helfen. Sich einfühlen in die Sorgen und Nöte der anderen. Jedes Gruppenmitglied trug mit seinen individuellen Fähigkeiten und unterschiedlichen Erfahrungen bei, falsche Denkmuster zu entlarven, die persönliche Haltung zu überprüfen und die Sichtweise auf eigene Probleme zu verändern.

Beat-Urs hatte ein großes Fachwissen und konnte schwierige Sachverhalte leicht und verständlich erklären. Raffael war einfühlsam und zuvorkommend, reichte jedem, der sie benötigte, die Box mit den Papiertaschentüchern, meist bevor demjenigen bewusst wurde, dass er sie brauchen würde. Kristof, stets fröhlich, brachte mit seinem lustigen Schwäbisch und dem holprigen Hochdeutsch die Gruppe immer wieder zum Lachen, was er sichtlich genoss. Nina hatte die Rolle der Mittlerin übernommen, die der Meinung war, dass alle Streitigkeiten auf Missverständnissen beruhten und niemals einer allein Schuld am Zwist habe. Für Jule eine neue Erkenntnis, da Eddie stets betonte, dass Jule alles verbocken würde. Nur aus Dörte wurde man nicht schlau. Sie hielt sich aus sämtlichen Diskussionen heraus, und wenn sie von Konrad Krpcicz angesprochen wurde, feuerte sie gallige Antworten in die Runde. Eine hochnäsige Zimtzicke und schnippische Kratzbürste.

Noch einmal fragte der Psychologe in das Schweigen der Gruppe hinein und schaute jeden einzeln an. Sein Blick blieb schließlich bei Raffael hängen, der nach kurzem Zögern loslegte: „Ja, also, wenn sonst keiner was hat." Er zuckte mit den Schultern. „Ähm, nun, mich belastet eine Sache, die sich auf meine Zukunft bezieht."

„Schießen Sie los, Herr Kahmen."

Raffael räusperte sich. „Ich bin ja schon eine Weile hier in der Klinik und inzwischen geht es mir besser." Er lächelte in die Runde. „Aber nun", fuhr Raffael mit ernstem Blick fort, „mache ich mir so meine Gedanken, wie das weitergehen soll … also nach der Entlassung … zuhause, mit den Kindern." Er räusperte sich erneut, schluckte schwer, sprach weiter: „Momentan sind sie auf dem Bauernhof bei Opa und Oma, also den Eltern meiner verstorbenen Frau. Die Kleinen sind glücklich mit all den Tieren, und die Schwiegereltern kümmern sich liebevoll um sie." Raffael stockte.

„Das klingt doch wunderbar", bemerkte Nina in seine Pause hinein.

„Ja, schon. Aber ich weiß nicht, was ich tun soll." Wieder stockte er.

„Was genau ist jetzt dein Problem?"

„Na ja, zum einen, wie alles weitergehen soll und zum anderen, dass ich nicht zurück möchte in unsere bisherige Wohnung. Zu viele Erinnerungen an die Zeit mit Mara, als wir noch eine glückliche Familie waren." Er schluckte. „Ich weiß nicht, wie eine lebenswerte Zukunft aussehen könnte."

„Das ischt nicht einfach." Kristof nickte.

„Auf dem Hof meiner Schwiegereltern ist eigentlich eine Wohnung frei. Die wurde jahrelang als Ferienwohnung genutzt, aber nun schon einige Zeit nicht mehr. Und eigentlich wollten Bertram und Elsa immer, dass wir zu ihnen ziehen. Das wäre die Gelegenheit, Beruf, Wohnung und Kinder unter einen Hut zu bringen. Aber ..."

„Ich verstehe nicht, warum du dir Sorgen machst, Raffael; das klingt gut", mischte sich Beat-Urs ein.

„Nein, eben nicht. Ich frage mich, ob ich als Schwiegersohn – und ohne Mara – da einziehen kann. Und was ist, wenn ich je eine andere Frau finden sollte. Nicht, dass ich das will. O Gott, nein! Mein schlechtes Gewissen drückt mich viel zu sehr – aber ich bin mit fünfundzwanzig ja noch jung und ...", Raffael schüttelte den Kopf, „ach, das ist alles so kompliziert." Eine Träne bahnte sich ihren Weg.

„Also, das mit einer neuen Liebe, das hatten wir ja schon einmal", erinnerte Nina. „Und ich bin immer noch der Meinung, dass du dein schlechtes Gewissen nie loswerden wirst, sondern lernen musst, damit zu leben. Aber wenn es eines Tages passiert, dass du dich verliebst, dann solltest du die Chance ergreifen und deinen Kindern eine neue Mutter geben. Und ihnen – wie dir selbst auch – dieses Glück nicht verweigern, nur weil dich dein Gewissen plagt."

„Ja, so sehe ich das auch", pflichtete Beat-Urs bei. „So erschreckend und vielleicht pietätlos es klingen mag, aber: Das Leben geht weiter. Und wie das später sein wird ... falls ... und wenn ... und ob du in deinem Leben eine neue Liebe finden wirst ... das weiß niemand ... Darüber würde ich mir heute keine Gedanken machen."

„Genau", befand Jule. „Wichtig ist doch erst mal nur, dass es den Kleinen gut geht und du mit Hilfe der Therapien stabil wirst."

„Seh i auch so."

„Und wenn das Angebot deiner Schwiegereltern weiterhin gilt, dann würde ich es annehmen", bekräftigte Nina. „Es ist für alle Beteiligten die beste Lösung. Du weißt deine Kinder liebevoll versorgt und die Schwiegereltern sind durch die beiden in ihrer Trauer abgelenkt."

„Z'rückschraube geht nicht, du muscht nun vorwärtsschaue."

„Frag doch deine Schwiegereltern, wie sie sich das zukünftig vorstellen", schlug Beat-Urs vor.

„Ja, wenn ihr euch zusammensetzt und offen miteinander redet, sollte sich eine gute Lösung finden lassen", fand auch Nina.

„Genau, und wenn –"

„Die Stunde ist leider zu Ende", unterbrach Konrad Krpcicz die rege Diskussion. „Ich hoffe, Sie können von den Ideen Ihrer Gruppe etwas mitnehmen, Herr Kahmen."

Und an alle gerichtet meinte er: „Ich danke Ihnen für die gute Mitarbeit und die interessanten Beiträge." Dann schaute er direkt zu Dörte. „Mit Ausnahme von Ihnen, Frau Hansen. Sie sollten sich mehr in die Gruppengespräche einbringen."

Dörtes Augen funkelten angriffslustig, doch sie verkniff sich einen bissigen Kommentar.

„Nun wünsche ich allen, auch Ihnen Frau Hansen, einen schönen Tag und bis morgen zu unserer nächsten Gruppenstunde."

Mit genervtem Augenverdrehen und ohne Konrad Krpcicz eines weiteren Blickes zu würdigen, rauschte Dörte aus dem Raum. Irritiert sah Jule ihr hinterher. Nein, aus dieser Frau wurde sie nicht schlau.

Kopfschüttelnd verließ Jule den Raum. Auf dem Flur wartete Raffael: „Sorry, Jule, dass ich beim letzten Mal dein Alter falsch geschätzt habe."

„Ach was." Jule lächelte. „Im Grunde war es ein riesen Kompliment. Ich kann es nicht glauben, aber wenn alle der Meinung sind ..." Sie zuckte mit den Schultern.

„Sag mal", wollte Raffael wissen, „möchtest du heute beim Mittagessen nicht zu uns an den Tisch kommen? Wir GELBEN sitzen immer gemeinsam hinten links. Ist zwar etwas weit weg von der Essensausgabe, aber wir sitzen als Gruppe zusammen, haben nette Tischgespräche und unseren Spaß. Die Therapiestunden sind ja anstrengend genug. Außerdem kann man schön auf den Innenhof schauen. Eine gärtnerische Meisterleistung, wie ich finde."

23

Hinweis: Wenn Sie völlig unerklärlicherweise des Schwäbischen nicht mächtig sein sollten – macht nichts, überspringen Sie diese Seiten und lesen Sie beim nächsten Kapitel weiter.

„Hallo, isch do dr Herr Pfarrer Fischer?"

„Ja, Jakob Fischer am Apparat."

„Grüß Sie Gott, Herr Pfarrer, ich wollt froga, wenn Sie gau, also om wie viel Uhr Sie halt ..."

„Wer ist denn am Telefon?"

„Na, d' Karin Hirschle-Knobloch vom Wiesadaler Aussiedlerhof, ond i wollt ..."

„Grüß Gott Frau Hirschle-Knobloch, schön Sie zu hören, was gibt es denn? Wie geht es dem Timmy? Und was kann ich für Sie tun?"

„Ja also, grüß Gott nomol, Herr Pfarrer. I wollt froga, wenn Sie gau den Kloina abhola kommet, i muss doch no nonter noch Waldkirch zom Aikaufa und no isch halt koiner do, wenn Sie komma dädet. I könnt nadirlich au no warta, do richt i mi fei ganz noch Ihne, Herr Pfarrer. Ab'r g'schickt wär's scho, wenn i's wissa däd, denn i muss dringend aikaufa. I brauch doch ganz obedingt a Päckle von derra Hefe. Sonst gibt's morga zom Frühstück koin Hefazopf, und des goht garet – was soll do mei Ma denka? Frühstück ohne an Hefazopf! Oder, hmmm, do fallt mr was ei, Sie kennat ja au oina mitbrenga. So an Würfel aus'm Kühlregal. Sie wisset scho, näba dem Butter, bei derra Frischmilch, do stoht dui Hefe und do stoht au ganz groß Hefe druff. I moin, Sie misset ja eh durch Waldkirch, wenn Sie herkommat, ond des wär garet bled, denn no bräucht i garet los und no wär's mir au wurschtegal, wenn Sie kommat."

„Moment, Frau Hirschle-Knobloch, um was geht es denn?" Was wollte die Hirschle-Knobloch von ihm? Hefe mitbringen? Kein Thema. Aber wieso sollte er heute den kleinen Timmy holen? Kommunionsunterricht war immer mittwochs, also erst übermorgen. Jakob war verwirrt. Hatte er etwas verpasst? Etwas ausgemacht und zugesagt, woran er sich nicht erinnerte? Waren das Nachwirkungen der Gehirnerschütterung?

„Na, Ihr Nichte hot ogrufa, dui Lucy. Gell, des isch von Ihrar Schwest'r Martina di kloinschta Tocht'r. 's Neschthäkle halt. Des isch dui mit de raute Haar und denna viele Rossmugga, die als Kend emmer di lustige Zöpf g'het hot. Oh mei, isch des scho lang her ..."

Lucy? Welche Lucy? Die drei Mädels seiner großen Schwester hießen Karin, Anja und Luise. Wer sollte Lucy sein? Ominöse Sache!

„... ja, des waret no Zeita, als die drei in de Sommerferia bei de Großeltra waret, abr viel mei Zeit bei oos uff'm Hof g'wea send, d' Viechla g'fuadert, d' Katza g'streichlet oder mir beim Kiah melka g'holfa hen. Dui Lucy, die war garet so bled, die Kloina hot des guat kenna ond am liebschta hot se d' Milch direkt vom Euter g'trunka. Abr jetzt schwoif i fei ab ..."

Und ich habe keine Ahnung, um was es geht.

„'s war halt so, dass die kloina knitziga Lucy ogrufa hot, dass Sie'n hola dädet. Abr was schwätz i denn für an Bäpp, die kloi Lucy sott jetzet au scho groß sei ond gau mit dr Schul fertig sei. Studiert se Tiermedizin? Des hot se emmer g'sait, dass se denne kranke Viechla gera helfa dät, weil se die Viechla doch so gera hot. Han se garet g'frogt, aber i han mi saumäßig g'freit, dass se ogrufa hot. Und se hot au g'sagt, dass es wurscht wär, dass dem Kloina a Aug fehla dät."

„Was? Wem fehlt ein Auge? Um Himmels willen, was ist denn passiert?"

„Des war d'Katz, ooser Minka, die scheena schwarza. Die isch manchmal scho saubleed. Die hemmer scho vierzä Johr ond se sieht fei emmar no aus wie a jongs Kätzle, weil se ooz zierlich isch, obwohl se scho an Haufa Katza Buzzela g'habt hot. Ond an Haufa Mäus fanga des tut se au no. D'Minka hot'm halt oina an Backa g'schlaga, wie dr Kloine ihra beim Milchsaufa in d'Quere g'komma isch ond jetzet fehlt'm halt 's linke Aug."

„Dem Timmy?"

„Noi."

„Gut."

„Stimmt, des isch gut, Herr Pfarrer, denn ooser Kloiner hots et leicht, isch halt au a bissle bleed em Kopf, et ganz bacha wia mr friher g'sagt hot. Ond d'rom find i des fei au ooz guad von Ihne, Herr Pfarrer, wie Sie des machat mit derra Infusion ond so. Ond dass'r wie älle andre Kendr Kommunionstunda hot und dass des Schäfle von dem Bartimäus Timmy hoißt. Des hot'r oos voller Freid verzählt. Ond i han immr denkt, dr Bartimäus wär oiner von selle Heilige Drei König g'wäa. So ko mr sich irra. Ja, do han i mi kähl discha. Werd i mr abr jetzet guad merka: Bartimäus isch a Hirte ond hot Schäfla. Ond oi Schäfle von'm hoißt Timmy. Was Sie et älles wisset, Herr Pfarrer. Abr Sie hen ja au studiert. Gell, ond drom wisset Sie au, dass dem Timmy seine Lieblingsviechla d'Schäfla send, ond drom hem mr fei sottige her doa. Mei Ma ond i. Ond guad send se ja au.

Also des Floisch von denne. Wellet Sie et am Sonndig komma? Ich lad Sie ei zom Hammelbrota."

„Am Sonntag?"

„Ja, am Sonndig. Ach isch des schee, dass Sie Zeit hen ond am Sonndig zom Essa kommat. Was meegat Sie denn liabr? Boirische Knödel oder Grombira?"

„Ich ..."

„Ach was, i mach oifach boides. Bohna gibt's au, bio, aus 'm oigna Garta. Des meegat Sie, Herr Pfarrer."

„Frau Hirschle-Knobloch, um was geht es denn eigentlich? Ich bin verwirrt und mir brummt der Schädel."

„Oja, des hem mr mitkriagt, mit derra Gehirnverschüttung, Herr Pfarrer. Dr Schwanawirt hot's mei'm Ma verzählt, der moint, 's wär, weil dr Thorsten Bratsch koi Lektor mehr sei derf, weil'r scho so oft b'soffa in dr Kirch g'wäa isch. Also, des secht mei Ma. Abr i moin, des isch wega denne Hostia."

„Wegen der Hostien?"

„Ja, weil die so kloi send."

„Aber ... die sind alle gleich groß."

„Noi, Herr Pfarrer, des stimmt et, mir kriagat emmer dia kloine Hostia. I han do amol g'nau uffbasst. Sie, Herr Pfarrer, Sie kriagat älleweil a and'ra, so a morz Doil. Des isch et recht! Noi, des goht doch et. Ond deswäga isch dr Thorsten Bratsch schtinkig auf Sie. Haja, des isch dr Grond, des kennat Sie mr glauba. Jedenfalls wünsch i Ihne a guade Besserung."

„Ja, da-"

„Abr jetzet sollt i halt scho wissa, wia des isch, wenn Sie kommat ond wäga derrer Hefe, ob Sie dui mitbrengat, oder soll i den Kloina no a paar Däg doo b'halda, bis Sie wied'r reacht em Kopf send?"

„Frau Hirschle-Knobloch, jetzt sagen Sie mir bitte einfach, wovon Sie reden."

„Abr Herr Pfarrer, des mach i doch dia ganza Zeit scho. Von dem schnuggligga Kloina. Jetzet hot 'r halt nur no oi Aug. Ond i frei mi ja so, dass'r in guade Händ kommt. Zu Ihne, Herr Pfarrer. Sie send so a guader Mensch. Ond butzmunter isch'r au, dr Kloine, mit seine Schlappohra."

„Schlappohren?"

„Ja, Schlappohra. Ond ganz weiß mit drei schwarze Flecka. D' Kinder hen 'en Idefix dauft, weil'r fei so aussieht wia's Hondle vom Asterix ond em Obelix."

„Idefix?"

„Ja. Abr wenn's Ihne et g'fällt, der isch ja no ganz kloi, erscht zwölf Wocha. Da g'wehnt der sich no an an noia Nama. Gott segne Sie, Herr Pfarrer Fischer. Auf dass Sie no viele, viele Johr bei oos bleibat."

24

„Hallo, sprech ich mit dem Herrn Pfarrer Fischer?"
„Ja, Jakob Fischer am Apparat."
„Grüß Gott, Herr Pfarrer, ich wollt fragen, wann Sie nun, also um wie viel Uhr ..."
„Wer ist denn am Telefon?"
„Na, die Karin Hirschle-Knobloch vom Wiesentaler Aussiedlerhof und ich wollt ..."
„Grüß Gott, Frau Hirschle-Knobloch, schön Sie zu hören, was gibt es denn? Wie geht es dem Timmy? Und was kann ich für Sie tun?"
„Ja also, grüß Gott nochmal, Herr Pfarrer. Ich wollt fragen, wann Sie denn den Kleinen abholen kommen, ich muss doch noch runter nach Waldkirch zum Einkaufen und dann ist halt keiner da, wenn Sie kommen. Ich könnt natürlich auch noch warten, da richte ich mich ganz nach Ihnen, Herr Pfarrer. Aber geschickt wär es schon, wenn ich es wissen würd, denn ich muss dringend einkaufen. Ich brauch doch ganz unbedingt ein Päckle Hefe. Sonst gibt es morgen zum Frühstück keinen Hefezopf, und das geht gar nicht – was soll da mein Mann denken? Frühstück ohne Hefezopf! Oder, hmmm, da fällt mir ein, Sie könnten ja auch welche mitbringen. So einen Würfel aus dem Kühlregal. Sie wissen schon, neben dem Butter, bei der Frischmilch, da liegt die Hefe und da steht auch ganz groß Hefe drauf. Ich mein, Sie müssen ja eh durch Waldkirch, wenn Sie herkommen und das wär ganz geschickt, denn dann bräucht ich nicht los und dann wär's mir auch komplett egal, wann Sie bei uns vorbeikommen."

„Moment, Frau Hirschle-Knobloch, um was geht es denn?" Was wollte die Hirschle-Knobloch von ihm? Hefe mitbringen? Kein Thema. Aber wieso sollte er heute den kleinen Timmy holen? Kommunionsunterricht war immer mittwochs, also erst übermorgen. Jakob war verwirrt. Hatte er etwas verpasst? Etwas ausgemacht und zugesagt, woran er sich nicht erinnerte? Waren das Nachwirkungen der Gehirnerschütterung?

„Na, Ihre Nichte hat angerufen, die Lucy. Gell, das ist von Ihrer Schwester Martina die jüngste Tochter. Das Nesthäkchen. Die mit den roten Haaren und den vielen Sommersprossen, die als Kind immer die lustigen Zöpfe hatte. Ach, ist das lange her ..."

Lucy? Welche Lucy? Die drei Mädels seiner Schwester hießen Karin, Anja und Luise. Wer sollte Lucy sein? Ominöse Sache!

„... ja, das waren noch Zeiten, als die drei in den Sommerferien bei den Großeltern waren, aber mehr Zeit bei uns auf dem Hof verbrachten, mit Tiere füttern und Katzen streicheln oder mir beim Kühemelken halfen. Vor allem die Lucy, die hat sich ganz schön geschickt angestellt, die Kleine. Und am liebsten hat sie die Milch direkt vom Euter getrunken. Aber ich schweif ab ..."

Und ich habe keine Ahnung, um was es geht.

„Jedenfalls hat die süße kleine Lucy angerufen, dass Sie ihn holen. Wobei, die kleine Lucy ist bestimmt auch schon groß und müsst gar mit der Schule fertig sein. Studiert sie jetzt Tiermedizin? Das hat sie damals immer gesagt, dass sie kranken Tieren helfen will, weil sie Tiere doch so lieb hat. Hab sie gar nicht gefragt, aber ich hab mich echt gefreut, dass sie angerufen hat. Und sie meinte auch, das sei gar nicht weiter tragisch, dass dem Kleinen ein Auge fehlt."

„Was? Wem fehlt ein Auge? Um Himmels willen, was ist denn passiert?"

„Das war die Katze, also unsere Minka, die schöne schwarze. Die ist da manchmal etwas eigen. Jetzt haben wir sie schon vierzehn Jahre und sie ist immer noch so zierlich, sieht aus wie eine junge Katze, obwohl sie uns schon viele Katzenbabys geschenkt hat. Und Mäuse fangen tut sie auch noch fleißig. Die Minka hat ihm halt eins übergezogen, als der ihr beim Milch trinken zu nahe gekommen ist, und jetzt fehlt ihm halt das linke Auge."

„Dem Timmy?"

„Nein."

„Gut."

„Stimmt, das ist gut, Herr Pfarrer, denn unser Jüngster ist ja so schon benachteiligt, ist halt nicht der Hellste, hat ein sehr einfaches Gemüt, wie man früher sagte. Und darum find ich es auch so nobel von Ihnen, Herr Pfarrer, wie Sie ihn trotzdem in alles miteinbeziehen, und diese Infusion mit ihm machen und er bei allem dabei sein darf, und ganz normal in den Kommunionsunterricht gehen darf mit den anderen Kindern, und dass das Schäfchen vom Bartimäus Timmy heißt. Das hat er uns ganz freudestrahlend erzählt. Und ich dacht immer, Bartimäus sei einer der Heiligen Drei Könige. So kann man sich irren. Ja, da hab ich mich wohl getäuscht. Werd ich mir jetzt aber merken: Bartimäus ist ein Hirte und hat Schäfchen. Und eins der Schäfchen heißt Timmy. Was Sie nicht alles wissen, Herr Pfarrer. Aber Sie hab'n ja auch studiert. Gell, darum wissen Sie auch, dass dem Timmy seine Lieblingstiere Schäfchen sind und wir deshalb welche hergetan hab'n. Mein Mann und ich. Und gut schmecken tun die ja auch. Also das Fleisch von denen. Wollen Sie am Sonntag vorbeikommen? Ich lad Sie ein zum Hammelbraten."

„Am Sonntag?"

„Ja, am Sonntag. Ach ist das schön, dass Sie Zeit hab'n und am Sonntag mit uns mittagessen. Was mögen Sie denn lieber? Kartoffelknödel oder Salzkartoffeln?

„Ich ..."

„Ach was, ich mach beides. Es gibt auch Bohnen dazu, bio, aus unserem Garten. Das wird Ihnen schmecken, Herr Pfarrer."

„Frau Hirschle-Knobloch, um was geht es denn eigentlich? Ich bin verwirrt und mir brummt der Schädel."

„O ja, das hab'n wir mitbekommen, mit der Gehirnverschüttung, Herr Pfarrer. Der Schwanenwirt hat es meinem Mann erzählt, und der meinte, das läge daran, dass der Thorsten Bratsch kein Lektor mehr sein darf, weil er doch so oft besoffen in der Kirche war. Also, das sagt mein Mann. Ich bin ja anderer Meinung. Ich denk, es ist wegen der Hostien."

„Wegen der Hostien?"

„Ja, weil die doch so klein sind."

„Aber ... die sind alle gleich groß."

„Nein, das stimmt nicht, Herr Pfarrer, wir kriegen immer die kleinen Hostien. Ich hab das mal genau beobachtet. Sie, Herr Pfarrer, Sie kriegen nämlich eine andere, eine ganz große. Das geht doch nicht. Das ist nicht richtig. Und ganz sicher ist der Thorsten Bratsch deshalb stinkig auf Sie. Ja, das ist der Grund, das können Sie mir glaub'n. Jedenfalls wünsch ich Ihnen eine gute Besserung."

„Ja, da-"

„Aber jetzt sollt ich schon wissen, wie das nun ist, wann Sie kommen, und wegen der Hefe, ob Sie die mitbringen, oder soll ich den Kleinen noch ein paar Tage hierbehalten, bis es Ihnen besser geht und Sie wieder richtig sind im Kopf?"

„Frau Hirschle-Knobloch, jetzt sagen Sie mir bitte einfach, wovon Sie reden."

„Aber Herr Pfarrer, das mach ich doch die ganze Zeit. Von dem süßen Kleinen. Jetzt hat er halt nur noch ein Auge. Und ich freu mich ja so, dass er in gute Hände kommt. Zu Ihnen, Herr Pfarrer. Sie sind so ein guter Mensch. Und lebhaft ist er, also der Kleine, mit seinen Schlappohren."

„… Schlappohren?"

„Ja, Schlappohren. Und ganz weiß mit drei schwarzen Flecken. Die Kinder hab'n ihn Idefix getauft, weil er doch so aussieht wie der Hund von Asterix und Obelix."

„Idefix?"

„Ja. Aber wenn's Ihnen nicht gefällt, er ist ja noch ganz klein, erst zwölf Wochen. Da gewöhnt er sich noch an einen neuen Namen. Gott segne Sie, Herr Pfarrer Fischer. Auf dass Sie uns noch viele, viele Jahre erhalten bleiben."

25

„Du siehst immer noch beschissen aus!", warf Anton seinem Spiegelbild entgegen, das ihn, obwohl frisch geduscht und glatt rasiert, bemitleidenswert aus dem Hotelzimmerspiegel anstarrte. „Aber hilft nix, es ist höchste Zeit." Er fummelte an seinem Krawattenknoten.

Dank der Tabletten war von Migräne keine Spur mehr, und auch die quälenden Gedanken waren weitestgehend aus seinem Bewusstsein verdrängt.

„So, fertig ... los geht's!", trieb er sich selbst zur Eile an. Als er allerdings seinen Laptop vom Minischreibtisch nehmen wollte, wo er über Nacht geladen hatte, blieb er wie angewurzelt stehen und starrte auf die leeren Flaschen, die dort fein säuberlich und akkurat alphabetisch aufgereiht standen: Cognac, Cola, Export, Kirschlikör, Pils, Piccolo, Rosé, Rotwein und Weißwein.

Ein kurzer Blick in die Minibar bestätigte seinen Verdacht: Bis auf das Fläschchen Mineralwasser war die komplette Minibar leergeräumt, samt Erdnüssen und zwei Schokoriegeln. Kein Wunder also, dass ihn heute eine Migräne geplagt hatte.

Kopfschüttelnd sah er sich um und bemerkte, dass auch die zweite Betthälfte benutzt worden war. Wieso das?, durchfuhr es ihn. Hatte er etwa so unruhig geschlafen und sein Bett dermaßen durcheinandergebracht? Eher unwahrscheinlich.

Aber? Das hieße dann ...? Nein!

So wie es hier aussah, war er letzte Nacht nicht alleine gewesen. Herrgott nochmal! Wen hatte er mit auf sein Zimmer genommen? Hoffentlich keine Prostituierte! Rasch schaute er in seinen Geldbeutel. Alles noch drin: Geld, Kreditkarten, Ausweis. Schon mal gut. Hastig zählte er das Bargeld. 123,18 Euro. Da fehlten fünfzig Cent. Aber fünfzig Cent? Keiner klaut lediglich fünfzig Cent! Ah, ja, die hatte er für die Kerze ausgegeben. Vor der Turmbesteigung.

Schnell ging er zum Mülleimer, öffnete vorsichtig den Klappdeckel und suchte nach Spuren einer unerlaubten Nacht. Vor Anspannung hielt er die Luft an. Sein Herz klopfte unangenehm im Hals, als er argwöhnisch die leere Erdnusspackung und die Schokoriegelfolien auf die Seite stupste. Nichts. Anton atmete erleichtert aus, um im nächsten Moment die Luft wieder anzuhalten. Denn ... herrje ... das könnte auch heißen, dass sie ohne ... Hoffentlich nicht!

Im schlimmsten Fall hatte er sich neben Alimenteforderungen noch AIDS und Tripper eingefangen. Wie kann man nur so blöd sein? Als ob er nicht genug Probleme am Hals hatte!

Ach was, versuchte er sich zu beruhigen, bestimmt hatte er den Alkohol alleine getrunken – aus Frust, und halt eine unruhige Nacht gehabt. Punkt. Aus. Wäre ja kein Wunder!

Anton legte eine Hand auf die Klinke und wollte die Tür öffnen, als sein Handy in der Brusttasche vibrierte. Er hielt inne. Vielleicht eine Nachricht der Messeleitung? Er angelte es aus dem Jackett und sah auf dem Display eine unbekannte Nummer: „Lieber Anton, danke für den wundervollen Abend. Du hast mich glücklich gemacht. Lass uns in Verbindung bleiben. Lucy".

Ihm wurde heiß. Und gleichzeitig eiskalt. Sein Kreislauf kippte.

Scheiße!

26

Jule betrat den Speisesaal. Schon vom Eingang aus sah sie, wie Nina ihr von einem der hinteren Tische einladend zuwinkte und theatralisch auf den leeren Stuhl neben sich deutete. Genau wie von Raffael beschrieben, saß die Gruppe GELB gemeinsam beim Mittagessen und hatte ihren Spaß. Beat-Urs grinste über das ganze Gesicht und Kristofs dröhnendes Lachen war bis zu ihr zu hören.

Jule marschierte zur Essensausgabe, schnappte sich ein Tablett und ließ sich vom stets freundlichen Küchenpersonal ein Schnitzel mit etwas Pommes und einen großen Salatteller geben. Dann kämpfte sie sich durch die engbestuhlten Reihen des Speisesaales zu dem Sechsertisch, wo alle GELBEN fröhlich scherzend ihr Mittagessen genossen. Just in dem Moment, als sie den Tisch erreichte, beendete Raffael seinen Satz und die gesamte Runde brach in Gelächter aus. Dörte kicherte ein Hohes C, Kristof polterte im tiefen Bass und Beat-Urs wischte sich Lachtränen aus den Augen, während Nina gluckste: „Das musst du auch der Jule erzählen, Raffael."

Neugierig, was er Lustiges gesagt hatte, stellte diese ihr Tablett ab, setzte sich auf den freien Platz gegenüber von Raffael – und sah ihn erwartungsvoll an.

„Ja, also ...", grinste der verschmitzt, „mein Kleiner heißt doch Ludwig."

Dörte kicherte.

Irritiert schaute Jule zu ihr rüber: „Aber, das ist doch ein schöner Name?"

„Ja, Jule, lass mal." Nina legte ihr beschwichtigend die linke Hand auf den Unterarm, während sie sich die rechte auf den Mund presste, um ihr stakkatoartiges Gackern zu unterdrücken.

„Also, der Kleine heißt Ludwig", begann Raffael von Neuem. „Mara hätte ihn aber gerne ganz traditionell nach seinen Großvätern benannt."

Wieder keckerte und prustete es am Tisch. Von den Nachbartischen ernteten sie missbilligende Blicke.

Doch Raffael ließ sich nicht aus dem Konzept bringen. „Ihr Vater heißt Bertram, ihre Großväter Albert und Herbert, mein Vater Berthold und mein Großvater Egbert."

Dörte biss sich auf die Lippen.

„Und so hätte sie unseren Sohn am liebsten auf den Namen Bert getauft. Aber das ging ja nicht."

Jetzt gab es kein Halten mehr: Alle am Tisch gackerten und rumpelten vor Lachen. Nur Jule schaute irritiert von einem zum anderen.

„Warum? Bert ist doch ein schöner Name. Verstehe ich nicht", befand sie.

Das Johlen wurde nur umso lauter. Kristof klopfte sich, im tiefsten Bass lachend, auf die Schenkel, Beat-Urs hielt sich den Bauch, japste regelrecht nach Luft und Dörte quietschte in den höchsten Tönen. Nina, die gute Seele, klärte auf, während sie Tränen lachte: „Aber Jule, überleg doch, das arme Kind, bei dem Nachnamen: Kahmen Bert!"

Unwillkürlich fiel Jule in das fröhliche Gelächter ein. Und je länger ihr Lachanfall dauerte, desto mehr spürte sie, wie die dunkle Schwere von ihr abfiel, der beklemmende Schraubstock in ihrem Inneren einer gelösten Leichtigkeit wich und die heitere Atmosphäre ihrer Seele guttat.

„Hey, jetzt hab ich dich zum ersten Mal lachen gesehen", freute sich Raffael.

„Ein großer Schritt hin zur Normalität", bestätigte Dörte.

„... und zu neuer Lebensfreude", ergänzte Beat-Urs.

Nina und Kristof nickten.

Jule war froh, das Angebot angenommen und sich zu den GELBEN gesetzt zu haben. Endlich wieder lachen und für kurze Zeit die Sorgen vergessen. Und erstaunt nahm sie zur Kenntnis, dass Dörte ganz nett war. Weder hochnäsige Zimtzicke noch ätzende Kratzbürste. Was war der Grund für ihr bissiges Verhalten während der Gruppenstunden? Denn Schwierigkeiten, Kristof zu verstehen, hatte sie weiterhin. Der bemühte sich zwar redlich, Hochdeutsch zu sprechen. Doch es klang hölzern und unbeholfen und im Eifer des Gefechtes verfiel er regelmäßig in breites Schwäbisch. Aber Nina machte mit ihrem neuentdeckten Talent als „Simultanübersetzerin" vieles wieder wett.

Lustig war, dass Dörte dadurch einige Augenblicke später – bis Nina eben alles übersetzt hatte – in das allgemeine Tischgelächter miteinfiel.

„Wenn ich euch so reden höre", ergriff Raffael das Wort, „also mit den Übersetzungs- und Verständigungsproblemen, dann fällt mir dieser uralte Witz ein, den meine Oma immer gerne erzählt hat."

„Ein Witz? Erzähl."

„Jetzt?"

„Klar, leg los."

„Sicher? Nicht, dass wir noch Ärger kriegen, weil unser Tisch zu fröhlich ist."

„Ach was, ich habe zig Probleme am Hals und beileibe nicht viel zu lachen. Erzähl den Witz, Raffael", bestimmte Dörte.

„Aber wenn Torfnase ..."

„Krpcicz? Der Schietbüdel? Der geht mir aber sowas von auf den ... boah!"

Gebannt schauten alle auf Raffael.

„Also", legte er los. „Ein Schwabe, ein Schweizer und eine Hamburgerin fahren im Zug von Zürich nach Stuttgart."

„Ein Schwabe, ein Schweizer und eine Hamburgerin?", fragte Beat-Urs belustigt nach.

„Ja, genau."

„Sagen wir doch gleich Kristof, Dörte und ich sitzen im Zug", prustete Beat-Urs.

„Okay." Raffael lachte. „Dann halt: Kristof, Beat-Urs und Dörte sitzen zusammen im Zugabteil auf der Strecke von Zürich nach Stuttgart."

„Hihi. Aber Zugabteil? Gibt es das heute überhaupt noch?"

„Ist doch egal."

„Hey, ihr habt scho g'hört, dass das an alter Witz ischt? Damals gab's noch Zugabteile."

„Nun lasst ihn doch erzählen."

„Okay, also Kristof, Beat-Urs und Dörte sitzen im Zugabteil und Beat-Urs, wie immer freundlich, will etwas Konversation treiben und fragt die blonde Frau neben sich: *Sind S' z'Züri g'si?* [5]. Die versteht nichts."

„Was hat er mich gefragt?", wollte Dörte wissen. Und der ganze Tisch kicherte.

Nina übersetzte, Dörte nickte lachend.

„Beat-Urs fragt noch einmal: *Sind S' z'Züri gsi?* Doch Dörte versteht ihn nicht."

---

[5] Sind Sie in Zürich gewesen?

„Wie denn auch", schmunzelte diese.

„Pscht, lass'n gau weiterverzähle", mischte sich Kristof grinsend ein.

Und Raffael fuhr fort: „Doch Beat-Urs gibt nicht so schnell auf und fragt ein drittes Mal: *Sind S' z'Züri g'si?* Weil Dörte immer noch nicht versteht, was sie von Beat-Urs gefragt wird, schaltet sich jetzt Kristof helfend ein: *G'wäa, moint 'r!*[6]"

Der ganze Tisch lachte. Mit Ausnahme von Dörte, die die Pointe nicht verstanden hatte.

Augenblicklich übersetzte Nina und sofort keckerte Dörte in den höchsten Tönen.

Und während Beat-Urs sich laut wiehernd auf die Schenkel klopfte und Kristof im dröhnenden Bass polterte, ernteten sie erneut erboste Blicke und verständnisloses Kopfschütteln der anderen Patienten.

„Lachen im Speisesaal sollte verboten werden", brummte ein zerknitterter Weißhaariger, und eine verkniffen dreinblickende Mittvierzigerin stimmte ihm zu.

Ja, die GELBEN waren eine lustige Truppe und es tat ihnen allen gut, so befreiend lachen zu können, anstatt das Mittagessen stoisch in sich hineinzuschaufeln wie die Patienten an den Nachbartischen.

Gerade erzählte Dörte, dass bei ihr an der Uniklinik die Mailadressen immer aus dem ersten Buchstaben des Vornamens zuzüglich der ersten drei Buchstaben des Nachnamens gebildet würden, bei ihr also *d.han@uniklinik*. Und dass das zu manch belustigenden Irritationen führen würde,

---

[6] Gewesen, meint er!

ihre Schreibkraft Petra Rofinger dadurch zur Professorin, *p.rof@uniklinik*, geworden war.

„Oha", warf Beat-Urs lachend ein, „gut, dass das bei uns anders ist, denn sonst hätte ich als Adresse *b.rüe@uniklinik*."

„Brühe! Haha!", feixte Kristof. „Ond du bekämscht imm'r Floischangebote vom Metzg'r ond die Essenswünsche von de Patiente."

Wieder lachte der gesamte Tisch. Und wieder bitterböse Blicke, gepaart mit entnervtem Augenverdrehen und giftigem Kopfschütteln von den umliegenden Tischen.

„Und mein Mann ist ein *e.sel*", warf Jule kichernd ein.

Schlagartig war es still am Tisch. Niemand lachte. Erstaunt sah Jule von einem zum anderen.

„Esel. Also e.sel", setzte sie erneut an.

„Ähm, ja, dein Mann ist ein Esel. Das wissen wir", kommentierte Dörte die Reaktion der GELBEN.

Kristof nickte. „Nachdem, was du uns bisher g'sagt hascht, kann i dem nur zuschtimme."

„Genau", bestätigte Beat-Urs. „Und ganz ehrlich, wenn ich dreißig Jahre jünger wäre, würde ich um deine Hand anhalten. Du bist eine klasse Frau. Dein Mann weiß gar nicht, was er an dir hat."

„Nein, nein, ihr versteht mich nicht", revidierte Jule, während sie rot wurde. „Mein Mann heißt Eddie. Die Mail-Adresse wäre somit *e.sel@uni/firma*."

„Ja, ja, das haben wir verstanden", warf Nina ein. „Und ich muss den anderen beipflichten. Dein Mann ist ein Esel. Oder hat er dich hier in der Klinik schon mal besucht? Wenigstens ein einziges Mal?"

Jule schüttelte den Kopf. „Wenn er das so entschieden hat, dann ist es das Beste für uns beide", verteidigte sie Eddie.

„Naja."

„In einer Ehe teilt man sich die Aufgaben", erklärte Jule, „ich mache den Haushalt und er trifft Entscheidungen, kümmert sich um Versicherungen und das Finanzielle halt. So bringt sich jeder ein und macht, was er am besten kann."

„Soso ... na, wenn du meinst." Dörte winkte ab.

Die Stimmung kippte. Jules Augen schimmerten feucht. Raffael erfasste die Lage und versuchte, die Situation zu entschärfen.

„Hey, Jule, du hast da eine süße Locke", lenkte er geschickt ab und fasste ihr in die Haare. „Die ist mir bisher gar nicht aufgefallen."

„Ja, stimmt, mir auch noch nicht", pflichtete Beat-Urs bei. Kristof und Nina nickten, während Jule die Tränen wegblinzelte, vorsichtig ihre Haare befingerte und dabei die Augen nach oben drehte, um einen Blick auf besagte Locke zu erhaschen. Woraufhin Dörte in ihrer geräumigen Tasche kramte und einen Handspiegel hervorholte.

„Doch gut, wenn man seine Handtasche immer dabeihat", zwinkerte sie.

Tatsächlich: An Jules rechter Schläfe kringelte sich eine Locke. Skeptisch beäugte sie ihre restlichen Haare. Nichts, nur diese einzelne Kringellocke, zwischen all den anderen Strähnen. Nachdenklich schüttelte sie den Kopf. Sollten ihre Haare – genauer gesagt die Anzahl ihrer Locken – ein persönlicher Indikator sein, wie es um sie stand? Und dass es ihr nun wieder besser ging? Interessanter Ansatz, überlegte Jule.

Als sie vom Spiegel aufblickte, bemerkte Jule, dass Raffael mit verträumtem Blick ihre Korkenzieherlocke anstarrte. Seine Augen hatten einen melancholischen Glanz und mit seinen Gedanken schien er in weiter Ferne zu sein.

Im selben Augenblick gellte ein spitzer Schrei von der Geschirrrückgabe herüber, gefolgt von unheilvollem Poltern und schrillem Scherbenklirren ... und der magische Moment war vorbei.

27

14:58 Uhr. Jakob saß auf der schmalen Holzbank des Beichtstuhles, bereit, ab fünfzehn Uhr die Beichten abzunehmen. Oh, wie er diese Enge hasste und das viel zu schmale, viel zu harte Holz, auf dem er währenddessen sitzen musste. Wieso nur hatte er sich darauf eingelassen, die Beichte weiterhin im Beichtstuhl abzunehmen, anstatt gemütlich mit einer Tasse Kaffee und ein paar Keksen am Tisch im Traugesprächszimmerchen.

In anderen Gemeinden lief das so. Aber nein, seine Schäfchen wollten weiterhin in diesem miefigen Beichtstuhl ihre Sünden bekennen. Allen voran Frau Stiegle, die jeden Freitag pünktlich um fünfzehn Uhr erschien. Und die jedes Mal dasselbe beichtete. Das würde heute keinen Deut anders werden.

14:59 Uhr. Noch eine Minute.

15:00 Uhr. Quietschend öffnete sich die Tür des Seiteneingangs. Die sollte dringend geölt werden. Warum brachte das keiner in Ordnung? Musste er sich denn um alles kümmern?

Schlurf – klack – schlurf – klack. Pünktlich auf die Minute. Schlurf – klack – schlurf – klack. Frau Stiegle mit ihrem Gehstock. Schlurf – klack – schlurf – klack näherte sie sich dem Beichtstuhl.

Herr Jesus, du weißt, dass ich meine Berufung liebe. Auch das Spenden der Sakramente. Mit Ausnahme des Sakraments der Beichte. Bitte lass es schnell vorübergehen. Jakob richtete sich gedanklich auf dreißig Minuten Langeweile ein und unterdrückte ein Gähnen. Immer dasselbe. Na ja, fast, denn dieses Mal hatte er den kleinen Idefix dabei. Aufmerksam saß der auf seinem Arm und betrachtete voller Entdeckerfreude den engen Raum. Jakob lächelte. Heute würde er nicht dem einschläfernden Gerede zuhören müssen, sondern Idefix zuschauen, wie er den engen Beichtstuhl erkundete. Schlurf – klack – schlurf – klack. Die Tür wurde geöffnet und Frau Stiegle trat in das Kämmerchen für die Beichtenden ein – mit ihr ein Schwall Kuhstallduft, der den kleinen Idefix in Aufregung versetzte und ganz zappelig werden ließ.

„Herr Pfarrer, ich habe gesündigt", legte sie auch schon los. „Ich habe gelogen, meinen eigenen Ehemann belogen. Den Mann, der mir vor Gott angetraut wurde. Belogen und betrogen habe ich ihn."

Oha, das war etwas Neues. Wider Erwarten neugierig geworden, rutschte Jakob näher an das kunstvoll vergitterte und mit feinem Tuch verhängte Fensterchen, das die beiden Teile des Beichtstuhles miteinander verband. Jakob konnte sich allerdings nicht vorstellen, dass Frau Stiegle eine Affäre gehabt hatte. Frau Stiegle war irgendetwas über siebzig. Eine unschöne Warze unter dem linken Auge verunzierte ihr markiges, von tiefen Falten durchpflügtes Gesicht. Ihr rechtes Bein war verkrüppelt, angeblich eine Folge von Kinderlähmung. Die meist fettigen Haare verbarg sie unter einem ausgefransten Kopftuch und stets umwehte sie dezenter Kuhstallduft. Sie war weder hübsch noch begehrenswert zu nennen. Aber was wusste er schon. Als katholischer Priester konnte er da beileibe nicht mitreden. Gleichwohl lag ein klassischer Seitensprung von Frau Stiegle jenseits seiner Vorstellungskraft. Zumal sie mit Haus, Hof und den Enkelkindern, die sie in Pflege hatte, seit Mara bei dem tragischen Autounfall gestorben war, bestimmt alle Hände voll zu tun hatte und bis zum Anschlag ausgelastet sein musste.

„Ja, Herr Pfarrer, Sie haben richtig gehört, ich habe meinen Mann belogen und betrogen. Und das geziemt sich nicht, und deshalb will ich nun alles beichten ..."

Jakob spitzte die Ohren. Sogar der hibbelige Idefix saß still, als würde er gebannt den Worten von Frau Stiegle lauschen.

„Jeden Morgen, wenn die beiden Kleinen aufwachen, kommen mir die Tränen. Die Trauer mag einfach nicht vergehen." Ein tiefer Seufzer. Ein leises Schnäuzen, dann sprach sie weiter: „Die Merle ist wie ihre Mama, wenn sie mit dem Puppenwagen durch die gute Stube kurvt. Dann sehe ich immer meine Mara vor mir und muss weinen." Wieder ein Seufzer, ein unterdrückter Schluchzer, erneut ein Schnäuzen. „Warum hat unser Herrgott die Mara so früh zu sich geholt? Ich verstehe das nicht."

„Die Wege des Herrn sind unergründlich."

„Die Oma Knobloch ist steinalt, liegt seit Jahren im Bett und muss gefüttert werden. Die wünscht sich den Tod. Und unser Herrgott holt die Mara. Das ist nicht gerecht, Herr Pfarrer." Seufzen. Schluchzen. Schnäuzen. „Aber ich bin nicht zum Jammern da, sondern zum Beichten."

Na, sonst jammerst du auch jeden Freitag, wie schrecklich dein Nachbar sei, wie böse und hinterhältig, und dass er regelmäßig nachts Schnecken über den Gartenzaun werfen würde, direkt hinein in deinen Gemüsegarten. Einzig und allein, um dich zu ärgern.

„Wissen Sie, Herr Pfarrer, ich liebe die beiden Kleinen. Ja, das tue ich. Aber es ist anstrengend, das dürfen Sie mir glauben. Ach was, Sie können sich das überhaupt nicht vorstellen, Herr Pfarrer. Sie haben ja keine Kinder. Wissen

Sie, alles bleibt an mir hängen. Mein Mann ist im Stall oder auf dem Feld. Von Kindererziehung hat er keine Ahnung. Woher auch. Ist ja nur ein Mann. Und dieser moderne Firlefanz – die Kinder stundenlang herumtragen, wenn Sie schreien – davon halte ich nichts. Das würde ich ohnehin nicht schaffen, in meinem Alter. Ich bin jetzt einundsiebzig, und jünger werde ich auch nicht. Als die Mara auf die Welt kam, war ich schon zweiundvierzig und überglücklich, noch Mutter zu werden. Aber jetzt sind es zwei Racker, und ich bin alt. Überall stolpert man über Kinderspielzeug, Lego und Puppenwagen. Auch im Garten ist jede Menge zu tun. Jäten, gießen, Unkraut rupfen und haufenweise Schnecken. Jedenfalls bin ich abends völlig kaputt. Ich hoffe, der Raffael kommt bald aus der Klinik, lange schaffe ich das nicht mehr."

Herr Jesus, schenke ihr Kraft und Güte.

„Oje, ich schweife ab. Tut mir leid, Herr Pfarrer. Wie gesagt, meinen Ehemann habe ich angelogen. Wegen dem Kirschwasser. Also dem guten, dem im großen Glaskolben ganz hinten an der Wand, das es nur zu besonderen Anlässen gibt oder für besondere Gäste – also, wenn Sie vorbeikommen, Herr Pfarrer. Und meinem Mann ist aufgefallen, dass was fehlt. Dabei mache ich gar nicht viel rein, in den Gute-Nacht-Schoppen der beiden Schreihälse."

Herr Jesus, gib, dass ich mich verhört habe.

„Ist ja nicht viel. Für jeden nur ein halbes Schnapsgläsle. Aber seither schlafen die zwei schneller ein, und das ist gut. Nur merkt man inzwischen, dass das Kirschwasser weniger wird."

Grundgütiger! Das ist eine Beichte der anderen Art. Die armen Kleinen!

„Früher hat meine Mara das auch als Einschlafhilfe bekommen. Habe ich von meiner Mutter gelernt, die hat das bei mir und meinen Geschwistern auch so gemacht."

Was? Das darf doch nicht wahr sein! Herr im Himmel, das kannst du nicht zulassen. Ob das die Hirschle-Knobloch mit dem Timmy genauso gemacht hat, als er klein war? Ob das der tatsächliche Grund für seine Entwicklungsverzögerung ist?

„Jedenfalls habe ich mehrfach gegen das Gebot *Du sollst nicht lügen* verstoßen, als mein Mann gefragt hat, wo denn das gute Kirschwasser hingekommen sei. Einmal habe ich gesagt, dass ich etwas verschüttet hätte, das andere Mal, dass ich es selber getrunken hätte, und gestern dann, dass ich eine Flasche abgefüllt und Ihnen geschenkt hätte, Herr Pfarrer. Das muss ich beichten, denn es ist doch nicht richtig zu lügen. Ich will den Herrn Jesu bitten, dass er mir meine Sünde vergibt. Aber ich will den Kleinen kein Kirschwasser vom vorderen Glaskolben geben. Das ist der schlechte Brand. Und unsere Enkelkinder sollen nur das Beste kriegen."

Grundgütiger, das müsste ich dem Jugendamt melden. Vermaledeites Beichtgeheimnis. Und das Schlimmste ist, dass die Stiegle kein Schuldbewusstsein hat. Oh, Herr Jesus, hilf dieser Frau!

Zwischenzeitlich hatte Jakob den Welpen vor sich auf den Fußboden gesetzt und dieser ausgiebig jede Ecke beschnüffelt. Die rechts hinten musste besonders interessant, aber auch außergewöhnlich staubig sein. War wohl lange nicht mehr gewischt worden. Jedenfalls hatte der Kleine eine ordentliche Ladung Staub in seine Schnüffelnase bekommen, denn plötzlich kam ein unüberhörbares Ha-tsi-pü!

„Gesundheit, Herr Pfarrer", kam es prompt von Frau Stiegle, während sie unbeirrt weiter über das gute Kirschwasser redete.

Und noch einmal. Ha-tsi-pü.

„Zum Wohlsein, Herr Pfarrer. Sie haben sich hoffentlich nicht verkühlt. Aber keine Sorge, ich bin ja schon fertig. Vergeben Sie mir schnell meine Sünden, Herr Pfarrer, und dann gehen Sie rasch ins Pfarrhaus und trinken eine große Tasse heißen Ingwertee."

Nachdem Jakob sanft auf Frau Stiegle eingeredet und auf einfühlsame Weise versucht hatte, ihr klar zu machen, dass Kirschwasser nicht das Richtige für kleine Kinder sei und sie es doch mal mit Baldrian versuchen solle, erteilte er ihr die Absolution im Namen des Herrn.

28

Anton starrte auf die eingegangene Nachricht ... Schlimmer geht immer! Eine Steigerung, auf die er gerne verzichtet hätte. Er hörte das Blut in seinen Ohren rauschen. Das Zimmer drehte sich. Seine Beine gaben nach. Reflexartig hielt Anton sich an der Türklinke fest. Atmen! Konzentrier dich! Wie ferngesteuert tippte er: „Wer bist du?"

Prompt kam die Antwort: „Ach, Anton, du kannst süß fragen."

„Das ist keine Antwort auf meine Frage", schrieb er zurück.

„Lucy. Sag bloß, du erinnerst dich nicht?"

Nein, ich erinnere mich nicht! Klassischer Filmriss! Und das mir? Nein, ich will das nicht!

„Wir können nicht in Verbindung bleiben!"

„Und warum nicht?"

„Weil ich verheiratet bin."

„Ach Anton, das weiß ich doch."

Zumindest hatte er Gabi nicht verleugnet.

„Nein, ich will das nicht!!!", schrieb er zurück und schaltete sein Handy aus. Das Rauschen in den Ohren wurde leiser. Der Schwindel war vorbei.

Anton trat in den Hotelflur, zog die Tür ins Schloss und konzentrierte sich auf die Holzkunstmesse.

Jedoch ... während er zum Aufzug eilte ... durchzuckte ihn ein aufregender Gedanke: Wer war diese Lucy? Wie sie wohl aussah? Diese fremde Frau, die mit ihm, Anton Matthäus Wegener, in Verbindung bleiben wollte. Mit ihm, dem Versager, der mit einundvierzig Jahren immer noch *Mami* zu seiner Mutter sagte.

29

Mit mulmigem Gefühl war Jule kurz nach dem lustigen Mittagessen, zu einem von Konrad Krpcicz spontan einberaumten Termin erschienen.

Dörte hatte sie gewarnt. „Bitte pass auf, nimm dich vor Schietbüdel in Acht." *Warum* hatte sie nicht gesagt. Dafür ein „Dem ist nicht zu trauen!" hinterhergerufen.

Jetzt saß Jule mit „Schietbüdel" im Gruppenraum und fühlte sich äußerst unwohl. Zum einen hatte sie die Warnung von Dörte im Ohr, zum anderen roch Krpcicz unangenehm nach altem Schweiß. Er hatte dieselbe Hose und denselben Kapuzenpulli an wie immer. Beides war ungewaschen. Der Pulli hatte Flecken, die Hose glänzte speckig und zusammen verströmten sie schmuddeligen Mief. Aufstehen, das Fenster öffnen, um frische Luft hereinzulassen, traute Jule sich nicht.

Krpcicz war ganz offensichtlich verärgert. Mit aufeinandergepressten Lippen und zu Schlitzen verengten Augen taxierte er Jule.

Beängstigend lange.

Die rutschte tiefer in ihren Stuhl, machte sich klein und fühlte sich wie eine Fünfjährige bei Papas Strafpredigt.

In der Gruppenstunde war Jule genervt gewesen von Krpciczs übertrieben einfühlsamen Rundblicken. Jetzt vermisste sie diesen therapeutischen Rückhalt. Sie kauerte mehr auf ihrem Stuhl als dass sie saß, atmete flach und hörte zu, was Krpcicz zu sagen hatte. Und das, was er vorbrachte, war unglaublich!

„Ich will es kurz machen. Herr Kahmen soll noch heute aus der Klinik verwiesen werden, wegen schwerwiegender Verstöße gegen die Hausordnung."

Jule zuckte zusammen.

„Es geht um Störung des Klinikablaufes durch unangemessenes Verhalten im Speisesaal, Mobbing und sexuelle Belästigung."

Krpcicz machte eine dramatische Pause. Dann fuhr er genüsslich fort: „Gemäß § 7 Absatz 6 führt sexuelle Belästigung zu einer sofortigen Entlassung. Und diesen Rauswurf werde ich auf der Stelle veranlassen." In seinen Augen blitzte hämische Genugtuung.

Jule lief ein Schauer über den Rücken.

„Ja, ich beobachte Herrn Kahmen schon eine ganze Weile. Bisher konnte man ihm nichts nachweisen, aber heute hat er gleich gegen drei Paragraphen verstoßen. Mehrere Zeugen haben berichtet, dass Herr Kahmen beim Mittagessen die GELBEN zu lautem Grölen und Johlen aufgestachelt hat. Ein klarer Verstoß gegen § 7 Absatz 7 der Hausordnung unserer Klinik."

Krpcicz machte erneut eine Pause, dann polterte er weiter: „Jetzt schauen Sie nicht so, Frau Seltmann. Die Hausordnung der Klinik hat jeder Patient bei der Ankunft bekommen, um sie zu lesen und die Einhaltung per Unterschrift zu bestätigen."

Jule erinnerte sich nicht. Aber kein Wunder. Damals war alles hinter dieser dunklen Nebelwand gewesen und nichts zu ihr durchgedrungen.

„Wir haben also unangemessenes Verhalten im Speisesaal", zählte Krpcicz auf, „sexuelle Belästigung einer Mitpatientin. Also Ihnen, Frau Seltmann ..."

Wie bitte?

„... und drittens Mobbing. Auch bei Ihnen."
Bei mir?
„... das können wir nicht dulden", fuhr Krpcicz fort, bevor Jule etwas erwidern konnte. „Und darum wird Herr Kahmen mit sofortiger Wirkung aus der Klinik verwiesen. Alle Verstöße sind belegt. Allerdings brauche ich der Form halber Ihre Aussage mit Unterschrift, da Sie direkt betroffen sind."
Belästigung? Mobbing? Raffael? Niemals!
Jule wusste nicht, wo ihr der Kopf stand. Und anstatt etwas zu sagen, starrte sie Krpcicz verständnislos an.
„Jetzt tun Sie nicht so, Frau Seltmann. Sie wissen ganz genau, was vorgefallen ist. Wir sind uns der besonderen Verantwortung gegenüber den Patienten bewusst – genderkorrekterweise auch unseren Patientinnen – hahaha." Krpcicz lachte ein selbstverliebtes Lachen. „... und wissen über alles Bescheid."
Verstohlen schaute Jule auf die Uhr: Gerade mal eine Stunde her, dass sie beim Mittagessen herumgeblödelt und richtig Spaß gehabt hatten.
„Aber ich weiß von nichts."
„Stellen Sie sich nicht dumm, Frau Seltmann. Dieses Gegröle beim Mittagessen! Wir sind in einer Klinik und nicht auf dem Cannstatter Wasen in einem Bierzelt." Krpcicz sah Jule streng an. „Wir wissen genau, dass Herr Kahmen Ihre Haare begrapscht hat. Und das fällt unter sexuelle Belästigung. Anschließend hat er Ihnen den Essensteller entrissen. Dass Sie deshalb in Tränen ausgebrochen sind, ist verständlich. Denn das ist eindeutig Mobbing."
Jule saß wie versteinert auf ihrem Stuhl, ein dicker Kloß steckte im Hals. Das konnten nur der zerknitterte Weißhaarige und die verkniffen dreinblickende Mittvierzigerin

gemeldet haben, ärgerte sie sich. „Aber Herr Kahmen hat meinen Teller nicht –"

„Dieses unerhörte Verhalten können wir nicht dulden. Herr Kahmen muss die Klinik verlassen. Und jetzt unterschreiben Sie, Frau Seltmann. Ich habe bereits alles dokumentiert, Sie müssen nur noch unterschreiben." Krpcicz hielt Jule ein Blatt und einen Stift hin.

Als sie nicht reagierte, forderte er sie noch einmal auf: „Frau Seltmann, unterschreiben Sie. Hier! Dann können Sie auch schon wieder gehen. Alles Weitere erledige ich. Sie können sicher sein, nicht mehr von Herrn Kahmen belästigt zu werden."

Mit Genugtuung rieb Krpcicz sich die Hände.

„Nein!"

„Doch, Frau Seltmann! Ich sorge höchstpersönlich dafür." Und mit einfühlsamer Therapeutenstimme fügte er hinzu: „Sie können wirklich ganz beruhigt sein."

„Nein, das ist nicht wahr ..." Jule zitterte.

„Frau Seltmann, ich verstehe, dass Sie erregt sind. Machen sie doch einen Spaziergang zum Bergsee. Das wird Ihren Nerven guttun."

Krpcicz schüttelte missbilligend den Kopf und murmelte: „Meine Güte, wie kann ein erwachsener Mann nur so dumm sein? Sexuelle Übergriffe in der Öffentlichkeit!" Gleichzeitig unterdrückte er ein diabolisches Grinsen. Jule lief es eiskalt den Rücken hinunter.

„Nein, das stimmt nicht. Das werde ich nicht unterschreiben." Sie ballte die Fäuste und sah Krpcicz kämpferisch an.

„Und wieso nicht?", fragte der mit aggressivem Unterton. Dabei rückte er bedrohlich nah an Jule heran. Zum penetranten Schweißgeruch gesellte sich ein übler Mix aus Knoblauch und Zwiebel. Anscheinend hatte sich Krpcicz zum

Mittagessen einen Döner am Bergsee-Kiosk gegönnt. Jule wurde übel. Ihr Magen zog sich zusammen. Gleich würde sie würgen müssen. Schnell hielt sie eine Hand vor Mund und Nase.

Derweil schaute Krpcicz seine Patientin herausfordernd an, völlig unbeeindruckt von ihrem Ekelreflex. Er schnaubte nur verächtlich und nebelte sie mit einer weiteren Zwiebel-Knoblauch-Wolke ein. Jule hielt die Luft an und unterdrückte ein Würgen.

Schließlich meinte sie: „Ja, wir waren wohl etwas zu laut beim Mittagessen. Das stimmt. Aber ..."

Mit einem selbstzufriedenen Grinsen lehnte Krpcicz sich zurück. Der Gestank ließ nach. Jules Magen entkrampfte sich. Sie nahm die Hand vom Gesicht.

„Aber es war so befreiend zu lachen. Ich habe mich wohlgefühlt und so leicht. Es war so schön. Keine düstere Nebelwand", verteidigte Jule das Verhalten der GELBEN. „Und auch Frau Hansen war lustig. Ganz anders als in den Gruppenstunden. Wo sie immer so verschlossen und unnahbar ist."

Jule schmunzelte bei dem Gedanken an das fröhliche Mittagessen.

Doch als sie in Krpciczs versteinertes Gesicht sah, erlosch ihr Lächeln. Und wieder lief ein Schauer über Jules Rücken. Krpcicz war ihr unheimlich.

Der wies sie in scharfem Ton zurecht: „Halten Sie sich fern von Frau Hansen! Die hat zwei Gesichter. Und ihr wahres Gesicht sehen Sie in den Gruppenstunden. Alles andere ist Maskerade."

Jetzt wechselte er zu seinem empathischen Therapeutenblick und meinte sanft: „Frau Seltmann, ich rate Ihnen eindringend: Halten Sie sich fern und meiden Sie jeglichen

Kontakt mit dieser Person. Der Umgang tut Ihnen nicht gut."

Dann rückte Krpcicz wieder näher und mit ihm kam erneut ein Schweiß-Zwiebel-Knoblauch-Schwall. Jetzt knipste er den Therapeutenblick aus, wechselte übergangslos zu einem bedrohlichen Zähnefletschen und forderte Jule barsch auf: „Und jetzt unterschreiben Sie endlich, Frau Seltmann, ich habe nicht den ganzen Tag Zeit."

30

Halleluja, das ging gut mit unserer ersten Beichte. Jakob lobte den kleinen Idefix, kraulte seinen Nacken und gab ihm ein Leckerli als Belohnung.

Beschwingt wollte Jakob den Beichtstuhl verlassen, als sich erneut die Seitentür mit lautem Quietschen öffnete und leise Schritte zu hören waren. Wer in Gottes Namen konnte das sein? Seit Jahren kam lediglich die Stiegle freitags zur Beichte. Jakob hielt den Atem an und horchte. Womöglich war es nur einer der zahlreichen Besucher, der die barocken Stuckarbeiten und den prächtigen Hochaltar der Pfarrkirche bewundern wollte. Doch die Schritte kamen näher, steuerten auf den Beichtstuhl zu. Direkt davor verharrten sie. Stille.

Vater im Himmel, lass den Kelch an mir vorübergehen. Eine Beichte pro Woche ist genug.

Jakobs Bitte wurde nicht erhört: Leises Klopfen, kurzes Abwarten, dann wurde das Türchen geöffnet. Die Person trat ein, setzte sich schwerfällig auf das hölzerne Sünderbänkchen und legte los: „Grüß Sie Gott, Herr Pfarrer …"

Ui, Frau Hirschle-Knobloch, erkannte Jakob an der Stimme. *Die war noch nie zur Beichte.* Auch der kleine Idefix schien sie erkannt haben. Die Ohren waren gespitzt und freudig erregt wedelte er mit dem Schwanz. Aber nicht nur das, er wurde richtiggehend ungestüm. Zielstrebig bemühte er sich, näher an das verhängte Fensterchen zu gelangen. Jakob hatte alle Hände voll zu tun, um ihn davon abzuhalten. Er streichelte seinen Rücken, kraulte den Bauch und steckte ihm ein Leckerli nach dem anderen zu, aber der Kleine war nicht zu bändigen. Hoffentlich merkte die Hirschle-Knobloch nichts. Himmelherrgott, ein Hund im Beichtstuhl war bestimmt verboten!

„… 's Kätzle …"

Frau Hirschle-Knobloch schien nichts zu bemerken; sie redete ohne Punkt und Komma.

„… uff dr Miste …"

Und Jakob war so mit dem kleinen Banausen beschäftigt, dass er von der Beichte so gut wie nichts mitbekam. Die Worte rauschten an ihm vorüber.

„… Butter ond Hefe …"

Inzwischen waren die Leckerlis aufgebraucht und der Trieb zum Fenster, näher zu Frau Hirschle-Knobloch, mit nichts zu bremsen.

„… em Kuhstall …"

Was hatte Lucy gesagt? Das Verlangen analysieren, um es umzuleiten, zu kanalisieren und von der Sache abzulenken. Galt das auch für Tiere? Denn eines war klar: Idefix hatte Frau Hirschle-Knobloch erkannt und wollte zu ihr. *Herr Jesus und alle Heiligen, ich brauche Hilfe.*

„… 's Schaf …"

Idefix zappelte und hampelte.

„… dr Timmy …"

Glücklicherweise redete Frau Hirschle-Knobloch, was das Zeug hielt, und die gelegentlich eingestreuten Aha und Mhm des Priesters waren ausreichend.

„… Bartimäus …"

Jakob hob den Kleinen hoch, schwenkte ihn nach rechts und links und vor und zurück und war höchstkonzentriert den zappeligen Idefix ruhig zu stellen, als …

„… des sehat Sie doch au so, gell, Herr Pfarrer?"

Was sollte er auch so sehen?

Oje, Herr Jesus, hilf in deiner Gnade.

„… ja, ähm …"

Weiter kam er nicht, denn schon plapperte diese erneut drauf los. Faselte und schwafelte in einem fort, während Idefix weiter aufgeregt herumzappelte und nicht zu bändigen war.

Doch dann: Schlagartig stand der kleine Feger regungslos auf Jakobs Schoß.

Der war perplex, dankte dem Herrn, dass sein Flehen erhört worden war, und spürte im nächsten Moment, wie es feucht und warm auf seinem Schoß wurde. Ein nasses Etwas breitete sich rasch aus und floss als Rinnsal an seinem linken Bein hinunter. Na toll, der Hund hatte gar nicht zu Frau Hirschle-Knobloch gewollt, sondern pieseln müssen. Denn kaum hatte Idefix sich erleichtert, rollte er sich zu einer Fellkugel zusammen und war augenblicklich eingeschlafen. Entsetzt bemerkte Jakob im nächsten Moment, dass Frau Hirschle-Knobloch mit ihrer Beichte fertig war und er von deren Inhalt keine Ahnung hatte. Wie peinlich!

31

„… 09:53 Uhr Ankunft Raststätte Sindelfinger Wald. Dort 13 Minuten Toilettenpause. 10:06 Uhr Weiterfahrt …", erläuterte Rita den ausgeklügelten Tagesplan. Sie sprach betont langsam und deutlich in das Mikrofon des Reisebusses, so dass wirklich jede und jeder der Senioren den Ablauf des heutigen Ausflugs verstehen konnte. „… und wie bereits mehrfach erwähnt, ist Pünktlichkeit ganz wichtig." Rita machte eine kleine Pause, ehe sie weitersprach: „Kommen wir jetzt zum Thema Geld: Wie ihr wisst, werden die Kosten für den Bus von der Gemeindekasse übernommen. Die Toilettenbenutzung an der Raststätte sowie Kaffee und Kuchen am Nachmittag müsst ihr selbst bezahlen. Ich werde das Geld nachher einsammeln und …"

„Toilette? Wir müssen für die Toilettenbenutzung bezahlen?", wurde sie von Herbert unterbrochen.

„Ja, die Benutzung der hygienisch sauberen Toilettenanlage kostet pro Person einen Euro. Damit wir pünktlich weiterfahren können und bei der Toilettenpause keine unnötige Zeit verplempern, habe ich letzte Woche mit dem Raststättenbesitzer telefoniert. Wir bezahlen eine Buspauschale. Das ist pro Person billiger und es muss nicht jeder für den Toilettengang einzeln Geld in den Automaten einwerfen. Außerdem können wir durch den Seiteneingang direkt zu den Toiletten."

„Bravo, Rita", tönte es aus den Tiefen des Busses.

„Ich habe das bereits für jeden ausgerechnet. Wenn also jemand nicht aufs Klo möchte, dann muss er jetzt zu mir vorkommen und das sagen, damit ich den Betrag korrigieren und den Preis neu ausrechnen kann."

Keiner der Senioren stand auf.

„Gut, dann bleibt es dabei: Frauen bezahlen 43 Cent und Männer 41 Cent. Bitte haltet das Geld passend bereit."

„Und warum müssen wir Frauen mehr bezahlen?", empörte sich Gisela, die Ehefrau von Eugen.

„Gisela, ehrlich, das ist jetzt eine saublöde Frage." Rita schnaubte verächtlich durch die Nase. „Allerdings habe ich von dir auch nichts anderes erwartet. Du warst schon in der Grundschule schwer von Begriff." Und mit süßlichem Unterton fuhr sie fort: „Aber gerne kläre ich dich auf, dass es auf dem Pissoir kein Klopapier gibt. Also sonnenklar, dass sie weniger bezahlen müssen."

„Aber ..."

„Nichts aber, Gisela. Das wäre sonst betriebswirtschaftlich falsch berechnet! Und jetzt Schluss damit, ich möchte weitermachen mit dem Kuchen. Jedes Stück kostet 3,10 Euro, egal ob Sahnetorte oder Obstkuchen. Das ist ein Einheitspreis. Beim Kaffee müsst ihr euch entscheiden. Die Tasse Filterkaffee kostet 2,65 Euro, ein Espresso 2,35 Euro. Sollte jemand Tee wollen, so sind das 3,45 Euro. Verstanden?"

„Und wie viel kostet ein entkoffeinierter Kaffee?", fragte Hermann.

„Mein lieber Hermann. Ob mit Koffein oder ohne. Kaffee ist Kaffee. Und der kostet 2,65 Euro. Habe ich eben gesagt. Deine Frage war überflüssig."

„Nur gut, dass ich das nicht gefragt habe", flüsterte Gisela ihrem Eugen zu.

„Überlegt jetzt schon, was ihr wollt und vergesst es nicht, damit wir hinterher kein Durcheinander haben. Für eine

Tasse Kaffee mit einem Stück Kuchen sammle ich jetzt gleich 5,75 Euro ein. Für einen Tee mit Kuchen 6,55 Euro und so weiter …"

„Und wie ist das mit dem Trinkgeld?", wollte Herrmanns rothaarige Nebensitzerin wissen.

„Daran habe ich selbstverständlich gedacht. Üblich sind zehn Prozent. Die müsst ihr noch dazurechnen. Bei einem Kaffee mit einem Stück Kuchen wären das 57,5 Cent. Da runden wir natürlich ab. Und bevor Gisela nachfragt, wie das geht: Keine Sorge, ich helfe dir dabei." Rita grinste gönnerhaft. „Und auch allen anderen, die diese Kopfrechenaufgabe nicht hinbekommen. Das Trinkgeld werde ich extra einsammeln. Denn sollte der Service nicht gut sein, gibt es kein Trinkgeld, und dann zahle ich euch das Geld auf der Heimfahrt wieder aus. Bitte überlegt, was ihr trinken wollt. Ihr habt sieben Minuten Zeit, dann sammle ich das Geld ein. Und zwar getrennt: Trinkgeld, Kaffee und Kuchen, Toilette. Nicht vergessen, ich will das Geld passend."

Rita schaltete das Mikrofon aus und steckte es in die Halterung vor sich. Es ging doch nichts über eine perfekt ausgeklügelte Organisation. Jetzt hatte sie Zeit, in aller Ruhe das traumhafte Panorama zu genießen. Sie lehnte sich gemütlich zurück und genoss den freien Blick durch die riesige Frontscheibe des bequemen Reisebusses. Herrlich. Rita freute sich, als Organisatorin automatisch ganz vorne den schönsten Platz mit der besten Aussicht bekommen zu haben. Außerdem einen Einzelsitz, so dass es keinen Nachbarn gab, der ihr mit oberflächlichen Gesprächen über Kochrezepte, Energiespartipps oder das Wetter in den Ohren lag.

„Eugen, ich hab's dir ja gesagt", hörte sie Giselas Stimme hinter sich. „Die Rita ist richtig schlau und die macht alles ganz perfekt. Sogar die Sonne scheint heute. Wie sie das nur hinbekommen hat. Ach, Eugen, ich bin ja so glücklich. Wir sitzen im Bus, machen einen Ausflug und keine einzige Wolke ist am Himmel. Weißt du eigentlich, dass ich noch nie in Degna war? Die Kirche dort soll wunderschön sein. Ich freue mich. Du dich auch? Eugen? Freust du dich? Mensch, Eugen, sag doch mal was!"

„Mmmh", brummelte dieser.

„Oje, da fällt mir was ein: Eugen, hast du überall das Licht ausgemacht, bevor wir los sind?"

„Mmmh."

„Im Bad auch?"

„Mmmh."

„Auch im Klo?"

„Mmmh."

„Bist du sicher? Stromsparen ist wichtig."

„Mmmh."

„Ich habe übrigens den Stecker vom Kühlschrank rausgezogen."

„Was hast du?"

„Ach, Eugen. Schau nicht so entsetzt. Wir sind heute nicht daheim und der Kühlschrank ist leer. Also habe ich den Stecker gezogen. Stromsparen ist so wichtig heutzutage. Das weißt du doch."

„Im Kühlschrank ist die Marmelade."

„Ja, aber ansonsten ist er leer. Und Marmelade braucht nicht gekühlt werden. Die steht nur deshalb im Kühlschrank, weil du sie gerne kalt isst."

„Mmmh."

„Den Stecker der Gefriertruhe habe ich vorgestern auch gezogen. Aber nur halb, weil die Gefriertruhe ja nur halb leer ist."

„Ja, sag mal, spinnst du?"

„Eugen! Behandle mich nicht wie einen Dummkopf. Ich habe in der Schule aufgepasst. Unser Lehrer hat damals gesagt, dass Strom wie Wasser ist: Halbe Menge, halbe Kraft und doppelte Menge, doppelte Kraft. Das ist so. Und weil eine halbvolle Gefriertruhe nur die halbe Energie braucht, muss man logischerweise den Stecker halb herausziehen. Jetzt schau nicht so entsetzt, Eugen. Das ist die naturwissenschaftliche Wahrheit über Gefrierstrom. Das solltest auch du begreifen, Eugen."

Man hörte ein Seufzen. „Meine liebe Gisela, manchmal ist die Wahrheit nicht logisch und der Verstand zu klein, um die Wirklichkeit zu begreifen."

„Ach Eugen, Dankeschön, das hast du jetzt aber lieb gesagt."

32

Frau Hirschle-Knobloch hatte den Beichtstuhl verlassen und Idefix schlief friedlich in Jakobs Armbeuge. Soweit war alles gut gegangen, obwohl er keine Ahnung hatte, was die alte Schwatzbase gebeichtet hatte.

Im Moment stand sie vor dem Marienaltar und zündete eine Kerze an, so viel konnte Jakob durch die Ritzen des alten Holzes erkennen. Hoffentlich machte sie schnell, damit er den Beichtstuhl verlassen, duschen und sich eine neue Hose anziehen konnte. Jakob seufzte, lehnte sich zurück, faltete die Hände zum Dankgebet und wartete auf das markante Geräusch der sich öffnenden Kirchentür.

Halleluja, das Quietschen. Wie erlösend es auf einmal klang. Jakob atmete auf und dankte dem Herrn für seine Güte.

Aber. O nein! Himmelherrgott nochmal! Durch die Ritzen sah er die Hirschle-Knobloch, immer noch kniend vor dem Marienaltar. Somit musste ein neuer Kirchenbesucher gekommen sein. Kruzifix sapperlot! Ausgerechnet. Hatte der Herr denn kein Erbarmen?

Jakob lauschte. Unbekannte Schritte gingen zögerlich in Richtung Hochaltar. Jetzt war die Person in seinem Sichtfeld. Der Statur und dem Gangbild nach ein Mann. Gemessenen Schrittes betrachtete dieser die Wand- und Deckenmalereien. Am Marienaltar angekommen, hatte er einen kurzen Wortwechsel mit Frau Hirschle-Knobloch, die daraufhin zum Beichtstuhl deutete. Der Mann nickte und ging gemächlich weiter. Nun war er aus dem Blickfeld verschwunden, aber Jakob hörte, wie sich die Schritte näherten. Die Tür des Beichtstuhles wurde geöffnet und leise wieder geschlossen. Das Holz der Sünder-Sitzbank knarzte.

„Grüß Gott, Herr Pfarrer", begann eine fremde Männerstimme, „ich bin immer mal wieder geschäftlich hier in der Nähe und übernachte im Schwanen. Heute habe ich mir endlich Zeit genommen, um Ihre Barockkirche anzuschauen. Ich bin begeistert: die prächtigen Deckenmalereien und überall die Engelchen – Barock ist viel schöner als das schnöde Gotische. Ich habe schon viele Kirchen angeschaut, aber ich muss sagen, Ihre Kirche sticht besonders heraus unter all den Gotteshäusern."

Aha, wieder einer, der sich spontan in *seine* Kirche verliebt hatte. Schön, aber nicht heute.

„Und bei der Gelegenheit habe ich gesehen, dass noch bis sechzehn Uhr Beichte ist." Pause.

Heilige Mutter Maria, nahm das heute gar kein Ende?

„Meine letzte Beichte liegt zig Jahre zurück, und ich weiß nicht so recht, was ich tun muss ... ähm ... also sagen ... ähm ..."

„Deine Sünden beichten", murmelte Jakob und flehte insgeheim: *Aber bitte zackig! Meine Hose ist nass, es wird kalt und so langsam fängt das Zeug zu stinken an.*

„... sind Sie da? Hören Sie mich?"

Jakob schloss seine Augen ob der Pein, derer der Herr ihn aussetzte. *Guter Vater quäle mich nicht länger – lass es schnell vorüber sein.* Laut sagte er: „Ja, mein Sohn. Ich höre dich. Was möchtest du dem Herrn beichten?"

„Ich glaube, ich habe gegen eines der zehn Gebote verstoßen."

Heiliger Strohsack, was für eine Überraschung, dachte Jakob ironisch.

„Gegen welches denn?"

„Ich glaube, ich habe Ehebruch begangen."
Ich „glaube"? Kruzifix sapperlot. Hast du oder hast du nicht?
„Das verstehe ich nicht", fragte er einfühlsam.
„Herr Pfarrer, ich weiß halt nicht, ob ich habe."
„Wie meinst du das?"
„Dass ich es wirklich nicht weiß."
Jakob wurde zunehmend ungehalten und schickte ein weiteres Stoßgebet nach oben. *Herr, sende mir Geduld und Barmherzigkeit.*

Dann fragte er behutsam: „Und wieso weißt du es nicht?"
„Ach, es ist so schrecklich, Herr Pfarrer ..."
Das scheint mir auch so. Idefix wird bald aufwachen, ich würde mich gerne trockenlegen und eine Tasse Kaffee wäre auch nicht schlecht.

„... ich weiß nicht einmal, wo ich anfangen soll"
„Am besten wäre es wohl, von vorne zu beginnen." *Auch, wenn das eine längere Sache werden könnte,* knurrte er innerlich.

„Also, das war so ...", fing Anton Wegener zu erzählen an.

Endlich war auch dieses Beichtgespräch vorüber. Jetzt schnell raus, duschen und dann rein in eine frische Hose, freute sich Jakob. Er hatte dem Unbekannten die Absolution erteilt, zu einem christlichen Eheseminar und täglichem Gebet geraten. Mehr konnte er nicht für ihn tun. Gott, der Herr würde alles Weitere richten. Und sicher eine Lösung finden, diese Ehe zu retten. Zu schade, wenn wieder eine Familie auseinanderbrechen würde und ein Kind darunter leiden müsste.

33

„Ich werde nicht unterschreiben", protestierte Jule.
„Wieso nicht?", fragte Krpcicz erneut. „Sie haben doch alles zugegeben."
„Nein, ich habe nur zugegeben, dass wir im Speisesaal zu laut waren", korrigierte Jule. „Die restlichen Anschuldigungen sind falsch."
„Keine sexuelle Belästigung? Sind Sie sicher?"
„Herr Kahmen ist unschuldig", plädierte Jule mit einem zaghaften Versuch, standhaft zu sein.
„Frau Seltmann, Frau Seltmann, sind Sie sich bewusst, was Sie da behaupten?" Krpcicz schüttelte theatralisch den Kopf, dann musterte er Jule streng und knurrte: „Sie brauchen Herrn Kahmen nicht in Schutz zu nehmen. Ich weiß, was mir berichtet wurde."
„Aber ..."
„Nichts aber!" Er wehrte ihre Erwiderung mit erhobener Hand ab und schaute sie durchdringend an – mit einem Blick, der Jule Angst machte.
„Ja ... nein ... also", stotterte sie. „Das war höchstens eine versehentliche sexuelle Belästigung."
Krpcicz lachte gehässig auf. „Wie soll ich das denn verstehen?"
„Raffael, also Herr Kahmen, hat meine neue Locke angefasst. Sehen Sie, diese."
Jule zeigte Krpcicz ihre Kringellocke.
„Ist die nicht toll?", freute sie sich. „Das ist bestimmt ein Zeichen, dass es mit mir aufwärtsgeht", erklärte sie ihm ihre Vermutung.

„Wenn Sie meinen", brummte Krpcicz desinteressiert. „Ich denke eher, Sie sind labil und stehen unter Schock wegen der Übergriffe." Einen winzigen Augenblick starrte er auf Jules Haare, dann schüttelte er verächtlich den Kopf über so viel Naivität und herrschte seine Patientin an: „Sie sollten keinesfalls Herrn Kahmen in Schutz nehmen." Dabei atmete er theatralisch aus und gab einen übelriechenden Schwall Knoblauch-Zwiebel-Luft von sich. „Jetzt wäre nämlich die Gelegenheit, ihn loszuwerden."

Dann beugte Krpcicz sich näher zu Jule, die sich wieder fester in ihren Stuhl drückte, um dem Schweiß-Zwiebel-Knoblauch-Mix zu entgehen. „Vielmehr sollten Sie sich vor Herrn Kahmen in Acht nehmen. Glauben Sie mir, er spielt ein falsches Spiel."

„Herr Kahmen ...?" Jule war verwirrt. Hatte sie sich so in Raffael getäuscht?

„Ich sehe doch, wie Herr Kahmen Sie in den Gruppenstunden immer anstarrt. Wie er verträumt diese ... *Locke* angafft. Das sind keine freundschaftlichen Absichten, die er da hat." Krpcicz hob belehrend den Zeigefinger: „O nein, sein schamloser Blick spricht Bände. Herr Kahmen will mehr von Ihnen." Sein Zeigefinger sauste herab.

„Das ist mir noch nicht aufgefallen", entgegnete Jule zaghaft.

„Ihnen fällt so manches nicht auf, Frau Seltmann", wetterte Krpcicz. „Darum rate ich Ihnen dringend, sich von Herrn Kahmen fernzuhalten!"

Und mit therapeutisch-empathischer Stimme fügte er hinzu: „Bitte bedenken Sie: Wir sind in einer psychiatrischen Einrichtung. Da dürfen Sie keinem Ihrer Mitpatienten trauen. Die Menschen hier sind anders als sie scheinen. Sie spielen ein falsches Spiel. Glauben Sie mir, ich bin Psychologe. Und mein eindringlicher Rat ist: Halten Sie sich von Herrn Kahmen fern. Der Umgang tut Ihnen nicht gut. Sie sehen ja, zu was das führt."

Während Krpcicz geredet hatte, war er noch näher zu Jule herangerückt. Viel zu nahe. Aufdringlich nahe! Und mit jedem seiner Worte hatte er ihr einen widerlichen Zwiebel-Knoblauch-Schwall ins Gesicht geblasen. Jule atmete stoßweise. Dieser Gestank war schrecklich. Jetzt hielt sie die Luft an und rümpfte angeekelt die Nase, was bei Krpcicz ein siegessicheres Grinsen hervorrief.

„Ihrem angewiderten Gesichtsausdruck entnehme ich, dass Sie mich endlich verstanden haben, Frau Seltmann. Und nun unterschreiben Sie."

Wieder hielt er Jule Blatt und Stift hin. Doch die japste: „Es war keine sexuelle Belästigung!"

Krpcicz zuckte zusammen.

Sichtlich unzufrieden lehnte er sich zurück, fletschte die Zähne und knarzte: „Aber wir haben ja noch das Mobbing. Damit kriegen wir ihn."

34

Jakob wollte eben den Beichtstuhl verlassen, als sich die Seitentür erneut quietschend öffnete. Schwere Männerschritte. Ja, Kruzifix-aber-auch, nahm das heute gar kein Ende? Der Hintern tat ihm weh und das rechte Bein war eingeschlafen. Und die nasse Hose weckte schlimme Erinnerungen – es fühlte sich an wie früher. Ein kurzer Schauer zog vom Schulterblatt über seinen Rücken hinunter.

Jetzt war der Mann am Beichtstuhl angekommen, öffnete die Tür und setzte sich mit einem schweren Plumps. „Grüß dich Gott, Herr Pfarrer. Ich bin hier, um meine ... Sünden ... zu bekennen ..."

Thorsten? Thorsten Bratsch? Herr im Himmel! Was wollte der denn? Beichten, klar, aber warum ausgerechnet hier bei ihm? Das schmerzende Hinterteil war nicht mehr zu spüren, die nasse Hose und das eingeschlafene Bein augenblicklich vergessen. Jakob war so perplex, dass er sich erst einmal zurücklehnte.

„Ja ... ich weiß ... ich habe eine Menge Mist gebaut ... aber ich schaffe es nicht ... also, ich kann dir einfach nicht in die Augen sehen, ohne ... aber ich sollte wohl ... also dir alles sagen ...", stotterte Thorsten.

Da bin ich jetzt aber gespannt. Jakob setzte sich aufrecht. Die nasse Hose knatschte kalt ans Bein. Idefix schlief friedlich auf seinem Schoß. *Schieß los, ich will nicht den ganzen Nachmittag patschnass im miefigen Beichtstuhl sitzen.*

„... aber es ist nicht so leicht ... und irgendwie schäme ich mich ..."

Ja, das solltest du auch.

„Ich ... habe dir eine Menge Steine in den Weg gelegt ... in den letzten Jahren ... also im Kirchengemeinderat ..."

Oh, ja, das hast du. Jakob verschränkte die Arme.

„... habe ja regelmäßig dagegen gewettert ... war rigoros gegen alles ... halt immer, wenn du dafür warst ..."

Das ist milde ausgedrückt.

„... obwohl ich die Sache oftmals gut fand ..."

Soso.

„Dein Projekt *Sonntags-Café* ist übrigens auch gut ..."

Ach nein. So wie du dich bei der Kirchengemeinderatssitzung aufgeführt hast, ist das schwer zu glauben.

„Im Grunde genommen ... also ... in Wahrheit ... war ich neidisch ... dass du die Idee hattest ... und nicht ich ... Und ganz ehrlich, auch wenn ich es ungern zugebe ... ich habe aus reiner Boshaftigkeit dagegen gestimmt und ..."

Kruzifix, das glaube ich jetzt nicht!

„... war blöd von mir ... war halt ständig diese Wut auf dich ... wegen damals ... wegen Lisa ..."

Ja, das hat dich aus der Spur geworfen. Das sehe ich. Aber anstatt mit Rache zu ... Ich meine, du kannst nicht dein Leben lang alles auf diese eine Sache schieben.

„... und das mit dem Essig ... damals im Weihwasser ... das war ich ..."

Sieh mal einer an, und ich hatte die Ministranten verdächtigt.

„... und der Rum im Kinderpunsch letztes Weihnachten beim Krippenspiel ... ähm ... das war auch ich."

Was? Also, das ist ...!

„... bin ein Schafseggl ..."

Ja, das passt ganz gut!

„Und deshalb komme ich heute zur Beichte."

Das ist höchste Zeit!

„Es geht ja noch weiter ..."

Ich bin gespannt!

„Als wir die Sondersitzung hatten, die in Hausweiler … und dein Reifen platt war … und du bei Nacht heimlaufen musstest …"

Geregnet hatte es. Ich war klatschnass, als ich endlich im Pfarrhaus angekommen war.

„… da hat dir jemand … also … absichtlich die Luft rausgelassen …"

Das hat die Werkstatt auch gesagt.

„… und … ähm, wie du dir jetzt vielleicht schon denken kannst, was soll ich sagen … das war ich."

Himmelherrgottsakrament. Der Blitz soll dich … Ganz ruhig, Jakob.

„Aber der fette Kratzer … an deinem neuen Auto …"

Sag jetzt nicht, dass du das auch warst.

Jakob hielt die Luft an, so sehr traf ihn die Ungeheuerlichkeit von Thorstens Geständnissen.

„… also, das war ein Versehen … wirklich … das musst du mir glauben …"

Ein Versehen? Dein „Versehen" hat mich eine schöne Stange Geld gekostet. Mistkerl!

„… und ich schäme mich dafür."

Das soll ich dir glauben? Das fällt mir schon ver… schwer. Denn: Was zu weit geht, geht zu weit.

„… wollte dich um Verzeihung bitten …"

Kruzifix, da verlangst du aber was von mir …!

„… aber auch mich bei dir bedanken."

Bedanken? Wo…für?

„Ich habe keine Ahnung, wie du das hingekriegt hast … also das mit der Polizei … und ich weiß nicht, warum du mich da rausgeboxt hast … Verdient habe ich es jedenfalls nicht …"

Da hast du ausnahmsweise recht. Jakob atmete laut und schwer aus, und es war ihm egal, dass Thorsten das auf der anderen Seite hören würde.

„… bei dem ganzen Mist … den ich all die Jahre gemacht habe … deshalb … Danke!" Thorsten machte eine Pause, atmete ebenso hörbar ein und aus und fuhr dann zu Jakobs Erstaunen fort: „Wie geht es deiner Hand? Ganz ehrlich … ich erinnere mich an nichts … absoluter Filmriss … Die Polizei sagte, dass sie übel ausgesehen hat … tut mir wahnsinnig leid, wirklich."

Jakob betrachtete seine immer noch einbandagierte Hand und wusste nicht, ob er schreien oder Gott danken sollte, der ihm eben ein Gefühl der Milde schickte.

Und gerade wollte er Thorsten eine Litanei an Wiedergutmachungsauflagen verpassen, als dieser anfügte: „… und ich komme nur … also schaffe das jetzt, mich zu entschuldigen … weil die Lucy bei mir war."

Die Lucy? Herr im Himmel! Was hat die damit zu tun? Und was ist mit der Schweigepflicht? Kreuzkruzifix!

„Sie hat mir alles erzählt … von damals … am Steinbruch … dass Lisa schwanger war …" Stille, dann Schluchzen. „Und du sie getröstet hast und … keine Ahnung … Sie stand wohl hinter der alten Eiche … hat jedenfalls alles genau mitgekriegt …" Wiederum ein Schluchzen. „Ich wäre Vater geworden …"

Jakob war betroffen. Wieder durchströmte ihn dieses Gefühl der Milde und des Erbarmens – und noch vorhandene Wut löste sich auf. War einfach weg.

„O Mann … das hätten wir doch gepackt … wir beide … also, die Lisa und ich … es tut immer noch weh. Und ich hoffe, du kannst mir verzeihen …"

Jakob rang mit sich. Er verspürte Güte, sein Herz war bereit – sein Kopf noch nicht.

„Ich werde eine Therapie machen ... und möchte ein neues Leben beginnen, ohne Alkohol und ohne Hass ... Ich habe seit unserem ... also seit meinem Ausraster keinen Tropfen mehr getrunken."

Halleluja!

„Vielleicht können wir auch wieder Freunde werden."

Da verlangst du jetzt aber ein bisschen viel, mein Lieber! Auch wenn in der Bibel steht: Liebet eure Feinde – Von Freundschaft hat der Herr nichts gesagt.

„Und vielleicht findet sich auch eine passende Ehefrau für mich ... Sag mal, du hast doch ... also ich meine ... kannst du mir die Telefonnummer von Lucy geben?"

Die Telefonnummer von Lucy? Die hätte ich auch gerne. Kruzifix sapperlot, was hatte die noch so alles rumerzählt. Himmelherrgott nochmal.

„Das ist doch deine Cousine, gell? Die in den Sommerferien immer da war ... So genau erinnere ich mich nicht mehr an sie ... aber bildhübsch ist sie ... die Lucy mit ihren kurzen schwarzen Haaren ... erinnert mich an Lisa."

Kurze schwarze Haare? Moment, meine Lucy hat lange blonde Haare ...

Und wieder einmal fragte sich Jakob: Wer ist Lucy?

35

Anton saß im Schwanen, trank einen Schluck Bier und freute sich auf die hausgemachte Tellersulz mit Bratkartoffeln, die er gleich bekommen würde.

In Gedanken war er noch bei der Beichte und hatte die Worte des Priesters im Ohr: Er solle eine christliche Eheberatung machen. Aber Gabi war nicht gläubig, mit Kirche hatte sie nichts am Hut und der Taufe von Ann-Sophie hatte sie nur widerwillig zugestimmt. Daraufhin hatte der Pfarrer ihm nahegelegt, täglich zu beten und all seine Anliegen vor Gott zu bringen.

Anton schüttelte den Kopf. Damals mit der Eisenbahn hatte es nicht funktioniert. Und den Wunsch eines Kindes zu erfüllen, war eine Kleinigkeit im Vergleich zu seinen heutigen Problemen. Erneut schüttelte er den Kopf. Probleme von Erwachsenen waren um einiges komplexer als ein Kinderwunsch. Wie sollte Gott da dann bitte schön helfen können?

Er trank einen großen Schluck Bier. Von der Küche her wehte der Duft von Zwiebeln im heißen Fett. Das könnten seine Bratkartoffeln sein.

Ansonsten musste Anton zugeben, dass ihm die Beichte gutgetan hatte. Es war befreiend gewesen, sich seine Sorgen von der Seele reden zu können.

Über den misslungenen Suizidversuch hatten sie auch gesprochen. Nach Ansicht des Priesters eine göttliche Fügung. Niemand dürfe sein Leben einfach so wegwerfen. Außerdem sei Suizid eine *endgültige Lösung für ein vorübergehendes Problem.*

Vorübergehendes Problem! Der hatte leicht reden.

Anton lachte bitter. Ein Priester hatte keine eigene Firma und keine Angestellten, für die er verantwortlich war, und auch keine Geldsorgen, sondern lebte fröhlich in den Tag hinein: sonntags eine Predigt, ab und zu eine Taufe, Hochzeit oder Beerdigung und zwischendurch mal eine Beichte. Der hatte doch vom wahren Leben keine Ahnung!

Wieder lachte Anton bitter, dann trank er einen weiteren Schluck.

So gut es getan hatte, jemandem sein Innerstes auszuschütten, so froh war Anton am Schluss gewesen, dem Beichtstuhl zu entkommen. (Auch weil es dort so unangenehm gerochen hatte – nach abgestandener Luft und Urin.)

Anton schüttelte erneut den Kopf, trank seinen Krug leer und bedeutete der Bedienung: „Noch eins."

36

„Kommen wir zum Mobbing ...", fuhr Krpcicz fort. „Mehrere Patienten an den Nebentischen haben gesehen, dass Herr Kahmen Ihnen den Teller mit Essen weggenommen hat, woraufhin Sie in Tränen ausgebrochen seien. Das fällt nun eindeutig unter Mobbing." Siegessicher rieb er sich die Fäuste und ein hämisches Grinsen blitzte in seinen Augen.

„Nein", widersprach Jule erneut, was ihr ein genervtes Schnauben und eine weitere Zwiebel-Knoblauch-Wolke bescherte. „Das war kein Mobbing!"

„Sondern?", fragte Krpcicz verärgert.

„Das war so", klärte Jule mutig auf, „ich habe während des Mittagessens beobachtet, dass Raffael, also Herr Kahmen, sich Wasser nachgeschenkt hat ..."

„Frau Seltmann, was hat das mit Mobbing zu tun?", wurde sie sofort von Krpcicz unterbrochen.

Jule ließ sich nicht beirren. „Und ganz selbstverständlich hat er auch der Dörte, also der Frau Hansen, nachgeschenkt."

„Kommen Sie zum Punkt, Frau Seltmann."

Krpcicz trommelte mit den Fingern auf seiner speckigen Hose.

„Das mache ich, Herr Krpcicz, wenn Sie mich ausreden lassen, bitte."

„Sie wissen schon, dass die beiden unter einer Decke stecken? Dieser renitente Kahmen und die sturköpfige Hansen. Nicht umsonst habe ich Sie gewarnt, Frau Seltmann!" Krpcicz sah seine Patientin scharf an.

„Dass Herr Kahmen Wasser nachgeschenkt hat, hat mich sehr bewegt", erzählte Jule ungerührt weiter. „So eine schöne Geste der Aufmerksamkeit! Mein Mann würde das nicht machen. Der merkt nie, wenn ich etwas brauche oder mir etwas fehlt." Verstohlen wischte sich Jule über ihre feuchten Augen. „Danach ist Herr Kahmen aufgestanden, hat in die Runde gefragt, wem er einen Nachtisch mitbringen dürfe, und hat anschließend alle Teller eingesammelt. Einfach so. Als ob es das Normalste der Welt wäre."

Jule stockte. „Ja, auch meinen Teller. Und dann bin ich in Tränen ausgebrochen. Weil ich so überwältigt war ... weil ich das doch nicht gewohnt bin, wenn jemand etwas für mich macht ..." Jule wischte eine Träne aus dem rechten Auge. „ ... dass ein anderer meinen Teller wegräumt!"

„Also, wenn Sie wegen solch einer Lappalie weinen, dann sind Sie wirklich sehr labil." Krpcicz schüttelte den Kopf.

Jule nickte, schniefte und wischte sich weitere Tränen aus den Augen.

„Ich rate Ihnen eindringlich: Halten Sie sich von all Ihren Mitpatienten fern!"

Krpcicz beugte sich erneut zu Jule und nebelte sie wieder mit einem Schweiß-Zwiebel-Knoblauch-Schwall ein. Jule stockte der Atem.

„Und halten Sie sich vor allem von Herrn Kahmen fern!", drohte er mit erhobenem Zeigefinger. Dann rutschte er noch näher zu Jule heran und flüsterte geheimnisvoll: „Herr Kahmen hat einen perfiden Plan."

Hilfe! Entsetzt hielt Jule die Luft an.

Jetzt richtete Krpcicz sich wieder auf und polterte mit hämischer Genugtuung: „Aber mich wird er nicht hinters Licht führen. Ich habe ihn durchschaut!"

Reflexartig nahm Jule einen tiefen Atemzug. Sofort krampfte ihr Magen und sie musste würgen. *Schrecklich, dieser Gestank!* Sie hielt die Hand vor Mund und Nase. Drückte fest, bekam keine Luft. In ihren Ohren rauschte es. *Panik!*

Krpcicz schien von alldem nichts mitzubekommen. Er schaute Jule nur empört an und donnerte: „Für eine Entlassung reicht es nicht. Und alles nur wegen Ihnen. Weil Sie das Offensichtliche nicht sehen!"

Wieder beugte er sich zu Jule und drohte mit erhobenem Zeigefinger: „Ich werde diesen Aufsässigen beobachten und beim nächsten Verstoß fliegt er!" Ein neuerlicher Zwiebel-Knoblauch-Schwall traf Jule. „Lange wird der nicht mehr hier sein. Dafür werde ich höchstpersönlich sorgen!"

Jule duckte sich in ihren Stuhl. Dieser Mensch machte ihr Angst. Zaghaft nahm sie einen Atemzug und verzog das Gesicht. *Wie kann man nur so stinken!*

„Nun schauen Sie nicht so belämmert, warum haben Sie sich überhaupt mitreißen lassen, Sie sind doch eine vernünftige Frau. Also, dachte ich zumindest." Krpcicz schüttelte den Kopf. „Am besten wäre es sowieso, Sie würden zukünftig wieder auf ihrem Zimmer essen und den Speisesaal sowie die GELBEN meiden. Die Gruppe tut Ihnen nicht gut."

„Aber die sind doch alle nett", muckte Jule zaghaft auf.

„Das können Sie nicht beurteilen. Sie sehen ja, was passiert ist. Darum mein Rat: Essen Sie zukünftig wieder auf Ihrem Zimmer. Und genießen Sie Ihre Mahlzeiten in Ruhe."

Wieder auf dem Zimmer? Alleine? Das Mittagessen stumpfsinnig in mich hineinschaufeln? So wie in meiner ersten Woche? Das kann doch nicht sein Ernst sein! Alles in Jule sträubte sich. Es war so fröhlich gewesen, so befreiend, in lustiger Gesellschaft zu essen. Nicht an die Sorgen zu denken. Einfach nur Mensch zu sein. Es hatte richtig gutgetan! Nein, so verkehrt konnte das Lachen nicht gewesen sein. Und außerdem ...

„Frau Seltmann, haben Sie mir zugehört?", wurde Jule unsanft aus ihren Gedanken gerissen.

„Wie ...?"

„Ich habe gefragt, ob Sie ein Problem mit Männern haben."

Krpcicz hatte wieder seinen therapeutischen Blick aufgesetzt. „Oder anders ausgedrückt: Was ist Ihr Problem mit Männern? Denn dass Sie eines haben, ist offensichtlich."

Jule verstand weder Frage noch Zusammenhang.

„Erkennt man an Ihrer Fußstellung", erklärte Krpcicz gönnerhaft.

„Meiner ... was?" Jule war irritiert über die konfuse Wende des Gesprächs.

„Frau Seltmann, Frau Seltmann", tadelte Krpcicz, „sehen Sie denn nicht, wie Ihr linker Fuß nach außen dreht?"

Richtig, die rechte Fußspitze zeigte geradeaus, die linke drehte nach außen.

„Machen Sie sich nichts draus", meinte er versöhnlich, „psychologische Zusammenhänge sind für Laien schwierig."

„Psychologisch?"

„Ja, Frau Seltmann. Und ich denke, wir sollten zusammen mit Ihrem Mann darüber sprechen. Das würde Aufschluss geben."

„Mit meinen Mann? Aber das ist doch Humbug", empörte sich Jule, setzte sich aufrecht hin und schaute Krpcicz direkt in die Augen.

„Frau Seltmann, Frau Seltmann, ist Ihnen bewusst, dass ich hier der Psychologe bin?", stellte der von oben herab klar.

„Ja, schon, aber ..."

„Aber?" Krpcicz zog die rechte Augenbraue nach oben und musterte Jule gefährlich. „Ja?"

Wenn Blicke töten könnten. Jule rutschte wieder tief in ihren Stuhl.

„Frau Seltmann, wollen Sie etwa meine Kompetenz in Frage stellen? Oder meine qualifizierte Arbeit anzweifeln?"

„Nein", murmelte Jule und senkte den Blick.

Wieder versöhnt, säuselte Krpcicz: „Dann ist ja gut." Und fuhr wohlwollend fort: „Ich setze gleich für morgen Nachmittag einen Gesprächstermin an, dann können wir der Sache auf den Grund gehen. Zusammen mit Ihrem Ehemann. Da liegt einiges im Argen, was geklärt werden sollte."

Jule nickte ergeben.

„So, und nun öffnen Sie das Fenster und lassen frische Luft in den Raum."

Und mit verächtlichem Kopfschütteln meinte er: „Frau Seltmann, Frau Seltmann, Sie sollten dringend duschen und mehr auf Ihre Körperhygiene achten. Der Gestank hier im Zimmer ist ja unerträglich."

37

„Hallo Lucy, meine Frau will eine Paartherapie machen. Ich will das aber nicht. Was meinst du dazu?", tippte Anton in sein Handy.

Seit Anton von Ulm zurückgekommen war, hatte sich alles verschlimmert. Mit Gabi, mit seiner Mutter und im Betrieb. In sämtlichen Bereichen hatte sich die unsägliche Lage zugespitzt. Er bereute es zutiefst, nicht von der obersten Plattform des Ulmer Münsters gesprungen zu sein, seinem Leben und den Scherereien ein Ende bereitet zu haben.

Gabi hatte zwischenzeitlich mit Yoga begonnen. Davon konnte man halten, was man wollte. Sie jedenfalls war hellauf begeistert und schwärmte ohne Unterlass von den entspannenden Stellungen und von ihrem ach-so-tollen Yogalehrer, was Stiche der Eifersucht bei Anton hervorrief.

Jetzt hatte sie sich auch noch eine Radikaldiät verordnet und versuchte, mit Brachialgewalt abzunehmen. Warum bloß? Hatte der Yogi ihr diesen Floh ins Ohr gesetzt?

Für Anton war Gabi genau richtig. Er liebte die weichen Pölsterchen. Diese molligen Rundungen. Die waren neben ihrer einfühlsamen Warmherzigkeit der zweite Grund gewesen, warum er sich in sie verliebt hatte. Denn Gabi war das genaue Gegenteil von seiner dürren Mutter mit ihren kantig herausstehenden Knochen, die ihn nie zärtlich und liebevoll an einen kuscheligen Mutterbusen gedrückt hatte. Gabi erfüllte mit ihrer üppigen Figur all seine Träume von weich, geborgen und einfühlsam. Sie nährte sein emotionales Defizit. Mit ihr wollte er sein Leben verbringen.

Aber irgendwie lief alles schief. Heute Morgen hatte sie allen Ernstes eine Eheberatung bei ihrem Yogalehrer vorgeschlagen! Eheberatung! Bei ihrem Yogalehrer! Ausgekochter Blödsinn. Was ging den, bitteschön, ihre Ehe an? Anton schnaubte verächtlich.

Momentan war die kleine Ann-Sophie der einzige Lichtblick in seinem Leben. Immer fröhlich, immer lustig, ein süßer Sonnenschein. Sie gab ihm Halt.

Ebenso die vielen Gespräche, die er mit Lucy führte. Immer war sie für ihn da und gab ihm manch guten Tipp. Aus der anfänglichen Panik und Unsicherheit, wer sie überhaupt war, hatte sich eine virtuelle Freundschaft entwickelt. Zugegeben, es war ein komisches Gefühl, sich mit einer anderen Frau auszutauschen, ohne dass Gabi davon wusste, und ohne dass er sich an Lucy selbst und an ihre gemeinsame Nacht erinnerte! Aber Lucy gab ihm die nötige Kraft weiterzumachen und durchzuhalten. Endlich gab es für Anton jemanden, mit dem er Sorgen und Ängste teilen konnte. Ohne Scheu, ohne ausgelacht zu werden. Jemand, der ihn ernst nahm. Eine gute Freundin und ideale Ratgeberin. Was allerdings in jener Nacht in Ulm geschehen war, davon hatte Anton bis heute keine Ahnung. Und Lucy fragen? Nein, das war ihm zu peinlich. Er hatte beschlossen, dieses Thema auszublenden.

Augenblicklich kam die Antwort von Lucy: „Hallo Anton, also ich finde, dass Eheberatung eine gute Idee ist."

Diese Antwort hatte er befürchtet.

38

Eine Wolke schob sich vor den blassen Mond und tauchte das Bett in beängstigende Dunkelheit. Rita schlief einen unruhigen Schlaf. Sie atmete gehetzt ein und aus, während ihre Augäpfel unter den Liedern hektisch tanzten. Jetzt drehte sie sich ruckartig nach links und strampelte mit einem unterdrückten Schrei die Bettdecke weg.

„Nein, nicht!", schluchzte sie im Traum. Tränen rannen über ihr Gesicht, um anschließend im Kopfkissen zu versickern. Wieder zappelten die Beine, als ob sie rennen würden. Rita heulte verzweifelt auf, schleuderte den rechten Arm in die Luft und rief: „Komm zurück!" Dann warf sie sich auf die andere Seite, stieß einen entsetzten Schrei aus und war im nächsten Augenblick hellwach.

Schwer atmend setzte Rita sich auf. Mit zitternden Fingern knipste sie die Nachttischlampe an, um die bösen Traumgespinste zu verscheuchen. Nun öffnete sie die Schublade, holte ein säuberlich gebügeltes Stofftaschentuch heraus, wischte erst die Tränen aus den Augen, dann schnäuzte sie sich.

Armer Hansi.

Rita schaute auf die Uhr. 1:23 Uhr. Erst in fünf Stunden sechsunddreißig Minuten würde der Wecker klingeln. Fröstelnd hob sie die Bettdecke vom Fußboden auf, kuschelte sich ein und machte das Licht aus. Hoffentlich würde sie die restliche Nacht erholsam schlafen können.

Aber der Albtraum war noch viel zu nah – die Trauer viel zu real. Neuerliche Tränen schossen in ihre Augen.

Und wurden energisch mit dem Bettzipfel weggewischt. *Schluss damit. Jetzt wird geschlafen!*

Doch das war einfacher gesagt als getan. Ritas Gedanken kreisten um jenen schrecklichen Tag, damals in ihrer Kindheit. Und um die Frage, warum die Zeit nicht alle Wunden heilt, sondern Nacht für Nacht Albträume beschert.

Wieder wischte sie Tränen ab. *Armer Hansi.*

Dann stand sie auf, holte eine Baldrian-Tablette aus dem Medizinschrank, ging in die Küche, spülte die Kapsel mit einem Glas Wasser hinunter und schlüpfte wieder ins Bett.

Nach kurzer Zeit zeigte die Tablette ihre Wirkung: Ritas Atmung wurde sanft, die Gedanken weich. Realität und Traum traten in den Hintergrund. Von schwereloser Dunkelheit umhüllt schlief Rita wieder ein.

Doch die Ereignisse jenes Tages schlichen sich erneut in ihren Schlaf: Die Sonne strahlte von einem wolkenlosen Sommerhimmel. Es roch nach frisch gemähtem Gras. Eine Amsel zog einen fetten Wurm aus der Erde und im Birnbaum stritten sich die Spatzen.

Die elfjährige Rita legte den Bleistift zurück ins Federmäppchen, klappte ihr Schulheft zu und verstaute alles im Lederranzen. Heute war sie extra flink mit den Hausaufgaben gewesen, denn sie wollte ihr Buch weiterlesen: *Heidi* von Johanna Spyri. Gestern hatte sie unter den schattigen Blättern des Birnbaumes damit angefangen, allerdings Ärger mit ihrer Mutter bekommen, weil Rita anschließend Grasflecken im Rock gehabt hatte. Mutter war mächtig sauer gewesen. Rita erinnerte sich noch gut an die dunkelroten Zornesflecken am Hals. Kein schöner Anblick.

Heute würde Rita eine Decke mit nach draußen nehmen, hatte sie versprochen. Doch vorher musste noch der Kanarienvogel, der auf dem Wohnzimmerschrank saß, in seinen

Käfig gelockt werden. Das klappte am besten mit einem Stück Apfel – auch dieses Mal. Kaum hatte der Vogel den Leckerbissen erkannt, flog er zu Rita, stibitzte sich den Apfel aus ihrer Hand, schwebte zur Kommode und hüpfte in den Vogelkäfig.

„Das hast du fein gemacht, mein Lieber", lobte sie ihn und schloss mit einem metallischen Klack das Türchen. Dann wandte sie sich an ihre kleine Schwester, die fasziniert dem Vogel hinterhergeschaut hatte.

„Und du? Willst du Bauklötze spielen?"

Die zweijährige Rosi war ganz vernarrt in die bunten Holzquader. Am liebsten baute sie Türme, die sie anschließend mit viel Lärm und quietschendem Lachen einstürzen ließ.

Aber anstatt mit einem begeisterten *Jaaa!* zu antworten, piepste sie: „Ansi fieg."

„Nein, der Hansi kann jetzt nicht fliegen."

„Ansi fieg!", protestierte Rosi, tapste zur Kommode und stellte sich auf die Zehenspitzen. Doch sie war zu klein, um den Vogelkäfig zu erreichen. „Auf!", befahl sie und zeigte auf das Türchen.

„Nein, Rosi, der Hansi muss in seinem Käfig bleiben. Der darf später wieder fliegen."

Rita nahm ihre Schwester an der Hand, führte sie ins Kinderzimmer und holte die Box mit den Bauklötzen aus dem Regal. Sofort war Rosi abgelenkt und stapelte mit Begeisterung einen Klotz auf den anderen.

„B'au, 'ot, g'ün", kommentierte sie die Farben.

Rita lächelte zufrieden, nahm *Heidi* aus dem obersten Regalfach und flitzte ins Wohnzimmer. Dort holte sie eine Decke aus der Kommode, prüfte noch einmal, ob die Klappe am Käfig fest eingerastet war, öffnete die Terrassentür und stürmte zum Birnbaum. Schnell war die Decke ausgebreitet und Rita mittendrin in einem neuen Abenteuer von Heidi und dem Ziegen-Peter.

Doch der perfekte Sommertag endete jäh.

„Rita! *Rita!* Was hast du nun schon wieder angerichtet?"

Erschrocken schaute Rita auf. In der geöffneten Terrassentür stand ihre Mutter mit einer heulenden Rosi auf dem Arm. „Rita, wie konntest du nur ..."

„Aber ..."

„Nichts, aber. Du siehst doch, dass die Rosi weint."

„Aber ich habe doch gar nichts gemacht", verteidigte sich Rita.

„*Aber ich habe doch gar nichts gemacht*", äffte Mutter sie nach. Ein Alarmzeichen. Mutter war sauer. „Das ist es ja. Nie machst du was. Schrecklich mit dir! Womit habe ich eine solche Tochter verdient?"

Schuldbewusst schaute Rita an sich runter. Sie saß artig auf der Decke. Das Sommerkleid war fleckenfrei. Was hatte Mutter nur?

„Ich hab doch –"

„Nein, hast du nicht!"

Mit zitternden Händen klappte Rita das Buch zu, legte es auf die Decke und starrte ihre Mutter erschrocken an. Oje. Am Hals waren Wutflecken zu sehen. Nicht gut.

„Was ist denn?", stammelte Rita.

„Die Rosi weint. Das siehst du doch."

Die roten Stellen breiteten sich aus. Nun waren sie auch im Gesicht. Gar nicht gut.

„... weil der blöde Vogel weggeflogen ist."

„Hansi? Weg?" Ein kalter Schauer überfiel Rita und ließ sie frösteln. „Nein!"

„Doch. Käfig und Terrassentür sind sperrangelweit auf. Kein Wunder."

„Aber ich habe doch extra geschaut, dass das Türchen am Käfig zu ist, bevor ich raus bin."

„Aber ich habe doch extra geschaut ...", äffte Mutter sie erneut nach. „Nein, hast du nicht! Sonst wäre er noch da."

„Aber ich habe wirklich einmal –"

„Dann hättest du ein zweites Mal schauen müssen. Und ein drittes Mal."

„Ich habe gelesen."

„Gelesen", wieder dieses abfällige Nachäffen. „Tja, selber schuld, mein Kind. Das hast du nun davon."

„Ich versteh das nicht", schluchzte Rita mit Tränen in den Augen.

„Was verstehst du nicht?", zeterte Mutter mit hochrotem Gesicht. „Dass du hier in aller Gemütsruhe ein Buch liest, während Rosi den Wohnzimmersessel zur Kommode schiebt? Man sieht deutlich die Kratzspuren auf dem Parkett. Das muss man doch mitbekommen. Wie kann man nur so unachtsam und faul sein. Du sollst auf deine kleine Schwester aufpassen. Weißt du nicht, wie gefährlich das ist, wenn Rosi auf den Sessel klettert?"

„Aber sie hat doch mit den Bauklötzen gespielt."

Tränen tropften auf das Sommerkleid.

„Nein, sie ist vom Sessel auf die Kommode geklettert und hat den Käfig aufgemacht."

„Aber das kann ich doch nicht ahnen ..."

„Doch, Rita, das *kann* man ahnen. Und jetzt hör auf zu flennen und merk dir ein für alle Mal, wie wichtig ständige Kontrolle ist! Das wird dir hoffentlich eine Lehre fürs Leben sein. Und nun sieh zu, dass du den Vogel wieder einfängst. Er sitzt genau über dir im Birnbaum."

Den restlichen Nachmittag versuchte Rita ihren Hansi einzufangen. Aber weder flehentliches Rufen noch das Anlocken mit einem Apfelstück führten zum Erfolg. Hansi saß fröhlich tschilpend zwischen den Spatzen im Birnbaum und genoss seine Freiheit.

Als Vater abends von der Arbeit nach Hause kam, den leeren Vogelkäfig im Wohnzimmer bemerkte und Rita verzweifelt Hansi rufend unter dem Birnbaum im Garten sah, zog er wortlos den Gürtel aus der Hose und versohlte seiner Ältesten mit drei kräftigen Strichen den Hintern. Rita heulte, Rosi plärrte solidarisch mit und Hansi tschilpte fröhlich im Birnbaum. Das war der Moment, als Rita sich schwor, in Zukunft alles noch genauer zu kontrollieren.

Da sich der Kanarienvogel nicht hatte einfangen lassen, schlich Rita am nächsten Tag im Morgengrauen – ungewaschen und im Schlafanzug – mit einem Stück Apfel bewaffnet hinaus. Doch es war zu spät. Hansi lag mit abgebissenem Kopf vor der Terrassentür.

An dieser Stelle wachte Rita jede Nacht mit einem entsetzten Schrei auf.

39

„Und mach auch dein Handy aus!", herrschte Gabi ihren Anton an, als sie den Eingang des Yogazentrums erreicht hatten. Gabi in hautengen Leggins und knappem Oberteil aus zertifizierter Biobaumwolle. Anton im dunklen Anzug, weißem Hemd und dezenter Krawatte.

Genervt schaute Anton auf seine Uhr: Eine Stunde sieben Minuten sollten hoffentlich reichen für diesen Quatsch hier. Mehr Zeit hatte er nicht, denn im Anschluss stand ein unangenehmer, wenn auch unausweichlicher Termin mit dem Bürgermeister an: die Bitte um weitere Stundung der längst überfälligen Gewerbesteuer.

„Damit wir nicht gestört werden. Du hast eh immer nur die Firma im Kopf", schob Gabi mit grimmigem Unterton nach.

„So ist das halt, wenn man Chef ist."

„Ja, ja, immer nur du und deine Firma …"

Anton verkniff sich, darauf hinzuweisen, dass er die Verantwortung trage. Sowohl für die Firma und die Angestellten als auch für das Erbe, das er in einem soliden Zustand in eine sichere Zukunft weitergeben wollte. Damit die nächste Generation auf einer stabilen Basis aufbauen könne. Und in der Hoffnung, dass Ann-Sophie eines fernen Tages den Betrieb in der vierten Generation weiterführen würde.

„Drinnen ist nämlich Handyverbot", erklärte Gabi von oben herab. In einem Ton wie bei einem begriffsstutzigen Kleinkind! Dann schwafelte sie noch von elektromagnetischen Nebelschwaden, negativer Strahlungsintensität und Beeinträchtigung der Erleuchtungsfähigkeit. Was für ein

Quatsch! Erleuchtungsfähigkeit! Wenn er so einen Unsinn schon hörte. Anton verdrehte die Augen, während er sein Handy in den Flugmodus setzte.

Doch Gabi war noch nicht fertig. „Und zieh die Schuhe aus!"

„Das ist jetzt nicht dein Ernst? Du weißt doch, dass ich Schweißfüße habe."

„Anton, nun mach!", schnauzte Gabi, während sie flink aus ihren veganen Ökoschlappen schlüpfte und diese an der Garderobe abstellte.

Wenn Gabi in diesem Ton kommandierte, war nicht zu spaßen, das wusste Anton nur allzu gut. Sogar Ann-Sophie parierte ohne Widerrede, wenn Gabi in der Nein-Stimme – so hatte die Kleine diesen Befehlston getauft – Anweisungen erteilte.

Einen Augenblick zögerte Anton noch, dann ergab er sich seufzend seinem Schicksal und entledigte sich der Schuhe. O Mann, wie das scheußlich stank. Dabei hatte er vor einer halben Stunde die Füße gewaschen und frische Socken angezogen. Aber jetzt, mit der ganzen Aufregung eines Eheberatungstherapiegespräches, schweißelten der rechte und der linke Fuß rücksichtslos um die Wette. Beide Socken waren nass und der aufsteigende Dampf roch nach drei Tagen Schweinestall. Super Einstieg!

Auf triefenden Socken eierte Anton seiner Gabi hinterher, hinein in einen sonnig hellen Raum, in dem ein Mann mit Pferdeschwanz und löchriger Jeans stand, versunken in irgendeiner Yogaposition.

„Das ist der Koni, mein Yogalehrer ..."

Gabi zeigte auf den schmierigen Mittvierziger, der langsam und bedächtig seine Figur auflöste, nun angeberhaft auf sie zugestelzt kam, ausführlich die Nase rümpfte und

Anton mit einem süffisanten Lächeln von oben herab musterte.

„… und das ist der Anton, mein Mann", stellte Gabi die beiden einander vor.

„Hallo, Toni. Von dir hört man ja nicht so tolle Sachen", ergriff Koni das Wort.

„Ich heiße Anton! Anton Wegener", korrigierte Anton. „Und ich wüsste nicht, dass wir per du sind."

„Ach Toni, sei kein Spießer." Koni hielt ihm die Hand zur Begrüßung hin.

„Für Sie immer noch Herr Wegener", ignorierte dieser den ausgestreckten Arm.

„Mensch, Anton, nun hab dich nicht so", giftete Gabi dazwischen.

„Ich denke, wir machen hier …", Anton ließ seinen Blick durch den Raum schweifen, „… eine seriöse therapeutische Beratung."

„Toni, Toni, du bist ja noch spießiger, als die Gabi mir erzählt hat."

Das konnte heiter werden. Dieser Kerl war ihm vom ersten Augenblick an unsympathisch. Eingebildeter Lackaffe! Am liebsten hätte Anton auf der Stelle kehrtgemacht.

„Und wie heißen Sie denn nun? Also richtig, meine ich", hakte er stattdessen nach.

„Ich bin der Koni. Das hatten wir bereits."

Anton kniff ein Auge zusammen und sah „Koni" herausfordernd an. Der seufzte theatralisch: „Okay, mein lieber Toni, dann halt knigge-konform: Ich bin der Konrad. Konrad Krpcicz. Genannt Koni."

„Konrad wie?"

„Krpcicz. Ganz easy", machte er sich lustig, „schreibt man so, wie man es spricht: Krpcicz." Und grinste wie ein kleiner

Junge nach einem geglückten Streich. Dann schob er hinterher: „Siehst du, Toni, darum einfach Koni." Und hielt ihm erneut die Hand hin.

„Ganz sicher nicht! Und Toni schon gar nicht!", erwiderte Anton und ignorierte abermals die ihm entgegengehaltene Hand. „Und um das ein für alle Mal klarzustellen: Ich bin nur hier, weil ich meine Frau liebe und ihr versprochen habe, gemeinsam eine Paartherapie zu machen."

„Na dann." Krpcicz verdrehte die Augen. „Nehmt Platz." Und leise an Gabi gerichtet: „Ich kann dich voll und ganz verstehen, meine Arme!"

Platz nehmen? Anton sah sich um. Auf dem Boden lagen drei dünne Matten im Dreieck zueinander. Das war alles. Keine Stühle, kein Sofa, kein Nichts. War das jetzt sein Ernst, dass sie wie kleine Kinder auf dem Fußboden hocken sollten?

Es war sein Ernst.

Antons Füße schossen aus Empörung einen Schwall Stinkeduft. So peinlich! Anton wäre am liebsten geflohen, wahlweise im Boden versunken. Er musste jedoch ausharren. Schließlich wollte er seine Ehe retten. Und so blieb er unschlüssig stehen.

Zu seiner Verwunderung ließ sich Gabi trotz ihres stattlichen Volumens grazil auf eine der Matten nieder. Wow, sie sah so sexy aus mit ihren Pölsterchen und weichen Rundungen. Antons Herz machte einen freudigen Hops, ihm wurde federleicht und euphorisch heiß. Und einen ganzen Augenblick lang fühlte er sich hoffnungslos verliebt wie am ersten Tag.

Doch dieser schöne Moment währte nicht lange. Schlimmer noch, er bekam einen gewaltigen Dämpfer, als Anton nämlich sah, wie leicht und elegant der Yoga-Kerl sich auf die zweite Matte setzte. Gekonnt verwurstelte dieser Koni seine langen Beine zum Lotussitz – oder wie man das Sitzen der indischen Fakire nannte. Nur gut, dass sie hier auf Matten und nicht auf einem Nagelbrett hocken mussten, dachte Anton, während er sich stöhnend niederließ.

Gar nicht so einfach in steifem Anzug und gebundener Krawatte eine einigermaßen bequeme Sitzposition zu finden.

Und während seine Stinkesocken ausgiebig den Raum verpesteten, kam der nächste Seitenhieb von Krpcicz: „Toni, du siehst so verkrampft aus, mach deine Krawatte ab. Vielleicht wirst du dann etwas lockerer und dein Fußschweiß weniger."

Anton ignorierte das süffisante Grinsen. Dafür registrierte er mit Entsetzen, wie seine Frau den Yoga-Typen anstrahlte, als ob der etwas besonders Intelligentes gesagt hätte. Ja Herrschaftszeiten, merkte die denn gar nicht, was das für ein selbstgefälliger Schaumbolzen war? Offensichtlich nicht. Denn Gabi hing erwartungsvoll an seinen Lippen, während Anton mühsam eine einigermaßen bequeme Sitzposition suchte.

„Ja, dann wollen wir mal", legte Krpcicz los, wurde aber von Anton unterbrochen.

„Und Sie als Yogalehrer sind der Meinung, geeignet zu sein, für eine Paartherapie?"

Falsche Frage, wie Anton am beleidigten Gesichtsausdruck und am scharfen Tonfall der Antwort erkannte: „Ich bin nicht nur Leiter dieses Yogazentrums, ich bin auch Psychologe und arbeite in der Klinik am Bergsee."

„Das heißt, Sie haben diesbezügliche Beratungserfahrung", resümierte Anton.

Krpcicz schnauzte: „Zweifelst du etwa an meiner Kompetenz?"

„Nein", log Anton, „aber ich möchte sichergehen, dass ich hier nicht meine kostbare Zeit verplempere."

„Anton! Jetzt reicht es aber. Wir haben noch nicht einmal angefangen und du denkst schon wieder nur an die Firma!", blaffte Gabi dazwischen.

„Ich bin nur mitgekommen und lasse mich auf diesen Quatsch ein, weil Lucy gesagt ..."

Sofort brach Anton ab, aber Gabi war bereits alarmiert.

„Wer ist Lucy?"

Mist, wieso war ihm das jetzt herausgerutscht. Er hätte sich die Zunge abbeißen können. Daran war dieser dämliche Schnösel schuld!

Nun hatte er ein Problem: Eine gute Antwort musste her. Und zwar schnell!

Gabi sah ihn herausfordernd an und wartete auf eine Erklärung, während der Yoga-Affe nur mühsam ein hämisches Grinsen unterdrücken konnte. Antons Gehirn ratterte, Adrenalin schoss ihm ins Blut und eine Schweißfußwolke in den Raum. Stress pur!

Krampfhaft überlegte er, wie er ungeschoren dieser Misere entrinnen könnte. Doch anstatt eine glaubwürdige Erklärung zu produzieren, sorgten der Stress und die nervliche Anspannung für einen weiteren Fußschweißstinkeschwall und ein tiefrotes Gesicht.

Und während Anton verzweifelt nach Worten rang, interpretierte Gabi das rote Leuchten als *ertappt*. Ihr Mund stand offen, die erstaunten Augen wurden größer. Schließlich stammelte sie: „Du ... hast ... eine ...?"

„Er hat eine andere!", jauchzte Krpcicz schadenfroh dazwischen. „Der hat eine Affäre und ist so blöd und verplappert sich!", amüsierte sich Krpcicz. „Haha", klatschte er sich vor Begeisterung auf die Schenkel.

Anton versuchte zu retten, was zu retten war: „Nein, ich liebe nur dich! Gabi, ehrlich!"

„Haha, das würde ich jetzt auch sagen", feixte Krpcicz.

„Ach, ihr habt doch keine Ahnung!", ereiferte sich Anton.

Gabi schaute ihm streng in die Augen und wartete auf eine Erklärung. Doch Anton zögerte. Was sollte er auch sagen. Er wusste ja selbst immer noch nicht, ob damals etwas vorgefallen war.

Und dann war der passende Augenblick vorbei. Er hatte zu lange gezögert. Krpcicz schaute demonstrativ auf eine imaginäre Armbanduhr am Handgelenk: „Tja, mein Lieber, die Zeit ist um. Schuldig!"

„Ach, sind wir nun vor Gericht? Und ich bin der Angeklagte?"

„Na, die Sache ist doch offensichtlich."

„Was? Dass ich Angeklagter bin?"

„Toni, Toni, jetzt werde nicht lustig. Das ist ein ernstes Thema, da macht man keine Flachwitze."

„Für Sie immer noch Herr Wegener!"

Krpcicz seufzte: „Herr *Wegener*, wenn Sie nicht so spießig und verbohrt wären ..."

„Dann?"

„Dann ..." Krpcicz verdrehte verächtlich die Augen und winkte ab. „Ach, lassen wir das." Er wandte sich Gabi zu. „Also ich würde dir so etwas nie antun." Und sah ihr mit schmachtendem Blick in die Augen. „Gut schaust du übrigens aus. Hast abgenommen", schob er hinterher und Gabi schmolz förmlich dahin.

Schleimer!

„Über dieses Thema möchte ich nicht weiter reden", störte Anton mit scharfem Ton die traute Zweisamkeit, „ist mir zu blöd."

„Ja, das kann ich mir denken", nuschelte Krpcicz, ohne den Blick von Gabi zu lösen, „solche Waschlappen wie dich kenne ich zur Genüge, erst fremdgehen und anschließend kneifen."

Blöder Hammel!

Anton ballte die Fäuste und warf Krpcicz einen vernichtenden Blick zu.

„Über was sollen wir dann reden?", empörte sich Gabi. „Über deine Mutter vielleicht? Dass du sie immer noch *Mami* nennst?"

„Das gehört nicht hierher", warf Anton verärgert ein. Seine Halsader schwoll bedenklich an und sein rotes Gesicht wurde noch roter. Dieses Mal zornesrot.

„*Mami!* Herrgott nochmal, du bist ein erwachsener Mann! Und kein Kleinkind!"

„*Mami?*" Der Lackaffe kugelte sich vor Lachen. „Das ist nicht dein Ernst. *Mami!*" Und klatschte sich vor Begeisterung auf die Schenkel. „*Mami!*" Dann rutschte er näher zu Gabi, legte ihr den linken Arm um die Schulter, tätschelte mit dem rechten Zeigefinger ihre Wange und unter lautem Glucksen und während er krampfhaft nach Luft schnappte, schleimte er: „Arme Gabi, du tust mir echt leid. Das ist kein Mann für dich. Schon gar nicht jetzt, wo du so toll abgenommen hast." Und sah sie mit hungrigem Schlafzimmerblick an.

Stopp! Halt! Der Yoga-Depp macht meine Frau an! Entsetzt betrachtete Anton die beiden, wie sie näher zusammenrutschten und nun einträchtig auf einer Matte saßen.

„Ich muss schon sagen, nachdem ich heute dein Mamisöhnchen kennengelernt habe ..." Krpcicz japste vor Lachen.

Gleich würde er Schnappatmung bekommen, der bescheuerte Blödmann!

„Nachdem ich Mamis Liebling gesehen ..." Er schüttelte sich vor Lachen. „... und intensiv gerochen habe ..." Er rümpfte angeekelt die Nase. „... und nach all dem, was ich sonst weiß, kann ich dir, liebe Gabi, nur empfehlen, das durchzuziehen, was ich dir letztes Mal geraten habe, denn ich sehe da keine Zukunft für dich."

Erneut strich er ihr zärtlich über die Wange.

„Jetzt reicht es aber!"

Doch Krpcicz ließ sich nicht beirren. „Und anschließend bist du frei für einen echten Mann ..." Wieder dieser schmalztriefende Hundeblick. „... und nicht für so einen Kasper."

Und mit Blick auf Anton. „Dein Toni, also ich meine natürlich der werte Herr Wegener", spottete er, „wird sich nicht ändern."

„Warum sollte ich mich auch ändern?!", knurrte Anton angriffslustig.

Doch Krpcicz ging wieder nicht darauf ein, sondern wendete sich erneut Gabi zu, bei der eine Träne im linken Auge zu schimmern schien, und nahm sie tröstend in den Arm.

„Himmel Herrgottnochmal! Es reicht! Das ist immer noch meine Frau!" Nackte Wut kroch in Anton hoch. Er musste sich beherrschen, dass er dem feurigen Aufreißer keine latschte. Dem blöden Hammel, dem blöden!

Doch wieder wurde Anton einfach ignoriert. Stattdessen säuselte Kripcicz: „Ich denke, du solltest ihm sagen, dass es aus ist."

Nun bahnte sich auch aus dem rechten Auge eine Träne ins Freie. Gabi wischte beide mit einer energischen Bewegung weg.

„Ja, Anton. Ich habe lange darüber nachgedacht und in den letzten Yogastunden intensiv mit Koni gesprochen. So geht das nicht mehr weiter mit uns. Ich werde mich scheiden lassen."

40

15:08 Uhr. Ein warmer Sommertag, strahlender Sonnenschein. Allerdings blendete es unangenehm durch die gardinenlosen Fenster des Gruppenraumes GELB, wo Jule mit Torfnase, wie auch sie ihn mittlerweile nur noch nannte, saß und seit zehn Minuten auf Eddie wartete.

Jule war frisch geduscht und hatte sich mit schicker Bluse und dezentem Make-up herausgeputzt. Eddie würde sich freuen.

Seit mehr als zwei Wochen hatte sie ihn weder gesehen noch mit ihm telefoniert, geschweige denn eine Textnachricht bekommen. Nun war sie glücklich, dass er trotz seiner Vorbehalte eingewilligt hatte, in die Klinik zu kommen. Denn es gab so viel zu erzählen. Vor allem, dass es ihr besser ging und die zähe Nebelwand fast vollständig verschwunden war. Vielleicht würden sie gemeinsam den Tag mit einem Besuch im Biergarten ausklingen lassen oder bei einem Spaziergang zum Bergsee und leckerem Döner am dortigen Kiosk.

Auf dem Weg zum Gruppenraum war sie Beat-Urs und Kristof begegnet, die auch zum Bergsee wollten, und ihr Glück wünschend den Daumen nach oben gezeigt hatten. Die restlichen GELBEN saßen bei einem Puzzle zusammen. Raffael hatte – ganz in Gedanken vertieft – aufgeschaut, Jule erst irritiert angestarrt und dann begeistert ausgerufen: „Wow, du siehst sooo toll aus!"

Nina hatte ihr alles Gute gewünscht. Und Dörte hatte sie – wie immer – vor Schietbüdel gewarnt. „Denk dran, lass dich keinesfalls auf Yoga ein", waren ihre Worte gewesen.

Und wieder war Dörte nicht näher darauf eingegangen – jegliche Fragen erstickte sie regelmäßig durch genervtes Schnauben im Keim. Allerdings war ihr deutlich anzusehen, dass sie immer noch wütend war wegen der haltlosen Anschuldigungen gegenüber Raffael und seinem Beinahe-Rauswurf. Wegen Jules fehlerhafter Fußstellung hatte sie nur die Augen verdreht und gemeint, dass das „Schietkram" sei.

Doch Krpcicz war heute wie ausgewechselt. Er war freundlich und zuvorkommend. Hatte Jule gelobt, dass sie Fortschritte mache und sich gefreut, dass sie die Kraft gehabt hatte, sich zu duschen, zu schminken und für ihren Ehemann hübsch zu machen.

Selbst hatte er – wie immer – dieselben Sachen an: löchrige Jeans und zerschlissener Kapuzenpulli. Heute allerdings rochen sie nach Weichspüler und Frühlingsblütenduft. Auch die zum Pferdeschwanz gebundenen Haare waren frisch gewaschen. Na, immerhin.

„Jetzt könnte Ihr Mann aber mal auftauchen", monierte Krpcicz.

„So ist das immer", nahm Jule ihren Eddie in Schutz. „Er kommt grundsätzlich fünfzehn Minuten zu spät, so dass alle anderen schon da sind. Mir ist das peinlich, aber so ist er halt." Jule zuckte entschuldigend mit den Schultern.

„Aber so geht das nicht. Das ist respektlos. Vor allem Ihnen gegenüber. Das werde ich nachher anführen. Eine Frechheit ist das!"

Erbost schüttelte Krpcicz den Kopf, dann knipste er ein einfühlsames Psychologenlächeln an und meinte: „Aber reden wir solange von Ihnen, Frau Seltmann. Habe ich Sie richtig verstanden, dass *Sie* für den kompletten Haushalt verantwortlich sind und keinerlei Unterstützung durch Ihren Ehemann bekommen? Obwohl Sie ebenfalls einen Vollzeitjob haben?"

„Ja, genau." Jule nickte. „Ich koche, putze, wasche, bügle, räume auf, kaufe ein, mähe den Rasen, bringe sein Auto in die Reparatur, eben alles, was so anfällt."

„Tztztz." Krpcicz schüttelte den Kopf.

„Außerdem wirft er mir ständig vor, dass ich verschwenderisch beim Einkaufen sei. Mir zu viele Klamotten kaufen würde. Dabei kaufe ich nur dann etwas Neues, wenn ein Kleidungsstück Löcher hat und nicht mehr geflickt werden kann oder halt zerschlissen ist."

Jule zwang sich, nicht auf Torfnases Hose zu schauen. Der schüttelte unbeirrt den Kopf und sah seine Patientin empathisch an.

„Aber wissen Sie", fuhr sie fort, „daran habe ich mich gewöhnt." Jule zuckte mit den Schultern. „Was mich *wirklich* stört ist, dass er rein gar nichts tut."

„Wie meinen Sie das?", fragte er mitfühlend.

„Na, zum Beispiel morgens. Da mache stets *ich* das Frühstück für uns beide. Dann muss ich auch gleich los zum Unterricht. Mein Eddie ..."

„Eddie? Eddie Seltmann? Haha", amüsierte sich Krpcicz, „das ist ja lustig, ich kannte mal einen Edgar Seltmann. Das war der heißeste Typ des ganzen Jahrganges." Und mit abwertendem Blick auf Jule schloss er an: „Da hätten Sie als Nullachtfünfzehn-Frau keine Chance gehabt. Bei dem standen die Mädels Schlange; hatte immer die heißesten Schnecken am Start, reihenweise abgeschleppt und flachgelegt. Ein Weiberheld erster Güte", kam er ins Schwärmen.

„Was waren wir Jungs neidisch. Vor allem, dass er sich um Verhütung keine Sorgen machen musste, weil er als Kind mal Mumps gehabt hatte." Mit verträumten Blick, scheinbar in Erinnerungen schwelgend, schaute Krpcicz zum Fenster hinaus. Dann gab er sich einen Ruck. „Aber erzählen Sie weiter, Frau Seltmann."

„Ja, also, ich muss früher los und mein Mann liest dann immer noch gemütlich die Tageszeitung."

„Kann ich verstehen." Jetzt schaute er sie wieder empathisch an mit seinem verständnisvollen Psychologenblick.

„Schon, aber was ich sagen will, ist, dass, wenn ich mittags vom Unterricht zurückkomme, immer noch das dreckige Frühstücksgeschirr auf dem Esszimmertisch steht und die Zeitung ausgebreitet daneben. Ich kann also erstmal anfangen aufzuräumen, wenn ich heimkomme."

„Ja, das geht nicht. Da gebe ich Ihnen recht, Frau Seltmann." Krpcicz schüttelte den Kopf. „Sie arbeiten beide Vollzeit, dann müssen Sie sich auch die Hausarbeit teilen. Oder Sie engagieren eine Putzhilfe. Wenn Ihr Mann kommt, also *wenn* er denn nun endlich auftaucht, werde ich ein ernstes Wörtchen mit ihm reden."

Ungeduldig schaute Krpcicz auf die Uhr und meinte ärgerlich: „Ihr Mann ist jetzt über zwanzig Minuten zu spät. Das geht nicht! Das ist wirklich respektlos. So benimmt man sich nicht als erwachsener Mensch! Ihr Mann muss sich grundlegend ändern. Das werde ich ihm deutlich zu verstehen geben."

„So ist er halt", versuchte Jule ihren Eddie erneut in Schutz zu nehmen.

„Frau Seltmann, Sie brauchen nicht gut Wetter –"

Im selben Moment klopfte es lautstark, zeitgleich wurde die Tür aufgerissen und schon polterte ein strahlender Eddie in den Raum. Verdutzt schauten sich die beiden Männer an. Die Zeit stand still. Sekunde um Sekunde verstrich. Ungläubiges Starren. Staunen. Bis Krpcicz das Schweigen durchbrach.

„Du bist es wirklich?", platzte er heraus. „Eduardus! Edler Ritter! Sei gegrüßt, du alter Casanova!"

„Konradus? Wackerer Knappe der Tafelrunde? Hüter des güld'nen Gerstengebräus? Welch Glanz in dieser Hütte!"

Jule schaute vom einen zum anderen. Was war das jetzt?

„Seid mein Gast. Eduardus, galanter Begatter aller bezaubernden Jungfrauen des südlichen Königreiches! Welch Ehre mir anheimfällt!"

„Mein eisern Schlachtross lenkte mich in diese Hallen."

„Und zu spät, wie immerdar! So kennen wir Euch, edler Ritter."

Krpcicz lachte. Eddie grinste. Und Jule überlegte, ob sie heute Mittag die falschen Tabletten bekommen hatte.

„Mein wackerer Knappe, Ihr wisst sehr wohl: Wer kann, der kann!"

„Und Ehre, wem Ehre gebührt." Krpcicz verneigte sich theatralisch vor Eddie und ließ eine imaginäre Kopfbedeckung durch die Luft sausen.

Edler Ritter? Wackerer Knappe? Ungläubig verfolgte Jule das unwirkliche Spektakel.

„Plötzlich warst du nimmer da", monierte Eddie. „Hatte dich echt vermisst auf den Partys. Vor allem bei der Abschlussfete. Geile Sache …"

„Na ja, nachdem ich das dritte Mal durch den Mathekurs gerasselt bin, blieb mir nichts anderes übrig, als zu wechseln … und dann habe ich halt auf Psychologie umgeschwenkt. War bedeutend einfacher." Krpcicz lachte erneut.

„Ja, das glaube ich sofort. Von der ständigen Kifferei das Hirn vernebelt", feixte Eddie.

„Hö!", machte Krpciz pikiert, fuhr dann aber fort: „Hatte den Vorteil, dass mehr Mädels am Start waren." Und leckte sich anzüglich über die Lippen.

„Gib zu, das war der einzige Grund!", gab Eddie zurück und grinste dreckig.

„Dafür vögelst du dich durch die ganze Belegschaft. Ich kann das hier nicht."

„Kein Kommentar, meine Frau ist im Raum." Eddie hob die rechte Braue und schielte kurz zu Jule, die ihn mit großen Augen anstarrte. Anschließend grinsten sich die beiden Männer an und klatschten sich unter frivolem Gelächter ab.

Das ist nicht der Mann, den ich geheiratet habe, fuhr es Jule durch den Kopf. Oder zeigte Eddie gerade sein wahres Gesicht? Ein Schauer lief ihr den Rücken hinunter. Trotz der sommerlichen Temperaturen fing Jule an zu frösteln.

„Aber sag mal", lenkte Eddie vom Thema ab, indem er auf Krpciczs zerlöcherte Hose zeigte, „ist das nicht die Jeans, die wir damals auf unserm Trip nach Rom gekauft haben?"

„Ja, klasse, gell?"

„Sieht ziemlich verratzt aus."

„Das trägt man heute so. Ist topmodern."

„Na, die Investition hat sich gelohnt."

Und zum ersten Mal, seit er das Zimmer betreten hatte, sah Eddie seine Frau direkt an. „Siehste, Jule, das ist Sparsamkeit beim Kleiderkauf, nicht wie bei dir!"

Jule ignorierte den fiesen Seitenhieb. Stattdessen platzte sie zornig heraus: „Du hast mich angelogen! Du hattest Mumps, du *kannst* gar keine Kinder bekommen!"

„Was ...? Woher ...?"

„Ich fasse es nicht. Jahrelang hast du mich im Glauben gelassen, dass wir eines Tages gemeinsame Kinder haben werden. Du bist ein Lügner ... und Betrüger!"

„Moment, Frau Seltmann!", grätschte Krpcicz dazwischen, „das ist nicht die Frage!"

„Sondern?", schnauzte Jule. Mit zusammengeballten Fäusten starrte sie die beiden Männer an.

„Wie Sie mir erklärt haben, geht es darum, dass Sie zu viel Hausarbeit haben, stimmt's?"

Durch die unpassende Zwischenfrage aus dem Konzept gebracht, sah sie Krpcicz erstaunt an. Dabei entdeckte sie ein gefährliches Glitzern in seinen unnatürlich weit geöffneten Pupillen. *Wie bei Vater früher!* Jule erstarrte. *Hilfe!* Sie konnte nur noch mechanisch nicken.

„Sehen Sie, und genau das ist der richtige Ansatz für das heutige Paartherapiegespräch. Alles andere führt in eine Sackgasse."

Wie ... bitte? Jule atmete schwer.

„Denn wenn Sie Ihren Verstand einschalten würden, Frau Seltmann, dann würde Ihnen klar werden, dass Sie mit Eduardus, meinem edlen Ritter, einen guten Fang gemacht haben. Sie können sich glücklich schätzen, dass der Sie überhaupt geheiratet hat."

Und mit neidischem Blick auf Eddie: „Im Bett bist du eine Granate, wie mir deine Verflossenen erzählt haben."

„Kochen kann sie", lenkte Eddie ab.

„Na, irgendwas sollte sie ja können", verdrehte Krpcicz die Augen.

Hilflos schaute Jule zwischen den beiden hin und her. In ihrem Kopf formten sich Worte und Sätze, die sie herausschreien wollte. Aber irgendetwas in ihr blockierte.

„Um es klar und deutlich auszudrücken, Frau Seltmann, Sie haben einen falschen Blick auf Ihre Ehe. Da ist dringend ein Perspektivwechsel angebracht."

„Ein ... Perspektivwechsel?", echote Jule. Ihr Atmen ging stoßweise.

„Ja, genau! Ein Perspektivwechsel. Schließlich ist die Änderung des Blickwinkels eine allgemein anerkannte psychologische Arbeitsweise, um mit schwierigen Themen besser umzugehen."

Dieser Mistkerl hat mich angelogen! Jahrelang!

„Bisher haben Sie das Ganze sehr persönlich und nur von Ihrem Standpunkt aus betrachtet, also ziemlich egoistisch."

ER HAT MICH ANGELOGEN!

„Und zwar speziell das Thema Hausarbeit! Sie werden doch zugeben müssen, Frau Seltmann, dass Ihr Ehemann einen anstrengenden Job hat."

Atmen, Jule, du musst atmen ...

„Seine Arbeit ist mit der Ihrigen nicht zu vergleichen. Schon wegen der Verantwortung."

„Aber ...", japste Jule.

„Aber? Aber sicher doch! Sie sind nur Grundschullehrerin, mit einer Menge Freizeit und einem Haufen Ferien. Und seien wir mal ehrlich: *Arbeiten* kann man das doch nicht nennen: mit den Kleinen herumhampeln, nebenbei das ABC beibringen und ..."

Du hast doch keine Ahnung! Vollidiot ...

„... um zwölf Uhr wieder zurück sein von der morgendlichen Kinderbespaßung. Da ist es mehr als recht und billig, dass unser Eduardus ein aufgeräumtes Haus vorfindet, wenn er abends von seiner schweren Arbeit heimkommt."

Stopp! Aufhören! Eddie ...! Hilfesuchend schaute Jule zu ihrem Mann, doch der stand recht entspannt daneben und nickte zustimmend.

„Ihr Mann verdient lässig das Doppelte von dem, was Sie am Monatsende auf dem Gehaltszettel stehen haben. Somit passt es, wenn Sie im Gegenzug den Haushalt alleine machen."

Eddie nickte immer noch. „Siehst du, Jule, meine Worte. Seit Jahren! Und jetzt haben wir sogar die Bestätigung eines Fachmannes", freute er sich.

Fassungslos saß Jule da, brachte keinen Ton heraus. *Was für ein absurdes Theater!* Reflexartig kniff sie sich in den Unterarm. Aber es war kein Traum.

„Sehr schön, dass Sie das einsehen, Frau Seltmann. Von Vorteil ist, dass ich sowohl Sie als auch Ihren Ehemann gut genug kenne, um die Lage beurteilen zu können. Normalerweise tragen ja beide Partner zu Eheproblemen bei. Aber hier ist es eindeutig anders: Es liegt an Ihnen, Frau Seltmann. Sie allein sind schuld an dieser Misere!"

Was? Moment! Er war es! Er hat mich doch angelogen! Jahrelang!!!

Eine eiserne Faust presste sich in Jules Magen und drückte dessen Inhalt in die Speiseröhre. Schockiert hielt sie die Hand vor den Mund.

„Nun schauen Sie nicht so, Frau Seltmann, denken Sie lieber an Ihre Fußstellung!", mahnte Krpcicz.

„Fußstellung? Was ist damit?", wollte Eddie wissen und schaute irritiert an Jule hinunter.

„Ja, siehst du das denn nicht, Eduardus, edler Ritter? Ihr linker Fuß dreht nach außen."

Tatsächlich. Wieder standen Jules Schuhe nicht parallel.

„Stimmt, jetzt wo du es sagst, Konradus. Aber ist doch nicht schlimm."

„Von wegen! Das führt zum Ungleichgewicht der rechten und linken Körperkräfte. Eine Verschiebung des Energieflusses."

„Ähm ... Und?"

„Das ist ganz schlecht", bemerkte Krpcicz fachmännisch. „Ist dir aufgefallen, dass euer Sex nicht mehr so scharf ist wie am Anfang?"

„Ja doch." Eddie nickte bedauernd.

„Na, siehst du."

„Und das liegt an der Fußstellung?", fragte er ungläubig und musterte die Füße seiner Frau.

„Genau. Aber kein Grund zur Sorge, ich weiß Abhilfe und rate zu einem Spezialkurs im Kompetenzzentrum Yoga. Nennt sich *Mit Yoga zu einem erfüllten Sexualleben*. Ein Platz für deine Frau wäre noch frei."

Jule zuckte zusammen. War es das, wovor Dörte sie gewarnt hatte?

Krpcicz leckte sich mit der Zunge über die Lippen, taxierte Jule von oben bis unten. Inspizierte jeden Zentimeter und blieb an ihrem Busen hängen, den er ausgiebig in Augenschein nahm. Eddie bekam davon nichts mit, er begutachtete die Fußstellung seiner Frau. Jule hingegen saß wie paralysiert auf ihrem Stuhl und brachte vor Entsetzen keinen Ton heraus.

Atmen, Jule ... atmen!

„Das wäre doch gelacht, wenn ich Sie nicht auf die Spur kriegen würde, Frau Seltmann." Wieder leckte er sich anzüglich grinsend über die Lippen.

„Das heißt, du bekommst sie wieder hin?", fragte Eddie hoffnungsvoll.

„Klar, der Yogakurs wird eurer Ehe guttun."

Eddie schien das alles vollkommen normal zu finden, jetzt taxierte er seine Ehefrau wie einen Gegenstand. „Hilft der auch gegen Fett?", wollte er wissen. „Sie ist ganz schön fett geworden."

Fett? Ich bin doch nicht fett ... oder?

„Aber klar doch. Lass mich nur machen."

Erneut ein lüsterner Blick auf Jules Busen, gepaart mit einem weiteren Lippenlecken. Ganz unverhohlen! Jule musste würgen.

„In drei bis vier Wochen ist sie wieder in der Spur. Garantiert. Dann ist alles wie früher. Das wäre doch gelacht, wenn wir deine Frau nicht repariert kriegen würden." Krpcicz lachte dämlich und klopfte Eddie auf die Schulter.

„Repariert? Klingt gut."

Repariert? Ich bin doch keine Kaffeemaschine ...

„Repariert, restauriert, runderneuert und auf Vorderfrau gebracht." Krpcicz grinste schmierig, „Schließlich sind Nutten auf Dauer zu teuer."

Wieder klatschten sich die beiden unter dreckigem Gelächter ab.

Schwarzer Nebel waberte heran. *Hilfe! Was passiert hier?*

„... und die Putztrulla, die ich einstellen musste, geht auch ins Geld." Verärgert schüttelte Eddie den Kopf. Dann wandte er sich an Jule, die schwer atmend auf ihrem Stuhl saß, paralysiert vor sich hinstarrte und vor Entsetzten keinen Ton herausbrachte. „Wird Zeit, dass du wieder heimkommst, Jule. Du machst es besser. Und billiger bist du auch. Ich vermisse das."

„Tja, dann wäre das Therapiegespräch erledigt", freute sich Krpcicz und schaute auf seine Uhr. „Ratzfatz!"

„Ja!" Eddie strahlte. „Das ging schnell. Siehste, Jule! War eh alles klar."

Was? Nein! Halt!

„Aber Eddie ... nein ... halt ...", stammelte Jule.

Doch der ignorierte den Protest und schlug stattdessen seinem Studienkumpel vor: „Lass uns zwei in den Biergarten gehen und über alte Zeiten plaudern, mein wackerer Knappe."

Zu Jule meinte er herablassend: „Du kannst nicht mit, du magst ja kein Bier."

„Genau, Frau Seltmann, Alkohol und Medikamente sind nicht kompatibel", belehrte Krpcicz.

„Und schließlich heißt es Biergarten und nicht Sprudelgarten", feixte Eddie.

„Oder Wassergarten", fiel Krpcicz ein.

Erneutes Abklatschen. Gelächter.

Der dunkle Seelenschmerz kam näher.

„Und so, wie du aussiehst, Jule", ergänzte Eddie angewidert, „kann ich eh nicht mit dir weggehen. Das nächste Mal mach dich bitte appetitlich zurecht. Zieh dir ein sexy Kleid an und schmink dich gescheit. Das lenkt davon ab, dass du fett und alt geworden bist. Und dann können wir vielleicht was zusammen machen."

„Aber ... du hast ... gelogen!", stotterte Jule hilflos.

„Nein, habe ich nicht!", zischte Eddie. „Ich kann sehr wohl Kinder zeugen! Die Wahrscheinlichkeit liegt bei drei Prozent." Und mit verächtlichem Blick fuhr er fort: „Aber du, Jule, du hast mich schwer enttäuscht! Ich hatte wirklich erwartet, dass du dich wenigstens etwas hübsch machen würdest! Wenn ich schon extra hierher zu dir in die Klapse komme."

Betäubt blinzelte Jule gegen ihre Tränen an – Tränen der Wut und der Ohnmacht, die ihr nun tatsächlich „hässliche" Spuren ins Make-up gruben.

Und dann geschah es: Die überstanden geglaubte Nebelwand walzte heran, zog sich wieder wie ein eisernes Korsett um Jule und streckte kreischend die fiesen Fänge aus, um ihr Innerstes erneut mit eiskaltem Zangengriff einzufrieren.

Die beiden Männer bekamen nichts davon mit. Sie würdigten Jule keines weiteren Blickes, sondern verließen fröhlich feixend den Raum, um ihr Wiedersehen mit Alkohol zu begießen.

41

Liebe Rita,

auf diesem Wege möchte ich mich bei Dir bedanken, für den Seniorenausflug, den Du so wunderbar organisiert hast. Alles hat geklappt. Wie am Schnürchen. Die Verzögerung durch den Stau auf der Autobahn konnte keiner voraussehen. Aber glaube mir, das hat niemanden gestört. Du warst die Einzige, die sich geärgert hat. Was ich damit sagen will: Es muss nicht immer alles streng nach Plan laufen (außer bei Bus und Bundesbahn, aber selbst das klappt nicht). Und das kleine Durcheinander wegen des falschen Kaffees war doch gar nicht so schlimm.

Deshalb mach dir nichts draus, wenn etwas nicht so läuft, wie Du geplant hast. Sogar dann kann ein Ausflug schön werden. Zumindest hat es jedem gefallen. So auch die Führung von Pfarrer Fischer durch die barocke Ave Maria und der anschließende Gottesdienst. Mir persönlich hat seine eindrucksvolle Art zu erzählen sehr imponiert. So plastisch und anschaulich. Einfach mitreißend. Als ich allerdings seine lädierte linke Hand sah, kam mir in den Sinn, dass in seinem Leben auch nicht alles nach Plan gelaufen sein dürfte. Und dennoch machte er einen glücklichen und zufriedenen Eindruck. Bewundernswert.

Nun frage ich mich, ob bei Dir ebenfalls eine Planänderung angebracht wäre? Schließlich bist Du inzwischen stolze dreiundsiebzig Jahre, da kann frau eine Firma doch getrost in jüngere Hände geben. Dass Dein Sohn verlässlich ist, was die Belange des Unternehmens anbetrifft, hat er die letzten zehn Jahre mehr als bewiesen. Und wenn Du zukünftig Deinen Mitmenschen eine Karenzzeit von fünf Minuten einräumen würdest, wäre auch Anton bezüglich Terminabsprachen äußerst pünktlich und zuverlässig.

Die ‚Wood und Wellness Wegener'-Idee finde ich, wenn ich ehrlich sein darf, gar nicht so schlecht. Und wie ich Deinen Sohn einschätze, hat er sich das genau überlegt und alles vorausschauend kalkuliert. Wenn Du ihm dann noch Deine für dich allein doch viel zu große – auf dem Firmengelände und mitten im Wald liegende – Wohnung überlässt, könnten er und seine Gabi Arbeiten und Wohnen besser miteinander verbinden, und Ann-Sophie bekäme endlich ein richtiges Kinderzimmer. Sei mal ehrlich, was willst Du in Deinem Alter mit einer über 200m^2 großen Wohnung inklusiv inzwischen ungenutzter Sauna und reparaturbedürftigem Whirlpool mitten im Nirgendwo des Schwarzwaldes? Mit einem netten Zweizimmerappartement in der neuen Seniorenwohnanlage im Ortskern hättest du kurze Wege und weniger Arbeit. Wir könnten uns öfter treffen und Du hättest endlich Zeit für Hobbys und Dein einziges Enkelkind. Klingt doch verlockend.

Vielleicht hast Du ja Lust, die ein oder andere Seniorenreise auszutüfteln. Talent für Planung und Organisation hast Du. Und Bedarf besteht. Eugen und Gisela zum Beispiel fanden den Ausflug ganz toll, trauen sich aber selbst nicht mehr, so etwas auf eigene Faust zu unternehmen. Wäre das nicht eine neue Aufgabe für Dich, bei der Du Deine Fähigkeiten voll einsetzen könntest und nebenbei anderen eine Freude bereiten würdest?

In diesem Sinne nochmals recht herzlichen Dank für den traumhaft schönen Ausflug!

Ganz liebe Grüße
Deine Lucy

PS: Eine kleine Katze ist viel unabhängiger und macht deutlich weniger Dreck, als Du Dir vorstellen kannst. (Und wenn Du Dich um sie kümmerst, fällt es Dir vielleicht leichter, Deinem erwachsenen Sohn zu gewähren, sein Leben selbst in die Hand zu nehmen.)

Rita ließ den Brief sinken. Ein Lächeln zeigte sich auf ihrem Gesicht. Sie freute sich über diesen Dankesbrief.

Neugierig schaute sie auf die Rückseite des Briefumschlages. Allerdings stand da lediglich *Lucy* als Absender. „Keine Manieren diese Frau. Empörend!", schoss es ihr durch den Kopf. Konsterniert überlegte Rita: „Lucy? Wer ist Lucy?" Mit wem hatte sie am Ausflug alles gesprochen? Oje, mit ganz schön vielen. Ob Lucy die dritte Ehefrau von Herbert war? Nein, die hatte sich mit Irma vorgestellt. Etwa die junge Rothaarige von Hermann? Hmm. Verflixt, bei einem Omnibus voller Senioren konnte man leicht den Überblick verlieren.

Während Rita das Schreiben noch in den Händen hielt und über diese Lucy nachdachte, sich einerseits über die unvollständigen Angaben zum Absender ärgerte, andererseits über die Dankesworte zum gelungenen Ausflug freute, spürte sie, dass der Brief etwas in ihrem Inneren angerührt hatte. Vielleicht sollte sie tatsächlich den ein oder anderen Punkt in ihrem Leben überdenken.

42

Wieder einmal saß Jule mit verkniffenem Mund an einem der Puzzletische und hielt ein Teilchen in den rastlosen Händen. Wieder zwirbelte sie daran herum, ohne Notiz zu nehmen. Und wieder saß Raffael ihr gegenüber. Doch dieses Mal hatten sie gemeinsam ein Puzzle ausgewählt und Raffael legte zügig ein Teil an das nächste.

Gleichzeitig beobachtete er Jule, das merkte sie. Und vermutlich wollte Raffael ihr helfen, indem er immer wieder schwierige Teile ansetzte oder besonders eindeutige wie zufällig in ihre Nähe schob. Doch Jule starrte die ganze Zeit gedankenverloren auf das eine Teilchen in ihrer Hand.

Vor vier Stunden hatte das Paargespräch stattgefunden und Jule den beiden Männern hinterhergeschaut, die fröhlich den Raum verlassen hatten, um ihr Wiedersehen mit Alkohol zu begießen – während sie regungslos dasaß und erneut die Welt um sie herum in klebrigem Nebel versank.

Anschließend war sie aufgesprungen und tränenblind aus dem Zimmer gerannt, den Flur entlang und weiter. Zur Klinik hinaus und immer weiter. Hinauf zum Bergsee. Angetrieben von Wut und Enttäuschung. Trotz Seitenstechen weiter und immer weiter gerannt, mit rasendem Puls und diesem Klumpen, der ihr in den Magen drückte.

Oben hatte sie sich übergeben, einmal mit dem Ärmel über den Mund gewischt und war weiter gerannt. Bis zu einer Bank, die eingerahmt zwischen zwei Haselsträuchern am Ufer stand. Dort hatte sie ihren ganzen Schmerz herausgeheult. Als plötzlich …

„Ja, wen haben wir denn da?"

Jule schaute auf. Durch den Tränenschleier erkannte sie Beat-Urs und Kristof. Notdürftig wischte sie sich mit den Fingern über die Augen.

„Oje …, du siehscht scheiße aus", stellte Kristof fest. Sein Atem roch nach Zwiebeln und zwischen den Schneidezähnen klemmte eine Fleischfaser. Er hatte sich am Bergseekiosk einen Döner gegönnt.

„So direkt hätte ich das nicht gesagt. Aber … ja, es stimmt", kommentierte Beat-Urs Jules Zustand.

„Was ischt denn los?"

Kristof und Beat-Urs setzten sich neben Jule auf die Bank, reichten ihr ein Papiertaschentuch und ließen sich erzählen, was passiert war …

„Die spinne ja, die zwei", empörte sich Kristof.

Beat-Urs hatte die Augen geschlossen und strich sich nachdenklich über die Glatze. „Ich kenne deinen Eddie nicht, also kann ich keine Diagnose stellen. Aber das, was du von ihm erzählst und wie er dich behandelt, deutet auf eine narzisstische Veranlagung hin. Und von unserer Torfnase sprechen wir mal lieber nicht."

„Was ischt das? Narzischtisch?"

„Ist das schlimm?"

„Schlimm im Sinn von bösartig ist es nicht." Er schaute Jule ernst an. „Aber solche Menschen sehen nur sich selbst. Sie haben wenig Empathie für andere. Das scheint bei deinem Eddie der Fall zu sein. Oder warum besucht er dich nicht?"

„Er hat viel zu tun."

„Sicher. Aber wenn *er* in einer Klinik wäre, würdest du alles stehen und liegen lassen und ihn regelmäßig besuchen, oder?"

„Stimmt", antwortete Jule nachdenklich.

„Ein Narzisst schaut auf andere herab, steht gerne im Mittelpunkt und lässt sich für seine Leistungen bewundern. Er hält sich für die wichtigste Person überhaupt. Ist er ja auch, in seinem Universum. Dass er dich beim Paargespräch links liegen gelassen hat und sich nur für seinen Spezl interessiert hat, ist nicht verwunderlich. Und zeigt, welchen Wert du in seiner Welt hast. Ganz nach dem Motto: Wenn ich einen Gegenstand gerade nicht brauche, weil ich mich im Moment für etwas anderes interessiere, dann stelle ich ihn in die Ecke und beachte ihn nicht. So kam das für mich raus, was du erzählt hast."

„Ja, so habe ich mich auch gefühlt. Außerdem hat er mich all die Jahre belogen, hat gesagt, er wolle Kinder, und ich ..."

„Und dann habe ich den Eindruck, dass er sich die Welt bastelt, wie er sie will."

„Wie bei Pippi Langstrumpf?"

„Nicht ganz. Er manipuliert seine Umwelt mit Ausreden und Lügen. Vor allem dich, Jule. Und das, wie du sagst, seit vielen Jahren."

„Eddie ist kein böser Mensch!"

„Aber es dreht sich alles um ihn. Du bist eine Randfigur in seinem Universum. Und jetzt liegt es an dir, ob du so weitermachen willst, oder nicht."

„Wie meinst du das?"

„Dass du dich entscheiden musst."

„Entscheiden?"

„Ja, ob du so weiterleben willst." Beat-Urs machte eine Pause. „Bist du glücklich in deiner Ehe?"

Jule zögerte mit einer Antwort, betrachtete nachdenklich das klare Blau des Bergsees, dann presste sie ein leises „Nein, bin ich nicht" hervor.

„Dann solltest du dein Leben ändern. Eine Entscheidung treffen."

„Das kann ich nicht!" Entsetzt schüttelte sie den Kopf. Angst machte sich breit.

„Das ischt nicht einfach", stellte Kristof fest.

„Aber du kannst lernen, selber Entscheidungen zu treffen. Und am besten fängst du mit einfachen Dingen an."

„Aber wenn ich mich falsch entscheide?" Wieder lief eine Träne über ihre Wange.

„Das gehört zum Leben dazu. Davor ist niemand sicher. Aber noch falscher ist es, wenn ständig andere über dein Leben entscheiden."

Beat-Urs reichte ihr das Päckchen Taschentücher.

„Du muscht dir halt vorher genau überlege, wofür du dich entscheide tuscht."

„Ja, so gut das eben geht. Aber auch dann kann eine Entscheidung falsch sein: Weil man zu diesem Zeitpunkt nicht alle Informationen hatte oder weil sich eben Dinge inzwischen geändert haben."

„Und dann muscht du dich neu entscheide."

„Genau. Das gehört zum Leben."

Jule wischte sich über das Gesicht, schnäuzte ausgiebig, schaute auf den See hinaus und dachte nach.

„... und jetzt lass dich von zwei alten Männern in den Arm nehmen und ganz kräftig knuddeln", durchbrach Beat-Urs ihre Gedanken, beugte sich zu Jule ... und stoppte in der Bewegung. „Jetzt wäre zum Beispiel der Moment, zu sagen, ob du das überhaupt willst."

„Ich weiß nicht", antwortete Jule zögerlich.

„Dann entscheide dich."

„Aber, ich kann doch nicht ...", stotterte sie.

„Was kannst du nicht?"

„Ich kann doch nicht sagen, der Beat-Urs darf mich umarmen, aber der Kristof nicht, weil der ... weil du ..."

„Natürlich kannst du das. Und du brauchst deine Entscheidung grundsätzlich auch nicht zu begründen. Und ... ja ... klar kann es sein, dass du damit jemanden vor den Kopf stößt. Aber das steht dann auf einem anderen Blatt."

„Um Himmels Wille, nein!" Kristof lachte. „So wie i nach Zwieble stink, kann i doch niemand umarme."

Jule nickte erleichtert, ließ sich in Beat-Urs' Arme sinken und genoss das freundschaftliche Knuddeln.

„So, es ischt dreiviertel sechs, Veschperzeit. I hab Hunger", verkündete Kristof nach einer Weile und klopfte sich demonstrativ auf den Bauch.

„Ja, gehen wir. Therapeutisches Umarmen beendet. Gut gemacht, Jule. Du hast deine erste Entscheidung getroffen."

„Und du siehscht schon viel besser aus."

Das Abendessen am GELBEN Tisch war heute ernst und leise verlaufen – somit keine bösen Blicke von den Nachbartischen. Jule hatte von ihrem Tag erzählt und alle waren der Meinung gewesen, dass Eddie ein Esel sei, und Jule lernen müsse, eigene Entscheidungen zu treffen.

Jetzt saß sie mit Raffael am Puzzletisch und genoss es, gemeinsam mit ihm ein Puzzle zu machen. Sie fühlte sich wohl in seiner Nähe.

„Ich hole mir etwas zu trinken. Soll ich dir was mitbringen?", unterbrach Raffael Jules Gedankenkarussell.

Jule schaute auf. „Ja, gerne. Du bist sehr aufmerksam."

Sie war gerührt und erklärte: „Das bin ich von Eddie einfach nicht gewohnt."

„Ein Esel ohne Manieren." Raffael zuckte mit den Schultern. „Sag: Was soll ich dir bringen?"

„Egal."

„Egal gibt es nicht. Sprudel süß oder sauer, mit viel oder wenig Kohlensäure oder Apfelschorle. Du musst dich entscheiden."

„Aber es ist wirklich egal, was ich trinke. Ist doch kein großes Ding."

„Eben. Und deshalb übst du jetzt im Kleinen, Entscheidungen zu treffen. Was hättest du denn am liebsten?"

Jule überlegte. „Am liebsten? Jetzt? Hm." Dann kicherte sie. „Ein Glas Rotwein – ich hätte gern ein Glas Rotwein, bitte."

Raffael lachte. „Eine gute Wahl, aber ich muss dich enttäuschen, wir sind in einer Klinik."

„Ach, stimmt", zwinkerte Jule und schlug sich theatralisch mit der flachen Hand auf die Stirn. „Wie konnte ich das nur vergessen? Ein Apfelsaftschorle, bitte."

„Geht doch", lobte Raffael. Dann musterte er versonnen Jules Haare. „Meine Mara hatte Naturlocken. Eine wilde Mähne." Verstohlen wischte er sich über die Augen. „Ich mag deine Kringellocke, sie erinnert mich an Mara."

43

In einem einzigen Augenblick, mit einem einzigen Satz brach Antons scheinbar heile Welt in sich zusammen. Scheidung? Nein! Seine Kehle schnürte sich zu. Er bekam keine Luft, schnappte wie ein Fisch auf dem Trockenen. In den Ohren ein zunehmendes Rauschen. Ihm wurde schummrig. NEIN, schrie alles in ihm.

Luft! Frische Luft und schleunigst raus hier! Mit fahrigen Fingern löste Anton den Krawattenknoten und rappelte sich umständlich auf die wackeligen Beine. Er schwankte. Fast wäre er umgefallen. Taumelnd drehte er sich im Kreis. Wo war die verdammte Tür? Ach dort. Schon torkelte er zum Ausgang, als Krpcicz gehässig blaffte: „Ja ja, genau so habe ich dich eingeschätzt, Toni. Dass du den Schwanz einziehst und abhaust, anstatt konstruktiv am Ende deiner Ehe zu arbeiten."

Anton zuckte zusammen, dann presste er ein „Wo finde ich die Toilette?" hervor.

„Links neben dem Eingang, und vergiss nicht, die Hände zu waschen", warf Gabi ein.

Hände waschen! Ihm war eben der Boden unter den Füßen weggerissen, sein Lebensinhalt war mit einem einzigen Satz zerstört worden und Gabi sprach von Händewaschen! Noch dazu in diesem Erzieherinnentonfall.

Auf der Toilette angekommen, setzte er sich erst einmal auf den geschlossenen Deckel und atmete durch. (Puh, hier roch es nicht besonders hygienisch.) Er stützte den Kopf in die Hände, seufzte tief und wartete darauf, dass seine Gedanken wie üblich zu rattern anfingen. Von einer Ecke zur anderen springen würden, ohne ihm Sinnvolles mitzuteilen. Doch da war nichts. Nur Leere. Sein Gehirn war wie eingefroren, sein Denken vereist.

Stumm schrie alles in ihm: Versager!

Und dann kam der Schmerz. Er nahm das Pochen von Blut in seinem Kopf wahr. Bitte jetzt keine Migräne! Tränen drängten ihm in die Augen. Anton mühte sich, sie zurückzuhalten. Doch das hier war zu viel! Er ließ den Tränen freien Lauf und schwer tropften sie auf seine Anzughose. „Versager! Versager! Versager!", hallte es im Rhythmus der Tropfen.

Anton schniefte ... rieb sich die Augen. War das das Ende? Das Scheitern seiner Ehe? Seiner großen Liebe?

Ach, hätte es doch mit seinem Sprung geklappt – dieses verflixte kleine Mädchen! – dann wäre ihm das heute erspart geblieben ...

Versager! Versager! Versager! hallte es in seinem Kopf.

Am liebsten hätte er auch Lucy die Meinung gegeigt. Schließlich hatte die ihm das ganze Theater hier eingebrockt. *Gute Idee!* Pah, nun war alles noch schlimmer!

Anton stöhnte, hielt sich den schmerzenden Kopf, heulte eine Runde, badete eine Weile in Selbstmitleid, dann gab er sich einen Ruck und trocknete die Tränen mit mehreren Stücken ungebleichten Klopapiers – aus 100 % wiederverwertetem Altpapier, wie er der Aufschrift der Packung mit den Ersatzrollen, die am Fensterbrett stand, entnehmen konnte. Daneben entdeckte er eine Dose Raumspray, *Kirschblütenduft*. Sofort schaltete sein Gehirn in den Arbeitsmodus und ätzte gehässig: Paradox! Auf der einen Seite Ökoklopapier, auf der anderen per Raumspray Giftstoffe in die

Luft jagen – anstatt die Toilette hygienisch zu reinigen. Das passte zu diesem scheinheiligen Yoga-Fuzzi.

Schlagartig hatte er sich wieder gefasst, sein Gehirn funktionierte, Tränen und Emotionen im Griff. Arbeitsmodus an.

Anton angelte sein Handy aus der Hosentasche, schaltete es ein, ignorierte die zahlreichen Anrufe seiner Mutter sowie die Nachrichten von Kunden und schrieb: „Hallo Lucy, das war wirklich eine saublöde Idee mit der Paartherapie. Gabi will sich scheiden lassen."

Prompt kam die Antwort: „Mein lieber Anton, die Idee war gut. Glaub mir! Nur der Therapeut war der falsche. Leider."

Na klasse. Das hilft mir jetzt nicht weiter!

„Und nun? Wo soll ich auf die Schnelle einen guten Therapeuten auftreiben?"

Erstens kannte er keinen, zweitens lag die Wartezeit für einen Beratungsersttermin sicherlich bei mehreren Monaten. Also zu lange, um etwas zu ändern oder das Ruder herumreißen zu können.

„Keine Sorge, ich bekomme das hin."

Ja klar. Und wie soll das gehen? Hast du Beziehungen? Kannst du vielleicht zaubern?

„Nächsten Monat macht in der Kirchgasse eine junge Therapeutin ihre Praxis auf."

Nächsten Monat? Pah. Er brauchte jetzt etwas. Und wie ist der Name der Therapeutin? Wie soll ich an ihre Nummer kommen? Kann man jetzt überhaupt schon Termine vereinbaren?

Bohrendes Ziehen in der rechten Schläfe.

„Keine Angst, bleib ruhig, du brauchst nichts zu tun, ich reserviere dir einen Termin."

Konnte Lucy Gedanken lesen? Oder woher wusste sie ...? Der stechende Schmerz wurde stärker. Anton suchte in der Hosentasche nach einer helfenden Migränetablette, fand aber nur einen leeren Blister. Mist.

„Und jetzt geh zu deiner Frau, bevor alles noch schlimmer wird."

Noch schlimmer? Unmöglich.

„Schlimmer geht immer."

Haha. Ehe am Ende. Migräne. Keine Tabletten. Was konnte da noch schlimmer werden, dachte Anton sarkastisch. Er massierte die schmerzende Schläfe. Betätigte alibihalber die Toilettenspülung, ging zum Handwaschbecken, spritzte sich kaltes Wasser ins Gesicht und beseitigte die Tränenspuren. Öffnete das Fenster und atmete tief durch. Die hereinströmende Frischluft tat seinem Kopf gut. Aber, puh, dieser elendige Fußschweißgeruch.

Nachdem er das Fenster wieder geschlossen hatte, fiel sein Blick erneut auf die Dose Raumluftspray. Ob er damit? Ach, was soll's. Anton sprühte einen ordentlichen Strahl auf seine Socken.

Noch einmal atmete er tief durch. Und stellte erstaunt fest: Die Migräne war verschwunden!

Wie das? Wegen des Raumsprays etwa? Das wäre ja ... Stopp! Darüber konnte er sich später den Kopf zerbrechen. Jetzt musste er zurück in die Hölle der Therapie, er war lange genug auf der Toilette gewesen. Gewissenhaft schaltete er sein Handy aus, kontrollierte, ob es auch wirklich komplett aus war, dann öffnete er die Toilettentür und eierte mit feuchten Kirschblüte-Socken über den Flur, zurück ins Grauen.

Was er dort sah, verschlug ihm den Atem: Der Yoga-Affe und seine Gabi waren in eine höchst komplizierte Yogaverrenkung vertieft und Anton wusste nicht, ob er diese Stellung seiner Frau sexy finden oder ohne Zögern mit einem schweren Gegenstand diesem Koni eines überziehen sollte, der mit lüsternem Blick, in offensichtlich sexistischer Pose über ihr kniete. Lucy hatte recht: Schlimmer geht immer!

Schockiert starrte Anton auf die vulgäre Szenerie: Seine Gabi, breitbeinig auf dem Boden liegend, den üppigen Busen dem Yoga-Fuzzi hingebungsvoll ins Gesicht drückend, hatte die Augen geschlossen. Es war schön, seine Gabi so friedlich und entspannt zu sehen. Wie ein Engel. Eine Prinzessin. Seine Traumfrau. Aber in dieser Pose!

„Gut machst du das, Gabi", sülzte Krpcicz mit samtweicher Casanova-Stimme. Gabi errötete. „Diese Übung lockert dein Becken für die Kamasutra-Sequenz".

Moment! Kamasutra? War das nicht so ein asiatisches Sexbuch?

„Dann können wir jetzt weitermachen." Anton donnerte extra laut die Tür zu. Und mit Genugtuung bemerkte er, wie der bescheuerte Blödmann zusammenzuckte. Es schien, als ob Krpcicz sich bei etwas Illegalem ertappt fühlte.

Doch augenblicklich hatte der sich wieder im Griff und schleimte mit Heuchler-Stimme: „Ja, Gabi, dann komm mal langsam in das Hier und Jetzt zurück. Beende deine totale Entspannung und kehre mit deiner Aufmerksamkeit zurück in diesen Raum."

Kaum hatte Gabi die Augen geöffnet, warf sie Anton entgegen: „Du hast lange gebraucht. Hast du auch das Fenster aufgelassen, zum Lüften?"

Nein, hatte er nicht. Aber wenn es nötig gewesen wäre, hätte er es getan. Menschenskinder, dauernd musste sie auf ihm herumhacken. Er war doch nicht Ann-Sophie.

Krpcicz rümpfte die Nase. „Aha, nun Fußschweiß mit Kirschblüte! Eine ganz neue Geschmacksrichtung." Er grinste gehässig. „Die einen waschen sich die Füße, die anderen behelfen sich mit Raumduft."

Arschloch!

Sie hockten wieder auf den unbequemen Matten und mit Schrecken musste Anton feststellen, dass Gabi und Krpcicz eng beieinander auf einer gemeinsamen Matte saßen, quasi als Team ihm gegenüber. Die Fronten schienen klar zu sein. Trauer erfasste ihn, als er seine Frau in inniger Zweisamkeit neben einem anderen Mann sah. Diesem Lackaffen! Wie sollte er da ruhig bleiben und darauf hoffen, dass das Blatt sich noch wenden würde. Wut kroch in ihm hoch und ohrenbetäubende Eifersucht kreischte im Taktschlag seines Herzens. Dabei sah seine Gabi so schön aus. Diese Entspannungsübung – oder was immer das gewesen war – hatte ihr sichtlich gutgetan. Der harte Zug um die Mundwinkel war verschwunden. Gabi war wunderschön! Wie sie mit diesem zarten Lächeln dasaß. Wenn er sie nicht sowieso schon lieben würde, würde er sich jetzt, in diesem Augenblick, unsterblich in sie verlieben. Wie eine Königin thronte sie auf der unbequemen Matte. Ja, seine Gabi war bezaubernd. Betörend. Und unwiderstehlich erotisch. Seine Traumfrau!

Plötzlich gab es ein lautes Pling und sein Handy kündigte eine eingegangene Nachricht an. Verdammt, er hatte doch extra ausgeschaltet.

Und ganz nach dem Motto *noch schlimmer geht wirklich immer* versteinerten sich Gabis Gesichtszüge: „Du kannst einfach nicht folgen, Anton. Du solltest dein Handy ausmachen! Wie oft muss man dir was sagen, bevor du es endlich tust?"

Er war sich hundertprozentig sicher, dass er sein Handy nicht nur in den Flugmodus, sondern komplett ausgestellt hatte. Irritiert holte er es aus der Tasche, während Gabi ein kaltes „Ich hasse dich, Anton" schnauzte.

Verwundert las er: „Sag deiner Frau, dass du jetzt abbrichst."

Nein, das konnte er nicht. Er konnte doch den Termin jetzt nicht abbrechen. Gabi würde einen Tobsuchtsanfall bekommen.

Pling! „Sag, du hast einen Termin bei einer professionellen Eheberatung."

Aber das stimmt nicht. Das wäre gelogen. Ich habe keinen.

Pling! „Doch, hast du."

Quatsch. Was soll das! Ich kann meine Frau nicht einfach so anlügen.

Pling! „Morgen 14:30 Uhr."

Aber sicher glaube ich das jetzt, dachte er sarkastisch und wollte schon das Handy wegstecken, als ein weiteres Pling ertönte: „Vertrau mir, Anton!"

Vertrauen? Dir? Ich weiß ja nicht mal, wer du bist! Und hier geht es um alles oder nichts!

Anton räusperte sich und schaute unsicher auf, direkt in die zornigen Augen von Gabi. Super. Klasse Voraussetzungen! Er senkte den Blick. Nein, er konnte seiner Frau jetzt nicht in die Augen schauen, dazu stand viel zu viel auf dem Spiel. Nur gut, dass er saß, denn jetzt zitterten seine Knie und in der rechten Schläfe pochte es wieder. Antons Mund wurde mit einem Schlag wüstenstaubtrocken und seine Schweißfüße dampften eine extra fette Stinkewolke in den Raum, übertönten lässig den Kirschblütenduft.

Aber da nun eh alles egal war und er nichts mehr zu verlieren hatte, musste er es zumindest versuchen. Anton nahm seinen nicht vorhandenen Mut zusammen, atmete tief durch und nuschelte mit gesenktem Kopf: „Ich mache hier nicht weiter mit. Das bringt nichts. Wir gehen zu einer professionellen Eheberatung." Seine Stimme klang dünn und durchscheinend. „Ich habe gerade die Terminbestätigung bekommen. Morgen, 14:30 Uhr", schob er hinterher.

Gabi sagte kein Wort. Unheimliche Stille im Raum. Zaghaft hob Anton den Kopf, schaute ängstlich zu ihr auf und war überrascht, wie weich ihre Gesichtszüge auf einmal waren.

„Oh Anton, das hätte ich nie von dir gedacht, dass du selbst einen Termin vereinbarst. Warum hast du das nicht früher gesagt? Und wie hast du das bloß geschafft, in dieser Einöde jemand Kompetentes zu finden?"

Während Gabi ihn irritiert anlächelte, schossen Blitze aus Krpcicz' Augen.

44

Mit einem „Guten Morgen, Frau Seltmann" öffnete sich schwungvoll die Tür zum Büro der Chefärztin, kaum dass Jule zaghaft geklopft hatte. „Schön, dass Sie pünktlich sind. Leider habe ich heute ein knappes Zeitfenster. Das tut mir leid. Allerdings wurde mir gesagt, dass Sie ein dringendes Anliegen hätten. Jetzt schauen wir mal, was wir innerhalb von zehn Minuten bereden können und was ich in die Wege leiten kann, um Ihr Problem zu lösen. Aber bitte, kommen Sie doch erst einmal herein." Mit einem professionellen Lächeln trat die Chefärztin zur Seite und gab den Weg frei.

Jule huschte mit gesenktem Blick an der zierlichen Asiatin vorbei – die mit ihren seidig glänzenden, tiefschwarzen Haaren und den mandelförmigen Augen eine wahre Schönheit war – und setzte sich steif auf den ihr angebotenen Stuhl.

Die Einrichtung des Büros war äußerst spartanisch und bestand aus einem aufgeklappten Laptop, der auf einem in die Jahre gekommenen Schreibtisch stand, sowie zwei recht alt aussehenden Stühlen und einer leeren Vitrine, die neben den gardinenlosen Fenstern traurig vor sich hin staubte. An den Wänden blätterte Putz ab und man sah die dunklen Umrisse erst kürzlich abgehängter Bilder.

Doch Jule hatte keinen Blick für trostlose Vitrinen, Farbe bedürftige Wände oder die minimalistische Einrichtung des Büros. Jules Augen waren starr auf ihre Hände gerichtet, die unruhig auf den Oberschenkeln lagen; die nervösen Finger verkrampft ineinander verhakt, hockte sie auf ihrem

Stuhl und flüsterte: „Ich habe eine Entscheidung getroffen. Ich möchte entlassen werden. Heute noch."

„Soso. Sie möchten entlassen werden. Heute noch."

Ohne den Blick zu heben, nickte Jule.

„Dann beglückwünsche ich Sie zuerst einmal, dass Sie für sich eine Entscheidung getroffen haben. Sehr schön, Frau Seltmann", freute sich die Chefärztin. „Allerdings bin ich mir nicht sicher, ob es eine gute Entscheidung ist. Bitte erzählen Sie mir, warum Sie sich für eine Entlassung entschieden haben."

Ohne aufzublicken, murmelte Jule: „Ich will raus. Ich muss."

„Soso, Sie *müssen*. Na, dann schaue ich mal in Ihre Krankenakte."

Flink tippten die schmalen Finger etwas in den Rechner und augenblicklich ploppte Jules elektronische Patientenakte auf. Während die Augen der Chefärztin konzentriert über den Bildschirm huschten, bewegten sich stumm ihre in zartrosa geschminkten Lippen. Anschließend musterte sie Jule, die mit hochgezogenen Schultern, gesenktem Blick und unnatürlich ineinander verkrampften Fingern vor ihr saß.

„Also, hier steht, dass Sie vor etwas mehr als zwei Wochen in unsere Klinik gekommen sind, die komplette erste Woche in der geschlossenen Abteilung und rund um die Uhr unter Beobachtung waren. Jetzt sind Sie im offenen Bereich, bekommen ein Antidepressivum und nehmen regelmäßig an den Gruppenstunden GELB teil. Ist das richtig so?"

Wieder nickte Jule, ohne aufzublicken.

„Und nun wollen Sie entlassen werden?"

Anstatt einer Antwort knetete Jule hingebungsvoll den Daumen ihrer rechten Hand.

Erneut scrollte sich die Chefärztin durch die Patientenakte, tippte etwas auf ihrer Tastatur, schüttelte den Kopf, inspizierte Laborwerte und Untersuchungsberichte, überlegte, klickte weitere Dokumente an, um letztendlich festzustellen: „Frau Seltmann, ich spreche jetzt ganz offen zu Ihnen: Aus therapeutischer Sicht ist es nicht ratsam, Sie zum jetzigen Zeitpunkt zu entlassen."

Jule erstarrte.

„Wenn Sie eine Entlassung wirklich wünschen, dann machen wir das natürlich. Allerdings sind Sie meiner Meinung nach noch nicht stabil."

Und mit sanfter Stimme fuhr sie fort: „Bitte sprechen auch Sie offen zu mir. Gibt es einen konkreten Anlass für Ihren Wunsch auf Entlassung?"

Es entstand eine Pause, in der Jule ihren rechten Daumen malträtierte, der inzwischen feuerrot geworden war. Mehrfach setzte sie zum Sprechen an, verstummte, setzte erneut an, doch kein Laut kam über ihre Lippen.

„Bitte haben Sie Vertrauen zu mir, es gibt nichts, was Sie mir verschweigen sollten. Ich kann nur helfen, wenn Sie mich wissen lassen, was Sie alles beschäftigt", offenbarte die Chefärztin einfühlsam ihrer nach Worten ringenden Patientin. Und mit warmherzigem Blick fügte sie hinzu: „Ich möchte sichergehen, dass eine Entlassung der richtige Schritt für Sie ist, Frau Seltmann."

„Ja, also ...", eine leichte Röte überzog Jules angespanntes Gesicht, „ ... ich *kann* nicht bleiben."

„Und warum nicht, Frau Seltmann?", fragte die Chefärztin sanft. Als Jule nicht reagierte: „Bitte antworten Sie ehrlich."

„Das geht nicht. Es ist schrecklich", flüsterte diese.

„Liebe Frau Seltmann, Sie glauben gar nicht, was ich im Laufe der Jahre schon alles erlebt habe. Ich denke nicht, dass Sie mich überraschen können, geschweige denn aus der Fassung bringen", erklärte die Chefärztin mit einfühlsamer Stimme.

Verlegen betrachtete Jule ihren Daumen, dann schaute sie auf, aber nicht die Chefärztin an, sondern knapp an ihr vorbei zur leeren Vitrine, als ob dort die Antwort zu finden wäre. Und nach ausgiebigem Inspizieren der darin liegenden Staubschicht und einem weiteren Drücken, Reiben und Kneten ihres Daumens platzte es aus ihr heraus: „Ich habe gegen die Hausordnung verstoßen."

„Das kann ich mir nicht vorstellen – nicht bei Ihnen", widersprach die Chefärztin sanft. „Aber, bitte, erzählen Sie."

Die zarte Röte in Jules Gesicht wurde zu einem leuchtenden Rot. „Ich habe mich verliebt", presste sie hervor, während sie erneut ihren Daumen misshandelte.

„Sie haben sich verliebt?"

„Also ... ähm ... ja ...", stotterte Jule.

„Na, das ist doch wunderbar!", freute sich die Chefärztin.

Jule sah erstaunt auf. „Nein, es ist schrecklich!"

„Wie soll ich das verstehen?"

„Weil es noch viel schlimmer ist, als Sie sich das vorstellen können", flüsterte Jule.

„Klären Sie mich auf."

„Weil ich ... in ... drei Männer ... verliebt bin. Drei Männer! Gleichzeitig."

Beschämt schaute Jule auf ihren geschundenen Daumen. „Das verstößt gegen die Hausordnung", hauchte sie.

Und schob hinterher: „Ich bin doch verheiratet ... mit Eddie."

Dann sah Jule auf und schaute die Chefärztin direkt an. „Ich kann mich doch nicht verlieben!", empörte sie sich.

„Na, na, na, Frau Seltmann. Sie meinen wirklich, dass eine verheiratete Person sich nicht verlieben kann?", widersprach die Chefärztin. „Glauben Sie mir, die Realität sieht anders aus."

„Aber ..."

„Und zum anderen denken Sie, das verstoße gegen die Hausordnung."

Zerknirschtes Nicken von Jule.

„Liebe Frau Seltmann, Verliebtsein ist ein Gefühl. Und Gefühle lassen sich nicht verbieten. Schon gar nicht durch eine Hausordnung."

„Aber da steht doch ..."

„Paragraph 7 der Hausordnung besagt – ich zitiere: *Sexuelle Handlungen unter Patienten sind verboten und erzwingen eine sofortige Entlassung.* Richtig?"

Wieder ein beschämtes Nicken.

„Das bedeutet, dass Sie ihr Verliebtsein keinesfalls körperlich ausleben dürfen."

Jule senkte den Kopf.

„Aber gegen das Vorhandensein von Gefühlen und speziell gegen das Gefühl, verliebt zu sein, dagegen ist nichts einzuwenden."

Verwirrt schaute Jule auf.

„Um es noch einmal klar und deutlich auszudrücken: Gefühle gehören zum menschlichen Dasein, sie kommen und gehen und lassen sich weder erzwingen noch verbieten. Am allerwenigsten durch eine Hausordnung. Und ich gehe jetzt davon aus, dass es zu keinen sexuellen Handlungen gekommen ist."

Jule schüttelte energisch mit dem Kopf.

„Somit sehe ich keinen Verstoß gegen die Hausordnung und auch keinen Grund für eine Entlassung."

Jule atmete erleichtert auf und lockerte ihre verkrampfte Sitzhaltung.

„Im Gegenteil, ich freue mich, dass Sie sich verliebt haben." Die Chefärztin zwinkerte Jule zu.

„Aber Eddie ...", kam Jules kleinlauter Einwand.

„Wie schon gesagt, Verliebtheit ist ein Gefühl, kein Verbrechen. Genauso wie Trauer und Freude. Nicht mehr und nicht weniger. Und wenn Sie nach einer schweren depressiven Phase endlich wieder Gefühle verspüren, dann ist das wunderbar. Und ein Grund zur Freude!"

Die Chefärztin strahlte ihre Patientin an. „Denn das zeigt uns, dass die Gefühlswelt wieder erwacht und Emotionen wieder hervorkommen. Liebe und Verliebtsein gehören ganz einfach zum menschlichen Leben dazu. Zählen quasi zu den Grundbedürfnissen eines jeden Einzelnen. Außerdem verleihen Liebe, gute Freunde und tragfähige Beziehungen sprichwörtlich Flügel. Im Falle von Depression und seelischer Erkrankung führt dies zu neuem Lebensmut und wiederkehrender Lebensfreude. Somit eine echte Perspektive für die Zukunft."

Nicht ganz überzeugt hatte Jule den psychologischen Ausführungen der Ärztin gelauscht.

„Aber ..."

„Noch ein Aber?" Die Chefärztin sah Jule intensiv an, dann sagte sie freundlich: „Erzählen Sie mir lieber mehr, Frau Seltmann. Wer die Herren sind und warum Sie sich in diese drei verliebt haben."

Jule starrte ihr Gegenüber an. Konnte sie das wirklich erzählen ...? War das tatsächlich in Ordnung? Jule hielt vor Anspannung die Luft an, knetete ihren Daumen und rang mit sich. Doch aus den mandelförmigen Augen der Chefärztin leuchtete nichts als Wärme und Wohlwollen.

Schließlich formten sich Gedanken zu Wörtern. Erst zögerlich und stockend, zunehmend flüssiger und freier, bis zu guter Letzt Worte und Sätze mühelos den Weg fanden. Sie schilderte Einzelheiten aus dem therapeutischen Paargespräch, ihre Wut auf Torfnase und die Enttäuschung über Eddie. Sie erzählte von Kristof, Raffael und Beat-Urs, von intensiven Gesprächen in den Gruppenstunden, lustigen Geschichten am Mittagstisch, gemeinsamen Unternehmungen am Nachmittag und gemütlichem Puzzeln am Abend.

An Kristof gefiel ihr die Unbeschwertheit und dass er direkt sagte, was er meinte, ohne drumherum zu reden. Er war nicht der Hellste, oftmals tapsig und unbeholfen, und mit dem Hochdeutschen stand er auf Kriegsfuß. Aber anstatt sich für seine Unzulänglichkeiten zu schämen, akzeptierte er sich, wie er war, lachte über seine Fehler und nahm das Leben leicht. Jule genoss es, in seiner Nähe zu sein und sich von seiner Lebensfreude anstecken zu lassen.

Bei Raffael bestaunte sie die unglaubliche Stärke weiterzumachen, trotz des schweren Verlustes. Sie bewunderte seine Fürsorge und die Aufmerksamkeit allen Mitmenschen gegenüber. Sei es Sprudel nachschenken am Mittagstisch oder Papiertaschentücher reichen in der Gruppenstunde.

Beat-Urs hingegen war ein wandelndes Lexikon. Er hatte ein riesiges Fachwissen und konnte psychologische Zusammenhänge in einfachen Worten erklären. Niemals kam Jule sich dumm vor, wenn sie etwas nicht verstand und ein zweites oder gar drittes Mal nachfragen musste. Beat-Urs gab ihr genau den Rückhalt, den Sie brauchte, ihren Zusammenbruch besser verstehen und akzeptieren zu können, anstatt an Selbstvorwürfen zu verzweifeln. Eine hilfreiche Schulter zum Anlehnen und Kraft schöpfen auf dem steinigen Weg heraus aus der Depression.

Und je mehr Jule über diese drei Männer und deren Charaktereigenschaften schwärmte, desto lockerer wurde sie. Hatte nicht mehr den Drang, ihren Daumen zu malträtieren, sondern saß aufrecht auf ihrem Stuhl. Mehr und mehr Lebensfreude strömte aus jeder Pore. Ihre Augen funkelten.

„Schauen Sie sich an, Frau Seltmann, jetzt sind Sie ein ganz anderer Mensch. Keine Schwere, keine Düsternis. Ich sehe eine vergnügte und lebenslustige Frau, die nur so strotzt vor Energie. Nichts erinnert mehr an diese kraftlose, in sich gekehrte Jule Seltmann, die vor zwei Wochen hier eingeliefert wurde. Das macht die Verliebtheit mit Ihnen. Ist das nicht wunderbar?"

Ja, staunte diese und strahlte zusammen mit der Chefärztin.

„Aus psychologischer Sicht ist es jetzt allerdings wichtig, den Blickwinkel zu ändern und zu fragen: Warum Sie sich verliebt haben? Und warum in diese drei?", fuhr die Chefärztin fort. „Mit Verlaub, Frau Seltmann, kann es sein, dass Sie sich gar nicht in die Männer verliebt haben, sondern lediglich in deren Charaktereigenschaften?"

Sie musterte Jule und deren Mimik eingehend. „Genau das gilt es nun herauszufinden. Nämlich: Ist es wirklich Liebe? Oder nur die Anziehung zu etwas, das Sie vermissen? Weil es in Ihrer Ehe fehlt?"

Jule stutzte. Im nächsten Augenblick lief ein Schauer ihren Rücken hinunter, ließ sie frösteln. Und schon wirbelten unzählige Gedanken in ihrem Kopf: *Eddie. Unsere Ehe. Wie geht es weiter? Liebe. Lachen. Wertschätzung.* Ein heilloses Durcheinander! *Kristof. Beat-Urs. Raffael.* Was dazu führte, dass ihre eben noch freudestrahlenden Augen feucht schimmerten.

„Bedauerlicherweise ist unsere Zeit jetzt zu Ende", durchschnitt die Chefärztin Jules verworrene Gedanken. „Aber lassen Sie mich nachschauen, was ich noch für Sie tun kann, Frau Seltmann."

Wieder tippte sie etwas in den Laptop, starrte auf den Bildschirm, tippte erneut.

„Aha, ja ... das geht." Und an Jule gerichtet: „Ich würde Sie gerne für die *Frauengruppe* anmelden."

„Frauengruppe?"

„Ja, genau." Die Chefärztin lächelte. „Das ist unsere effektivste Gruppe hier in der Klinik, was wohl daran liegt, dass sie von einer ganz wunderbaren Frau und hervorragenden Therapeutin geleitet wird. Darf ich Sie anmelden?"

Jule nickte kraftlos und die Chefärztin setzte an der entsprechenden Stelle der elektronischen Patientenakte ein Häkchen.

„Das hätten wir", freute sie sich und klappte ihren Laptop zu. „Und zum Abschluss unseres Gespräches möchte ich Ihnen sagen, dass es richtig war, sich direkt an mich zu wenden, denn nicht jeder hier in der Klinik würde mit Ihrem Anliegen auf diese Art und Weise umgehen. Darum bitte ich Sie auch, über den Inhalt unseres Gespräches Stillschweigen zu bewahren."

45

„Grüß Gott, Frau Wegener, grüß Gott, Herr Wegener, bitte treten Sie ein. Mein Name ist Sina Langer. Bitte entschuldigen Sie die Unordnung. Die Praxiseröffnung ist eigentlich erst in vier Wochen, aber Frau Professor Lu-Cy, die Chefärztin der Klinik am Bergsee in Bad Schwäbisch Weiler, hat angerufen und gemeint, es sei dringend ..."

Bei der Erwähnung des Namens war Gabi sichtlich zusammengezuckt, hatte die Lippen aufeinandergepresst und ihrem Ehemann einen bitterbösen Blick zugeworfen. Einen galligen Kommentar hatte sie sich verkniffen.

Anton konnte sich ihr Verhalten nicht erklären. Irgendetwas musste gestern Nachmittag vorgefallen sein – aber was? Denn seither giftete Gabi nur noch auf ihn ein. Die Stimmung hatte einen absoluten Tiefpunkt erreicht. Ach, wäre er bloß gesprungen.

„Sie sind also meine ersten Patienten. Nehmen Sie doch bitte Platz."

Die hochgewachsene Schwarzhaarige mit flotter Ray-Ban-Brille zeigte auf einen runden Tisch, der mitten im Chaos stand, aber einladend mit frischen Blumen dekoriert war.

„Was möchten Sie trinken? Kräutertee, Kaffee, Sprudel?"

„Für uns beide Kräutertee", bestimmte Gabi.

„Aber ..."

„Doch, Anton."

„Aber ich hätte gerne einen Kaffee", meldete Anton sich zu Wort.

„Kaffee? Anton, du hattest heute Morgen schon deinen Kaffee. Wie oft habe ich dir gesagt, dass Kaffee ungesund ist. Du nimmst auch einen Kräutertee."

„Aber ..."

Gabi seufzte: „Na gut, dann eben für mich einen Kräutertee und für meinen Mann einen Sprudel, bitte."

„Aber, Gabi ..."

„Anton, ich sagte nein."

„Aber ich ..."

„Schluss jetzt! Benimm dich. Sitz gerade und denke an deinen Rücken. Du willst doch später keine Rückenprobleme bekommen."

Und da wären wir mitten in einem Thema, dachte sich die Therapeutin, die dem kurzen Gespräch der beiden aufmerksam zugehört und aus den wenigen Worten bereits ihre Schlüsse gezogen hatte. Ja, diesen Punkt würden sie anschließend oder bei einer der nächsten Sitzungen aufgreifen und besprechen müssen. Doch immer mit der Ruhe und alles der Reihe nach. Und so goss sie erst einmal wohlriechenden Kräutertee aus einer auf einem Stövchen bereitstehenden Teekanne in zwei dazu passende Teetassen und für Anton Sprudel in ein dekorloses Wasserglas.

„Die Chefärztin hat mir mitgeteilt, dass Sie Probleme in Ihrer Ehe haben, diese beheben und einen gemeinsamen Neuanfang wagen wollen."

Erstaunt schaute Gabi zu Anton, der mit den Schultern zuckte.

„Und – vorweg genommen – glauben Sie mir, der einzige Weg dahin ist: reden, reden, reden. Aber nicht über-, sondern miteinander. Sich austauschen über Ihre Wünsche, Träume, Sehnsüchte und Verletzungen."

Sina Langer lächelte Anton und Gabi aufmunternd an, dann fuhr sie fort: „Die Kunst einer guten Ehe besteht darin, die Bedürfnisse beider Parteien unter einen Hut zu bringen. Das ist nicht immer einfach, aber machbar. Allerdings nur, wenn sie konstruktiv miteinander reden, sich sowohl über Ihr tiefstes Inneres als auch über Ihre Gefühle austauschen. Schließlich kann Ihr Partner weder hellsehen noch Gedanken lesen. Reden, reden, reden ist die Zauberformel für eine gute und funktionierende Partnerschaft." Sina Langer blickte vom einen zum anderen. „Genauso wichtig ist: Ehrlichkeit."

Wieder machte sie eine Sprechpause, lächelte beide herzlich an und rückte ihre Brille zurecht, bevor sie fortfuhr: „Beginnen wir mit Ihnen, Herr Wegener. Welche Wünsche haben Sie an dieses Gespräch und welche Erwartungen haben Sie an mich."

„Also, wenn ich ehrlich sein darf ..."

„Ich bitte darum."

„Ganz ehrlich, ich erwarte mir nicht viel von diesem Gespräch. Wir waren bereits bei einer Eheberatung, und da wurde gesagt ... also dabei kam heraus, dass ich an allem Schuld sei. Ich möchte aber meiner Frau und meinem, also unserem Kind zuliebe zu Ihnen kommen. Quasi unserer Ehe eine Chance geben."

„Ja, das ist auch ganz allein deine Schuld, weil du ..."

„Stopp, Frau Wegener! Und entschuldigen Sie, dass ich Sie sofort unterbreche. Sie kommen gleich zu Wort. Zuerst einmal vielen Dank, Herr Wegener, für Ihre Offenheit und schön, dass Sie noch einen Versuch wagen. Wobei mir die Bezeichnung Schuld gar nicht gefällt. Diesen Begriff streichen Sie bitte aus Ihrem Wortschatz. Es gibt Ursachen,

Gründe und Folgen. Aber Schuld? Nein. Ich mag dieses Wort nicht; es klingt so zerstörerisch, hat in meinen Augen viel zu viel negatives Potenzial."

Anton entspannte sich etwas und blickte aus dem Augenwinkel zu Gabi.

Sina Langer war aber noch nicht fertig. „Schließlich weiß man inzwischen, dass die Ursache bei Ungereimtheiten, Zwist und Streitigkeiten immer – und ich betone *immer* – bei beiden Partnern zu suchen und auch zu finden ist, dass also nie einer alleine ursächlich ist."

Für einen kurzen Moment ließ Sina Langer das Gesagte wirken.

„Meist sind es Missverständnisse, die zum jeweiligen Verhalten führen oder eben geführt haben. Das können wir hier in der Therapie erarbeiten und somit wieder eine gute Grundlage für eine funktionierende Beziehung schaffen."

Sie lächelte aufmunternd und schob wieder ihre Brille zurecht. „So, nun zu Ihnen, Frau Wegener."

„Frau Langer, auch wenn Sie es nicht hören wollen, aber mein Mann ist tatsächlich an allem schuld. Er ist ein echter Waschlappen. Das sagt übrigens auch der Koni. Ich habe mir nämlich alles noch einmal durch den Kopf gehen lassen und bin zu der Erkenntnis gekommen, dass wir uns das Ganze hier sparen können. Ich will die Scheidung."

Und mit zusammengepressten Lippen fauchte sie: „Außerdem hat er eine Affäre mit Lucy."

„Lucy? Sie meinen Frau Professor Lu-Cy?" Sina Langer lachte auf. „Frau Wegener, verzeihen Sie, dass ich lache. Und ja, es stimmt, ich habe in meinem Beruf einiges gesehen und erlebt. Aber das? Nein, das kann ich mir beim besten Willen nicht vorstellen."

„Aber Sie sehen schon, dass Anton rot geworden ist?!"

„Gut, dann starten wir unsere Therapiestunde mit diesem Thema", lenkte Sina Langer ein. „Frau Wegener, wie kommen Sie darauf, dass Ihr Mann eine Affäre haben könnte?"

„Na, weil er sich verplappert hat. Außerdem habe ich mir sein Handy angeschaut."

„Du hast was …?", brauste Anton auf. „Das ist ja wohl das Letzte. Du blöde Schn-"

„Stopp, Herr Wegener. Beschimpfungen bringen uns nicht weiter, wir wollen sachlich bleiben."

„Aber …"

„Ich kann verstehen, dass Sie sauer sind, Herr Wegener, das ist Ihr gutes Recht, dennoch bringen uns Beleidigungen nicht weiter."

Die Therapeutin wandte sich an Gabi: „Habe ich das richtig verstanden, Frau Wegener, dass Sie das Handy Ihres Mannes kontrolliert haben?"

Gabi nickte. „Ich wollte sicher gehen, ob er wirklich eine Affäre hat … Ich meine, eine Ehe aufzugeben ist keine leichte Angelegenheit. Das muss gut überlegt sein."

„Da gebe ich Ihnen recht, Frau Wegener", stimmt die Therapeutin zu. „Aber …", und jetzt schüttelte sie den Kopf, „dass Sie in das Handy Ihres Mannes geschaut haben, stellt einen Vertrauensbruch dar. Dafür sollten Sie sich bei ihm entschuldigen."

Gabi schob das Kinn nach vorne: „Nein, ganz sicher nicht. Denn, dass was am Laufen ist, ist nach den Nachrichten, die ich gelesen habe, mehr als eindeutig."

„Ob das eindeutig ist, kann ich nicht beurteilen. Allerdings kann ich sagen, dass es sich um einen Vertrauensmissbrauch Ihrerseits handelt."

„Vertrauensmissbrauch? Pah! Und was hat der gemacht?", giftete Gabi.

„Herr Wegener, wie fühlen Sie sich dabei, dass Ihre Frau unberechtigterweise diesen Chat-Verlauf gelesen hat?"

„Ich fühle mich hintergangen und ausspioniert. Nicht ernst genommen, wie ein kleines Kind eben. Zumal ich gar nicht weiß, ob überhaupt etwas war. Außer der elektronischen Unterhaltung, meine ich."

Auf den irritierten Blick sowohl der Therapeutin als auch von Gabi schob Anton zerknirscht nach: „ ... denn mir fehlt jegliche Erinnerung, was diesen Abend betrifft."

„Weil du bestimmt besoffen warst, du Waschlappen!", warf Gabi entrüstet ein.

Sina Langer überhörte bewusst Gabis unnötige Beleidigung und fragte stattdessen Anton: „Könnten Sie Ihrer Frau verzeihen?"

„Hmm. Es tut schon weh ... aber irgendwie kann ich sie auch verstehen ... Es gibt schließlich genug Männer, die ihre Ehefrauen betrügen."

Anton rieb sich mit Daumen und Zeigefinger über die Augen. „Es war zwar nicht richtig, was Gabi da getan hat, aber – ja, ich könnte ihr verzeihen ..."

„Frau Wegener, würden Sie ihren Mann um Verzeihung bitten?"

„Nein, wozu?", blieb Gabi hart. „Er war mir untreu, ich habe es herausgefunden, somit muss er sich gefälligst bei mir entschuldigen und kann sich schon mal auf meinen Scheidungsanwalt einstellen."

„Herr Wegener, Sie behaupten, sich nicht an jene Nacht zu erinnern. Könnten Sie nachfragen, ob Unsittliches vorgefallen ist?"

„Hmm, ja, natürlich, ich kann es versuchen."

„Dann tun Sie es doch bitte."

Anton fingerte sein Handy aus der Innentasche seines Jacketts, nahm den Flugmodus raus und tippte: „Sag mal Lucy, haben wir beide …?"

„Was meinst du?", kam die prompte Antwort.

„Ob wir beide … du weißt schon … du und ich … also ich meine …"

Noch während Anton mit rotem Kopf nach einer passenden Formulierung suchte, ploppte schon die Antwort auf: „Ach so. Aber nein, haben wir nicht! Überhaupt kein Grund für ein schlechtes Gewissen."

Nicht nur ein Felsbrocken, nein, eine ganze Geröllhalde fiel ihm vom Herzen. Er hielt Gabi den Chatverlauf hin. Doch die nickte wenig überzeugt.

Sina Langer dagegen meinte zufrieden: „Gut, dann wäre das geklärt. Und Sie, Frau Wegener, sollten sich nun bei Ihrem Mann entschuldigen."

Nach einem reflexartigen „Pffh!" senkte Gabi ihren Kopf und nuschelte eine Entschuldigung.

„So, der Anfang wäre gemacht", freute sich Sina Langer. „… und wie Sie beide gesehen haben, ist manches manchmal anders, als es auf den ersten Blick erscheint."

Gabi schien noch nicht überzeugt. Sie starrte auf die Tasse in ihren Händen und trank in kleinen Schlucken vom Tee. Anton versuchte immer wieder, ihren Blick einzufangen. Jedoch erfolglos. Dennoch entspannte er sich etwas. Man sah ihm deutlich an, wie sehr ihn die bisherige Ungewissheit belastet hatte.

Sina Langer nippte an ihrem Tee, rückte wieder ihre Brille zurecht, dann sprach sie weiter: „Wenn Sie, Frau Wegener, also das nächste Mal etwas wissen wollen, dann *fragen* Sie Ihren Mann. Das gilt natürlich auch andersherum."

Beide nickten und Sina Langer nippte erneut an ihrem Tee.

„Glauben Sie mir, normalerweise liegen alle Beziehungsprobleme – und damit meine ich nicht nur in der Partnerschaft und Ehe, sondern auch bei Freundschaften und Geschäftsbeziehungen – darin begründet, dass in der Kommunikation etwas schiefgelaufen ist. Dass die Parteien etwas nicht ausgesprochen oder aneinander vorbeigeredet haben."

Sina Langer schenkte sich Tee nach.

„In den allermeisten Fällen sind es Kleinigkeiten, die den großen Ärger bringen. Und darum wollen wir hier in der Therapiestunde, aber auch Sie beide im Alltag, offen über alles reden."

Sie schaute beide eindringlich an. „Und zwar ganz ehrlich sowohl über Ihre unausgesprochenen Wünsche, als auch Ihre geheimsten Gefühle. Denn nur so schaffen Sie zusammen einen guten Start in eine solide Partnerschaft."

Wieder schaute sie beide Eheleute eindringlich an. Doch die tranken „hochkonzentriert" Tee und Sprudel. Eine unbehagliche Atmosphäre.

Darum redete die Therapeutin in sanftem Ton weiter: „Manche unerfüllten Wünsche lassen sich überraschend einfach lösen. Mit anderen Missständen muss man leben. Aber jeder sollte entscheiden, was er zu einem Neuanfang beitragen kann und möchte. Und auf was er unmöglich verzichten kann. Woraufhin ein Kompromiss gefunden werden muss."

Sina Langer befüllte Antons Glas mit frischem Sprudel und goss bei Gabi heißen Tee nach.

„Seien Sie kompromissbereit. Denn in einer Ehe ist es leider nicht wie im Märchen: Der Prinz tötet den Drachen, bekommt die Königstochter und sie leben glücklich und zufrieden bis ans Ende ihrer Tage. Nein ..." Sie machte eine Kunstpause. „... die Wirklichkeit sieht anders aus, denn genau an diesem Punkt der Partnerschaft geht die eigentliche Beziehungsarbeit los – und hört nie auf. Leider. Oder auch Gott sei Dank. Denn Beziehungsarbeit bedeutet regelmäßig ein *Du bist mir wichtig*, lass uns reden. Lass uns schauen, was wir verändern und besser machen können. Oder wie wir uns gemeinsam neuen Gegebenheiten anpassen können ..."

46

Heute stand zum ersten Mal *Frauengruppe* in Jules Therapieplan. Der dazugehörige Raum befand sich auf demselben Stockwerk wie die anderen Therapieräume und nur ein paar Zimmer weiter von GELB. Im Gegensatz dazu war die Tür der Frauengruppe mit Blumen bemalt: Rosen, Tulpen, Nelken, Osterglocken und Astern. Alle Jahreszeiten durcheinander. Auf der gegenüberliegenden Seite prangte ein roter Sportflitzer. Ein Ferrari, wie Jule am schwarzen Pferd auf gelbem Grund erkennen konnte. Der Raum der Männergruppe, folgerte sie und musste gleichzeitig innerlich schmunzeln über so viel Klischee.

Nachdem Jule die blumenverzierte Tür geöffnet hatte, staunte sie: Der Raum war anders als der Gruppenraum GELB mit seinem nüchternen Stuhlkreis. Hier gesellten sich sechs bequeme Schwingstühle um einen ovalen Tisch, auf dem eine pastellfarbene Tischdecke in Leinenstruktur lag. Darauf stand in einer niedrigen Vase ein kleiner Strauß Wiesenblumen. Am offenen Fenster wehten bunte Gardinen fröhlich im Wind und in der Ecke stand auf einem mit Fantasieblumen bemalten Sideboard ein Kaffeeautomat zur Selbstbedienung; daneben mehrere Dosen mit einer großen Auswahl an Dinkelkeksen. Ein Raum zum Wohlfühlen.

Am Tisch saßen zwei Frauen; vor sich eine Tasse Kaffee, in der Hand einen Keks und grüßten Jule mit vollem Mund. Die war gespannt, was sie hier erwarten würde, nickte den beiden freundlich zu und setzte sich auf einen der freien Stühle. Schon öffnete sich die Tür und zu ihrer Überraschung kamen Nina und Dörte fröhlich plaudernd herein. Im Schlepptau hatten sie eine fremde Frau, die erstaunt dreinblickte.

Während Jule von ihren GELBEN überschwänglich begrüßt wurde, schaute die Unbekannte irritiert in ihre Richtung, schüttelte den Kopf, schloss energisch die Tür des Gruppenraumes und begann: „Einen wunderschönen Nachmittag wünsche ich Ihnen allen", und mit Blick auf Jule: „Wie ich sehe, haben wir einen Neuzugang."

Die Unbekannte musterte Jule. „Darüber bin ich erstaunt, da die Teilnehmerinnen der Frauengruppe von mir selbst ausgewählt werden."

„Die Chefärztin persönlich hat mich angemeldet", klärte Jule auf.

„Die Chefärztin?" Die Therapeutin zog die linke Augenbraue nach oben.

„Ja, genau. Ich hatte ein Gespräch mit ihr."

Doch Jules Antwort führte zu erneutem Kopfschütteln und skeptischem Blick. „Soso. Erzählen Sie mir davon."

„Also ...", begann Jule.

Doch je mehr sie von ihrem Gespräch mit der Chefärztin erzählte, desto erstaunter schaute die Therapeutin: „Frau Seltmann, Sie erzählen Erstaunliches. Lassen Sie mich zusammenfassen: Sie hatten letzte Woche am Freitag einen Akuttermin bei der Chefärztin, die Ihnen mit einem Gespräch weiterhelfen konnte, über dessen Inhalt Sie mir nichts sagen wollen. Und im Anschluss wurden Sie von der Chefärztin persönlich für die Frauengruppe angemeldet."

„Ja, genau."

„Und Sie sagen, das Gespräch fand im Büro der Chefärztin statt: Altbau, dritter Stock, Erkerzimmer."

Jule nickte.

„Und Sie sagten, auf dem Namensschild der zierlichen Asiatin hätte Prof. Lu-Cy gestanden."

„Richtig."

„Frau Seltmann, ich bin verwirrt. Und erkläre Ihnen auch warum. Erstens: Der Raum, von dem Sie sprechen, ist mein altes Büro. Am Mittwoch bin ich von dort aus- und in mein neues im ersten Stock eingezogen. Zweitens: Die Chefärztin dieser Klinik heißt Prof. Dr. Hannah Akuba. Drittens: Bei uns arbeitet keine Prof. Lu-Cy. Und schlussendlich viertens: Ich bin Hannah Akuba."

Und mit nach oben gezogener linker Augenbraue fuhr sie fort: „Frau Seltmann, ich bin irritiert. Vielleicht sollten wir Ihre Medikation überprüfen und umgehend anpassen."

Jule starrte die Chefärztin an. Was für schräges Zeug ging hier ab?

„Was ich mir allerdings nicht erklären kann, Frau Seltmann, ist die Tatsache, dass Sie korrekt über das Klinikprogramm für die Frauengruppe angemeldet sind."

Wieder schüttelte die Chefärztin den Kopf. „Wie auch immer das geschehen konnte."

Sie hob erneut die linke Augenbraue und sagte dann versöhnlich: „Aber wenn Sie nun mal da sind, begrüße ich Sie als neues Gruppenmitglied unserer Frauengruppe. Herzlich willkommen, Frau Seltmann!"

Dörte und Nina strahlten und die beiden anderen Frauen nickten Jule freundlich zu.

„Bevor wir loslegen, lasse ich mir noch meinen obligatorischen Cappuccino raus." Und mit Blick auf Jule: „Da alle anderen Bescheid wissen und sich selbst was holen, frage ich nur Sie, Frau Seltmann: Was möchten Sie? Espresso? Cappuccino? Latte macchiato? Oder einen Milchkaffee?"

„Gerne einen Latte."

47

„Dann wäre dieser Punkt geklärt", nahm Sina Langer den Faden wieder auf. „Ich würde gerne mit einer anderen Thematik weitermachen. Dazu gehen wir ganz zurück an den Anfang Ihrer Beziehung."

Anton seufzte, nahm einen Schluck Sprudel, stellte das Glas wieder vor sich ab und betrachtete die aufsteigenden Miniblasen darin. Gabi saß mit noch immer leicht grimmigem Blick vor ihrer halbleeren Teetasse.

„Fangen wir mit Ihnen an, Herr Wegener. Wann haben Sie sich in Ihre Frau verliebt? Bei welcher Gelegenheit? Erzählen Sie Ihre Geschichte."

„Ähm, also ...", begann Anton unsicher. Das erschien ihm doch sehr persönlich, damit hatte er nicht gerechnet.

„Ja, das würde mich auch mal interessieren", knatschte Gabi dazwischen.

„Das war während des Kinderfestumzuges."

„Kinderfestumzug?"

„Frau Wegener, bitte keine Zwischenfragen. Lassen Sie Ihren Mann ausreden. Wenn am Schluss noch etwas offen ist, wird er Ihnen Ihre Fragen beantworten."

Und mit einem aufmunternden Lächeln an Anton gerichtet, sagte sie: „Fahren Sie fort, Herr Wegener."

„Ja, das ist schnell erzählt: Einer der Kindergartenknirpse ist gestolpert und Kopf voraus in einem der Pferdeäpfel gelandet. Das Publikum hat ausgiebig gespottet, der Kleine natürlich geheult und du hast den Knirps getröstet. Hast ihm sogar deinen eigenen Federschmuck gegeben, anstatt ihn wegen seiner Ungeschicklichkeit auszuschimpfen."

Anton schaute auf sein Wasserglas.

„Gerne dürfen Sie Ihre Frau anlächeln."

Doch Anton starrte weiter den aufsteigenden Bläschen in seinem Sprudelglas hinterher, die mühelos den Weg nach oben fanden.

Sina Langer merkte, dass etwas im Argen lag und forderte ihn auf: „Schließen Sie die Augen, Herr Wegener, und holen Sie dieses Gefühl zurück, das Sie damals durchströmt hat."

Anton machte gehorsam die Augen zu, atmete mehrmals laut hörbar ein und aus. Seine Gesichtszüge wurden weich, ein zartes Lächeln umspielte seine Mundwinkel und eroberte Zug um Zug sein ganzes Gesicht. Schließlich öffnete Anton die Augen und sah die skeptisch dreinblickende Gabi liebevoll an.

„Danke, Herr Wegener, das machen Sie wirklich sehr gut."

Die Therapeutin wandte sich zu Gabi: „Und nun zu Ihnen, Frau Wegener. Erinnern Sie sich an diesen bedeutenden Moment Ihres Mannes? Wie war das für Sie?"

„Ganz ehrlich? Ich erinnere mich überhaupt nicht daran. Und außerdem verstehe ich das nicht. Es ist doch selbstverständlich, dass man dem Kleinen hilft."

„Nein", warf Anton ein. „Also meine Mutter hätte mich ausgeschimpft, weil ich so dumm und ungeschickt gewesen wäre. Du hast nicht gescholten, sondern den Ausrutscher genommen als das, was er war: einfach Pech. Nicht einmal davon, dass der Festzug unterbrochen war, hast du dich beirren lassen. Du warst voll und ganz für den Kleinen da. So fürsorglich, so gut. Ja, das war der Moment, in dem ich mich in dich verliebt habe."

Liebevoll schaute er Gabi an, die merklich irritiert war und nicht wusste, ob sie das Lächeln erwidern sollte. „Ja, in dem Moment wurde mir klar, dass du die Frau bist, mit der ich mein weiteres Leben verbringen möchte. Die sogar dann noch lieb zu mir wäre, wenn ich in der sprichwörtlichen Pferdekacke liege, und die eine wunderbare Mutter für meine Kinder sein würde."

Gabi wurde rot.

„Und nun zu Ihnen, Frau Wegener, wie stehen Sie zu Ihrem Mann?"

Gabi rutschte nervös auf ihrem Stuhl herum. Diese Frage war ihr sichtlich unangenehm.

„Wissen Sie", begann sie zaghaft, „ich kann einfach nicht glauben, dass er mich liebt. Schauen Sie mich an. Ich habe mehr als nur ein paar Pfunde zu viel. Der sogenannte Babyspeck hat mich nie verlassen. Und *fette Gabi* war noch das Netteste, was die Kinder in der Schule mir hinterhergerufen haben. Im Sport war ich immer die Letzte, die in eine Mannschaft gewählt wurde, und jedes Mal hat die Gruppe kollektiv die Augen verdreht und genervt gestöhnt, wenn sie mich nehmen mussten. Das war so erniedrigend, das können Sie sich gar nicht vorstellen."

Gabi machte eine Pause.

Ihr Blick ging nach innen.

Jetzt glänzten ihre Augen feucht. „Geld hatten wir auch nicht wirklich. Und da fragt man sich schon, wieso ein Anton Wegener um die Hand der Hartz-4-Gabi anhält – der reiche Unternehmersohn Anton Wegener, der seit Jahren mit Franzi Förster verlobt ist." Gabi hielt inne und wischte sich verstohlen über die Augen. „ ... Franzi Förster mit ihrer top Figur und den gewagten Outfits."

„Wir waren nicht verlobt."

Sie sah Anton direkt an: „Naja, aber allen im Dorf war klar, dass du die Förster-Franzi heiraten wirst. Und ihr Vater hatte ja schon große Pläne, wie er Holz Wegener und seinen Marrenwald gewinnbringend vereinigen würde."

„Das heißt, Frau Wegener, Sie wissen nicht, was an Ihnen besonders ist, warum sich Ihr Mann in Sie verliebt und Sie geheiratet hat?"

„Warum er mich geheiratet hat? Na, weil er mich – wie auch immer – geschwängert hat." Gabi fixierte ihre Teetasse.

„Aber nein", brach es aus Anton heraus, „ich liebe dich, weil du die Frau meines Lebens bist! Du bist so liebevoll, so herzlich, so weich. Seit dem Kinderfestumzug träume ich nur von dir! Ich liebe dich!"

Erstaunt sah Gabi ihren Anton an.

Sina Langer lächelte zufrieden und meinte: „Sie müssen zugeben, Frau Wegener, das ist das Schönste, was ein Mann seiner Frau sagen kann, dass er sie liebt um ihrer selbst willen, dass Äußerlichkeiten keine Rolle spielen. Sie haben wirklich Glück, Frau Wegener!"

Gabis Mundwinkel entspannten sich, ihre Gesichtszüge wurden weich und ein zartes Lächeln zeigte sich auf ihren Lippen.

Sina Langer freute sich. Die Therapiestunde lief in die richtige Richtung. Sie rückte ihre Brille zurecht, beugte sich vor, trank einen Schluck Kräutertee, stellte die Tasse wieder ab, strahlte das Ehepaar Wegener an und wollte sich eben zufrieden zurücklehnen, als sich plötzlich ihr Bauchgefühl meldete – und darauf war Verlass. Irgendetwas passte nicht. Aber was?

48

Nachdem alle gemütlich am Tisch saßen und ihren Kaffee vor sich hatten, wurde die Frauengruppe offiziell eröffnet: „In unserer Gruppe besprechen wir, wie der Name schon sagt, frauenspezifische Themen, unterstützen uns gegenseitig, machen Mut und geben einander Ratschläge. Wir treffen uns einmal die Woche, und wenn ich das so sagen darf, liebe Frau Seltmann, unsere Arbeit ist äußerst effektiv, wie mir die Runde bestätigen kann."

Zustimmendes Nicken der Teilnehmerinnen.

Jule war gespannt, was auf sie zukommen würde. Der gemütliche Raum war vielversprechend und das mit dem Kaffee und den leckeren Keksen nicht zu verachten.

„Die Regeln sind dieselben wie in den anderen Gruppen, darum wiederholen wir sie nicht, sondern legen sofort mit der Vorstellungsrunde los." Sie nickte einer Frau zu: „Wollen Sie beginnen, Frau Beier? Einmal reihum und zum guten Schluss dann Sie, Frau Seltmann."

„Ja, also ...", begann die deutlich übergewichtige Frau, mit den unschönen Flecken auf Gesicht und Händen, die Jule bisher nur vom Sehen auf dem Klinikflur kannte und die tagaus, tagein hochgeschlossene Langarmblusen trug. „Ich bin die Vroni Beier, bin siebenundzwanzig, verheiratet, habe einen dreijährigen Sohn und leide an Neurodermitis." Sie seufzte. „Früher war ich rank und schlank, aber durch die jahrelange Cortison-Behandlung habe ich fünfzig Kilo zugenommen. Das macht mir zu schaffen." Sie seufzte erneut. „Und dass ich nur diese langärmeligen Naturseidenblusen tragen kann, das nervt. Aber was anderes vertrage ich nicht auf meiner Haut. Und wer will schon meinen Neurodermitis-Schorf sehen. Das kann man keinem zumuten." Zum Beweis knöpfte Vroni die obersten Knöpfe der Bluse auf und legte ihr Dekolletee frei.

Ja, es sah wirklich schlimm aus.

„Und weil das an Sorgen nicht genug ist", sie verdrehte die Augen, „ist mein Mann süchtig nach Internetspielen und sitzt jeden Tag stundenlang vor diesem blöden Kasten. Als ich durch Zufall mitgekriegt habe, dass er mit seiner Sucht unser ganzes Geld verzockt hat, hatte ich einen Nervenzusammenbruch. Jetzt bin ich hier."

Vroni machte eine Pause und sah hinaus zum Innenhof, wo sich ein paar Spatzen um den besten Platz im Bambus zankten. „Das heißt, er hat alles verzockt, sogar den Schmuck, den ich von meiner Mutter geerbt habe. Auch das Sparbuch von unserem Sohn ist futsch. Und ich sitze jetzt auf einem Berg Schulden. Denn irgendwie hänge ich da mit drin." Traurig schüttelte sie den Kopf. „Blöderweise habe ich mich nie um unsere Finanzen gekümmert, das war sein Bereich. Ich hatte vollstes Vertrauen. Inzwischen läuft die Scheidung, und ich muss sehen, wie ich mein Leben und die Geldsorgen in den Griff bekomme. Dabei konnte mir die Nina mit ihrem Einblick in das Sozialrecht helfen. Und mir meine Zukunftsangst nehmen." Dankbar schaute sie zu Nina.

„Vielen Dank, Frau Beier. Als Nächstes Frau Neumayer."

„Wir kennen uns ja bereits", machte Nina weiter und lächelte Jule dabei an. „Ich bin achtundvierzig, verheiratet, habe zwei erwachsene Töchter und arbeite beim Sozialamt der Stadt Stuttgart."

Jule nickte.

„Was du, Jule, noch nicht weißt: Vor fünf Jahren bin ich an Brustkrebs erkrankt, mit Chemo und dem ganzen Brimborium. Beim letzten Mal hier in der Frauengruppe haben wir ausführlich über mein Problem gesprochen: Ich habe nur noch eine Brust und damit kommt mein Mann nicht zurecht. Er geht fremd. Das hat er vorher auch getan, aber nun macht er es offensichtlich und ohne es zu verheimlichen. Ich weiß, ich sollte die Scheidung einreichen, aber Marcus ist mein Traummann. Ich kann die Hoffnung nicht aufgeben, dass er mich eines Tages wieder so liebt wie früher."

Nina versuchte ein Lächeln, was missglückte, und nickte dann ihrer Nebensitzerin zu, die sogleich ansetzte: „Ich bin Marie Grundling, dreißig Jahre alt, verheiratet und habe drei Kinder im Alter von sieben, vier und zwei Jahren. Ich leide unter Migräne. Und das seit meiner Kindheit, wie auch meine Mutter und Großmutter. Mit jeder Geburt ist es schlimmer geworden und die Anzahl der Migränetage häufiger. Mein Mann nimmt darauf keine Rücksicht. Er hat kein Verständnis für meine Erkrankung und kann nicht akzeptieren, dass ich wegen *dem bisschen Kopfweh* den ganzen Tag mit Ohrstöpseln im abgedunkelten Schlafzimmer liegen muss. Stattdessen wirft er mir vor, stinkfaul zu sein."

Marie seufzte. „Ich denke, er ist überfordert und flüchtet sich deshalb in den Alkohol. Ja, mein Mann ist Alkoholiker. Er trinkt jeden Abend einen halben Kasten Bier. Am Wochenende fängt er morgens schon mit Schnaps an. Am liebsten beim Frühschoppen im Stern mit seinen Saufkumpanen. Anschließend ist er unerträglich, und ich schaue, dass das Mittagessen ruhig verläuft, soweit das mit drei Knirpsen möglich ist, und dass ich dann in den Park gehe und mit den Kleinen aus der Schusslinie bin. An Regentagen ist das schwer und an Migränetagen unmöglich."

Nun war Dörte an der Reihe. Sie räusperte sich. „Wir kennen uns ja auch schon. Du weißt zwar, dass ich keine Kinder habe, aber nicht, warum. Der wahre Grund ist: Ich mag keine Kinder."

Entschuldigend zuckte sie mit den Schultern. „Kann mit den Schreihälsen nichts anfangen. Da man diese Wahrheit aber nicht sagen darf, ohne gesellschaftlich geächtet zu werden, ist die offizielle Version, dass es halt nie geklappt hat."

Wieder zuckte sie mit den Schultern. „Ich bin glücklich mit meiner Lebenssituation und liebe meinen Beruf. Allerdings bin ich als Professorin an der Uni in Hamburg bekannt wie ein bunter Hund und das verkraftet mein Mann nicht. Also, dass ich die bessere Stelle, mehr Gehalt und das höhere Ansehen habe. Und deshalb wird er immer öfter gewalttätig: Schläge in den Unterleib oder wohlgezielte Tritte gegen das Schienbein. Inzwischen bringt ihn der kleinste Anlass in Rage. Zum Beispiel, wenn unsere Reinemachefrau einen abgerissenen Knopf an seinem Hemd übersehen hat oder seine Socken nicht farblich sortiert in die Schublade gesteckt hat. Seine Wut lässt er dann an mir aus. Richtig schlimm ist es, wenn er Alkohol getrunken hat." Dörte richtete den Blick in die Ferne und rieb sich mechanisch mit einer Hand über den Bauch.

Oje, so etwas hätte Jule nie hinter der selbstsicheren und resoluten Dörte vermutet.

„Ja, und hier in Bad Schwäbisch Weiler", erzählte sie weiter, „bin ich zur Behandlung meiner Panikattacken. Wenn die Presse Wind davon bekommt, wird das zu einem riesen Skandal ausgeschlachtet und dann ist nicht nur mein Arbeitsplatz gefährdet, sondern meine ganze Existenz."

„Vielen Dank, Frau Hansen. Nun zu Ihnen, Frau Seltmann."

„Ja ... also ... ich bin Jule, Jule Seltmann. Ich bin siebenunddreißig. Lehrerin an einer Grundschule. Verheiratet. Keine Kinder."

Ihre Augen füllten sich mit Tränen, zu groß war immer noch der Schmerz. „Und mich hat die Diagnose Leiomyosarkom, also Unterleibskrebs mit einer Total-OP, und dass ich nie Kinder haben werde, vollkommen aus der Bahn geworfen."

Tränen liefen über ihre Wange.

Nina reichte die Box mit den Papiertaschentüchern.

„Ja", übernahm die Chefärztin das Gespäch, „dann wenden wir uns heute Ihrer Problematik zu, Frau Seltmann. Erzählen Sie uns mehr. Von Ihnen. Ihrem Umfeld. Ihrer Ehe."

„Okay. Aber ganz ehrlich, wenn ich mir eure Probleme anhöre ... dann fühle ich mich fehl am Platz, denn außer dem unerfüllten Kinderwunsch passt bei uns alles ... also passte ... ich meine ..." Jule geriet ins Stocken. „Jedenfalls finde ich, dass meine Sorgen unter *Jammern auf hohem Niveau* fallen."

„So kann man das nicht sehen, Frau Seltmann. Sie sind nicht ohne Grund in der Klinik. Aber legen Sie los."

„Puh ... mit was soll ich da anfangen?", überlegte Jule laut. Dann entschied sie sich für den Inhalt des Paargespräches und erzählte.

Irgendwann kam sie an folgenden Punkt: „... dann hat Torfnase vorgeschlagen ..."

„Torfnase?" Fragender Blick der Chefärztin.

„Oh ... ähm ... Entschuldigung, ich meine natürlich Herr Krpcicz", stotterte Jule mit rotem Kopf.

Nina kicherte, während Dörte grinsend das Daumenhoch-Zeichen gab.

„Also Herr Krpcicz hat vorgeschlagen, dass ich im *Kompetenzzentrum Yoga* einen Kurs für erfülltes Sexualleben machen soll."

Dörte zuckte zusammen und schaute alarmiert zur Chefärztin, deren linke Augenbraue steil nach oben schoss.

„... dieser Kurs soll unser Sexleben wieder in Schwung bringen und unsere ... Eheprobleme lösen."

Bedeutungsschwanger sahen sich Dörte und die Chefärztin an. Jede der Frauen im Raum spürte, dass etwas in der Luft lag.

Nachdem Frau Akuba mit den Schultern gezuckt und Dörte ein mimisches Okay gegeben hatte, beendeten die beiden ihr einvernehmliches Schweigen und Dörte sagte: „Mir hatte er auch so einen Yoga-Kurs im Kompetenzzentrum nahegelegt ..."

Und nach einem unsicheren Blick zu Frau Akuba, die ihr aufmunternd zunickte, fuhr die sonst so selbstsichere Dörte mit brüchiger Stimme fort: „Was soll ich sagen. Dabei kam es zu einem ... höchst unschönen Zwischenfall, auf den ich im Einzelnen nicht näher eingehen möchte." Dörte sackte förmlich in sich zusammen, saß mit gesenktem Blick auf ihrem Stuhl und hauchte: „Er hat mir gedroht, meine Erkrankung und den Aufenthalt hier in der Klinik öffentlich zu machen und der Presse in Hamburg einen Wink zu geben, wenn ich mit jemandem darüber rede."

Dörte hielt inne, schloss die Augen, presste ihre Fäuste darauf und schüttelte sich, als ob sie etwas Abscheuliches abschütteln wollte.

„Und, ach ja, er meint wohl, dass Raffael, mit seiner sensiblen Ader, etwas spitzbekommen hat. Und deshalb versucht er, ihn loszuwerden."

In der darauffolgenden schweren Stille ergab für Jule auf einmal alles Sinn: Dörtes schroffes Verhalten und ihre rätselhaften Andeutungen. Wie bei einem Puzzle, wenn die Teile endlich passten.

„Jedenfalls habe ich mich *trotzdem* vertrauensvoll an Frau Akuba gewandt."

„Und das war gut so", übernahm die Chefärztin das Gespräch. „Deshalb, meine Damen, eine Bitte: Bewahren Sie Ruhe und verfallen Sie jetzt nicht in Panik. Die Klinikleitung ist im Bilde und polizeiliche Ermittlungen gegen Herrn Krpcicz sind im Gange. Sie müssen also nichts fürchten. Wir haben hier einen klaren Fall von … Nötigung, und Erpressung", teilte sie mit. „Es kam inzwischen sogar heraus, dass alles noch viel größere Dimensionen hat als zuerst vermutet. Es geht um illegale Verbreitung von Pornographie im großen Stil. Eventuell ein internationaler Pornoring. Es wurde sogar Material auf einigen PCs im Krankenhaussystem gefunden."

Das nun einsetzende Getuschel und die Entsetzensbekundungen versuchte Frau Akuba mit beschwichtigenden Bewegungen ihrer Hände einzufangen.

„Meine Damen. Bitte." Dann schaute sie ernst in die Runde: „Herr Krpcicz ahnt noch nicht, dass wir und die Polizei ihm bereits auf der Spur sind. In zwei Tagen werden alle Beweisstücke sichergestellt sein. Bis dahin bittet die Kripo – und ich bitte auch Sie eindringlich! – um Stillschweigen."

Nachdem sich alle einigermaßen beruhigt hatten, schloss Dörte – nun wieder energisch und selbstsicher – an: „Ja, und ich trage seither immer meine Handtasche bei mir, in der sich ein hochsensibles Aufnahmegerät im Stand-by-Modus befindet."

Sie öffnete ihre Handtasche und beförderte ein braunschwarzes Gerät ans Licht, das einer Haarbürste täuschend ähnlich sah.

49

„Frau Wegener", nahm Sina Langer den Faden wieder auf, „ich habe das unbestimmte Gefühl, dass da noch etwas zwischen Ihnen steht. Hegen Sie in irgendeiner Form Groll gegen Ihren Ehemann?"

Erstaunt schaute Gabi die Therapeutin an. „Wie meinen Sie das?"

„Aus Ihrem Verhalten und dem Umgangston Ihrem Mann gegenüber schließe ich, dass irgendetwas zwischen Ihnen ist. Dass Sie halt aus irgendeinem Grund verärgert sind", schoss Sina Langer ins Blaue hinein. „Es ist wichtig, dass wir darüber sprechen."

Gabi schlug die Augen nieder.

„Bitte seien Sie ehrlich."

Nun schaute Gabi zum Fenster hinaus, richtete den Blick auf einen Punkt in der Ferne. Ihre Gesichtszüge wurden hart und sie rang offensichtlich mit sich. Dann brach es aus ihr heraus: „Ich weiß nicht, wann er mich geschwängert hat! Ich war Jungfrau und auf einmal war ich schwanger. Und nein, an eine *unbefleckte Empfängnis* glaube ich nicht. Ich heiße Gabi und nicht Maria."

Mit zornesblitzenden Augen schaute sie Anton an: „Ja, und deshalb bin ich sauer auf dich. Ich fühle mich von dir betrogen und hintergangen."

Anton zuckte zurück, senkte den Kopf und rieb sich wortlos mit Daumen und Zeigefinger über die Augen.

„Können Sie uns das näher erläutern?", bat die Therapeutin.

„Das ist schnell erzählt", begann Gabi. „Ich war auf dem Schützenfest. Habe mich nett unterhalten und ein wenig amüsiert. Getrunken habe ich einen einzigen Sekt. Das war's. Und an mehr erinnere ich mich nicht."

Gabi zuckte erst mit den Schultern, um anschließend Anton einen aufgebrachten Blick zuzuwerfen. „Blackout, Filmriss. Das nächste, an was ich mich erinnere, ist, dass ich mit starken Kopfschmerzen in meinem Bett aufgewacht bin, mein Vater stinkesauer war und mir gereizt erzählt hat, dass du mich sturzbesoffen nach Hause gebracht hättest. Dann hat er sich damit gebrüstet, dass er dem Wegener-Depp die Meinung gegeigt hätte. Was ich nicht gleich verstanden habe – sondern erst später, als ich den Dorftratsch mitbekommen und alle über Antons blaues Auge gelacht haben."

Gabi verschränkte die Arme vor der Brust und schaute wieder zum Fenster hinaus. „Zwei Wochen später habe ich dann entsetzt festgestellt, dass ich schwanger bin. Ich war schockiert. Verzweifelt. Ich wusste ja nicht, wieso und warum. Außerdem hatte ich eine Heidenangst vor meinem Vater. Der hat dann erst recht getobt wie ein Verrückter. Wollte wissen, ob Anton der Vater sei."

Gabi hielt inne. „Und da man in einem Dorf ja nichts für sich behalten kann, ging das große Rätselraten rum, und ich hatte Angst, dass mein Vater mich in seiner Wut umbringt." Wieder hielt sie inne. „Und als Anton plötzlich um meine Hand angehalten hat, habe ich aus purer Verzweiflung *ja* gesagt. Da er ja wohl der Vater ist."

Mit feucht schimmernden Augen schaute Gabi die Therapeutin an. „Ich gebe zu, dass ich ihn nur geheiratet habe, weil ich mir keinen anderen Ausweg wusste."

„Das heißt, du erinnerst dich gar nicht an das Schützenfest?", fragte Anton erstaunt.

Gabi guckte grimmig und antwortete: „Nein, sagte ich bereits."

„Aha, das erklärt einiges."

„Wie meinst du das?"

„Na, ich war ja auch da."

„Und?"

„Ich habe dich beobachtet und gesehen, wie du dich mit dem BMW-Paule und seinen zwielichtigen Freunden unterhalten hast, mit ihm an der Bar gestanden und dich amüsiert hast."

„Ich habe nur –"

„Du hattest sichtlich deinen Spaß und du warst ganz fixiert auf den BMW-Paule, hast aufreizend gelacht, warst in meinen Augen ganz vernarrt in ihn. Hast ihn angestrahlt und wie verrückt mit ihm geflirtet."

„Geflirtet? Ich?"

„Ja, und wie du geflirtet hast. Hat mir fast das Herz gebrochen."

Ungläubig hörte Gabi zu.

„Ich stand am anderen Ende der Bar. Hab mich an meiner Halben festgehalten und dich beobachtet."

Anton hielt inne. Sein Blick wurde ernst. „Und weil ich nur Augen für dich hatte, habe ich gesehen, wie du irgendwann mit dem BMW-Paule Arm in Arm das Zelt verlassen hast."

Wieder hielt Anton inne, senkte den Blick und starrte auf seinen Sprudel. „Nach kurzer Zeit ist er alleine zurückgekommen ..."

Anton stockte.

„… und hatte ein fieses Grinsen im Gesicht. Ist johlend zu seinen Kumpels zurück und hat lautstark mit denen gestikuliert. Ich habe nicht verstanden, was er gesagt hat, aber es waren ziemlich obszöne Gesten dabei. Mit einem unguten Gefühl habe ich gewartet, dass du auch wieder zurückkommst. Aber du kamst nicht, stattdessen ist einer nach dem anderen raus und nach wenigen Minuten mit einem befriedigten Grinsen wiedergekommen. Der Rest hat zwischenzeitlich Schnäpse gekippt und herumgegrölt."

Wieder stockte Anton. „Irgendwann bin ich dann doch raus und habe dich gesucht. Es hat eine ganze Weile gedauert, bis ich dich endlich gefunden habe. Du hast hinter dem Zelt auf dem dreckigen Boden gesessen. Ganz hinten, in der dunkelsten Ecke, gleich beim Dorfbrunnen, warst halb vom Efeu verdeckt. Dein tolles gelbes Sommerkleid zerrissen und verdreckt, Kajal und Wimperntusche verschmiert, deine Haare zerzaust. Du hast geheult, warst durcheinander und hast wirres Zeug geredet. Ich habe dir aufgeholfen, am Dorfbrunnen notdürftig das Gesicht gewaschen und dich dann nach Hause gebracht. Da du deinen Haustürschlüssel verloren hattest, musste ich klingeln. Und nein, es war kein Vergnügen, mitten in der Nacht von deinem Vater auf unterstem Niveau beschimpft zu werden. Als er dann deinen Zustand und das zerrissene Kleid registrierte, hat er erst dir und dann mir eine gepfeffert. Als ich ihm gesagt habe, dass er das lassen solle, ist er erst richtig wütend geworden, hat mir einen knallharten Haken mit seiner Rechten gegeben und mich angebrüllt, dass ich verschwinden solle, sonst würde er mich windelweich prügeln. Und ja, da habe ich es mit der Angst zu tun bekommen und bin getürmt – halb blind, denn das eine Auge hat geblutet und ist sofort zugeschwollen."

Anton fasste sich unwillkürlich an sein rechtes Auge.

„... dickes Veilchen und eine Platzwunde. Die Narbe sieht man immer noch."

„Das heißt ... du meinst", stammelte Gabi, „der BMW-Paule und alle seine Saufkumpane haben mit mir hinter dem Zelt ...?" Entsetzt schaute sie an sich hinunter.

Traurig nickte Anton: „Ich befürchte, ja."

„Aber dann ist Ann-Sophie ja gar nicht deine Tochter?", stammelte Gabi fassungslos.

„Doch!", stellte der klar. Und mit einer Vehemenz, die man ihm gar nicht zugetraut hätte, schlug er mit der Faust auf den Tisch. „Ann-Sophie ist meine Tochter!"

„Aber aus biologischer Sicht ist –"

„Biologie interessiert mich nicht!", fuhr Anton lautstark dazwischen, „Ann-Sophie ist meine Tochter!"

Gabi schaute Anton mit großen Augen an: „Aber du bist nicht ihr Erzeuger?"

„Nein, das wohl nicht", antwortete der zerknirscht.

„Und du hast den Spott und die Häme des Dorfes auf dich genommen? Dass mein Vater dich überall schlecht gemacht hat? Dass er dich aus Wut verprügelt hat! Aus lauter Liebe zu mir? Nur um mich ...?"

Anton nickte.

„Und dass die Hochzeit samt Geschäftsverbindungen mit Franzi Förster geplatzt ist und deine Mutter sauer auf dich war?"

Gabi senkte den Kopf und schlug die Hände übers Gesicht. Das war jetzt etwas viel auf einmal.

50

„Er hat was?" Fassungslos starrte Vroni auf Jules makellose Figur.

„Eddie hat mich fett genannt."

„Der spinnt ja!"

„Du wiegst doch keine sechzig Kilo", stellte Nina fest.

„Fünfundsechzig", antwortete Jule zerknirscht.

„Sag mal, wie groß bist du eigentlich?"

„Eins vierundsechzig."

„164 cm und 65 kg? Hat mal jemand einen Taschenrechner, wegen dem BMI?"

Dörte kramte einen aus ihrer Handtasche und tippte. „Das sind 23,87. Das ist perfekt! Eddie spinnt."

„Dein Mann hat einen Knall!"

„Na ja, bei unserer Hochzeit habe ich halt nur zweiundfünfzig Kilo gewogen", erwiderte Jule kleinlaut.

„Halloo! Du wirst bald vierzig! Da darf das eine oder andere Kilo dazukommen, und du liegst im perfekten Bereich zwischen 18,5 und 25."

„Eben! Was soll ich denn sagen? Bei meinen über hundert Kilo Lebendgewicht", entrüstete sich Vroni. „Bei unserer Hochzeit habe ich auch nur siebenundsechzig Kilo gewogen. Jetzt sind es hundertfünf Komma drei. Laut Waage heute Morgen. Ich bin einen Meter neunundsechzig. Macht einen BMI von ..."

„... 36,868", kam es von Dörte wie aus der Pistole geschossen.

„Meine Damen, wir sollten nun aber nicht -", schaltete sich die Chefärztin ein.

„Keine Sorge, Frau Akuba", unterbrach Vroni und grinste, „ich weiß eh, dass ich zu fett bin." Dann schüttelte sie den Kopf. „... aber die Jule? Frechheit!"

„Aber sag mal, Jule", wandte Nina ein, „habe ich das vorhin richtig verstanden, dass dein Mann eine Putzfrau angestellt hat, jetzt, wo du in der Klinik bist? Und dass er sich schon freut, dass du repariert nach Hause kommst, damit er sich das Geld wieder sparen kann, weil du viel günstiger bist?"

„Ja, genau."

Nina schüttelte den Kopf.

„Echt jetzt? Und er hat repariert gesagt?"

Jule nickte.

Kollektives Kopfschütteln.

„Er hat die Klinik mit einer Autowerkstatt verglichen, und er erwartet, dass ich hier repariert werde und anschließend wieder einwandfrei funktioniere."

„So ein Trottel! Also *ich* würde mir das nicht bieten lassen!", empörte sich Vroni.

„Der hat ja keine Ahnung!", schimpfte Dörte.

„Ein echter Esel!", legte Marie nach.

„Ein Esel?" Nina kicherte. „Ja, das wissen wir bereits."

Dörte lachte. Jule verzog keine Miene.

„Puh, wenn ich mir das so anhöre", sagte Marie und ging zum Kaffeeautomaten, „dann brauche ich einen weiteren Espresso. Ich finde nämlich ganz und gar nicht, dass das unter *Jammern auf hohem Niveau* fällt. Noch jemand einen Kaffee? Jule, du einen zweiten Latte?"

„Ja, gerne." Jules Miene hellte sich auf. „Und bitte auch von den Dinkelkeksen."

„Und wie war das nochmal? Dein Mann ist zeugungsunfähig?", wendete sich Nina wieder dem eigentlichen Thema zu. „Und in all den Jahren hat er es nicht für nötig befunden, dir das zu erzählen, obwohl er genau wusste, wie sehnlichst du auf Nachwuchs wartest?"

„Ja - naja, die Wahrscheinlichkeit einer Zeugung liegt bei drei Prozent."

„Drei Prozent?"

Jule nickte. „Er behauptet, zeugungsfähig zu sein."

„Dein Eddie ist ... also, der ist ...!" Man konnte sehen, wie sehr sich Nina beherrschen musste.

„Dem gehört zusammen mit Schietbüdel der Schniedel abgerissen", ereiferte sich Dörte.

„Frau Hansen!"

„Stimmt doch ..."

„Nein, Frau Hansen, ich kann nicht zulassen, dass Sie so reden."

„Aber Sie müssen doch zugeben, dass ..."

„Dass ...?" Ein strenger Blick.

„Na ja, dass dieser Schietbüdel, also Torfnase, ich meine der *Herr Krpcicz* ..."

„Lassen wir das Thema, Frau Hansen. Noch zwei Tage, dann ist es vorbei."

„Wenn ich mir das anhöre", meldete sich Marie zu Wort, „dann fehlt es bei deinem Mann eindeutig an Wertschätzung ... zumindest dir gegenüber."

Die anderen Frauen nickten zustimmend.

„Und wenn du meine Meinung hören willst, dann rate ich zur Trennung ... am besten gleich zur Scheidung."

Einvernehmliches Nicken der Anwesenden.

„Aber das kann ich doch nicht machen!", entgegnete Jule empört. „Ich habe versprochen: *bis dass der Tod euch scheidet!*"

„Ja, das haben wir alle mal", winkte Vroni ab.

„Aber Menschen ändern sich."

„Umstände ändern sich. Und ich kann mir gut vorstellen, dass der da oben", Marie zeigte mit dem Finger zum Himmel, „das versteht. In keinem Gebot steht: Sei deinem Mann stets die billigere Putzfrau."

„Und was heißt das schon, *bis dass der Tod euch scheidet*. Willst du ihn umbringen? Oder solange warten, bis *dich* der Krebs auffrisst? So kann das doch wirklich nicht gemeint sein", ereiferte sich Vroni. „Und dein Mann wird sich nicht ändern."

„Eben!"

„Genau. So sehe ich das auch."

„Aber mein Eddie liebt mich", warf Jule im Brustton der Überzeugung ein. „*Er wird* sich ändern. Mir zuliebe. Ganz sicher."

„Und wieso bist du dir da so sicher?", fragte Marie nach.

„Weil Eddie anders ist als mein Vater", erklärte Jule. „Mein Vater war Alkoholiker. Wenn er betrunken war, hat er meine Mutter und uns Kinder regelmäßig verprügelt. Wenn er diese weiten Pupillen hatte, dann ..." Jule stockte. Schloss kurz die Augen und schüttelte sich, ehe sie leise weitersprach: „Meine Mutter hat alles geduldig ertragen, bis zu seinem Tod – Leberzirrhose. Ja, meine Mutter ist ein echtes Vorbild für mich."

Jetzt schaute Jule in die Runde mit einem Blick aus Stolz – gepaart mit einer winzigen Prise Trotz. „Denn ... sie hat sich nicht scheiden lassen. Und ihr ging es ja wesentlich schlechter als mir. Mein Eddie liebt mich. Er hat mich nämlich noch *nie* geschlagen."

„Na, das will ich doch hoffen", regte Dörte sich auf.

„... und im Bett sagt er mir auch regelmäßig, wie sehr er mich liebt."

„Ob dein Mann dich liebt, kann ich nicht beurteilen. Aber sich ändern? Nein, das wird er nicht. Das ist so sicher wie das Amen in der Kirche", regte Dörte sich erneut auf.

„Doch", warf Jule trotzig ein. „Eines Tages ... !"

„Auf keinen Fall wird er sich ändern. Er hat ja nicht einmal ein Unrechtsbewusstsein."

„Mal ehrlich", versuchte Marie die Situation zu entschärfen, „ich finde deine unerschütterliche Hoffnung bemerkenswert."

„Ja, das stimmt allerdings."

„Aber die Realität sieht anders aus. Du lässt dich beleidigen und abwerten. Dein Mann behandelt dich schlechter als eine Haushaltshilfe!"

„Da muss ich leider zustimmen", bestätigte Nina. „Wie oft hat mein Mann beteuert, dass er nicht mehr fremdgeht und dass er mich liebt und alles für mich tun möchte. Aber der Geist ist willig und das Fleisch ist schwach."

„Oder wie meine Oma sagt: Die Katze lässt das Mausen nicht!"

„Genau ..."

„Meiner Meinung nach gibt es nur zwei Möglichkeiten: Entweder du trennst dich, jetzt, so schwer es ist, und findest vielleicht noch eine neue Liebe, einen netten alleinerziehenden Mann mit Kindern, oder ..."

„Oder ...?" Stocksteif saß Jule auf ihrem Stuhl.

„Oder du kämpfst einen aussichtslosen Kampf und lässt dich in ein paar Jahren scheiden. Verbittert und krebszerfressen."

„Nein!"

„Doch! Weil eure Beziehung tot ist; es fehlt an Wertschätzung und Achtung. Und weil Eddie sich niemals ändern wird. Deshalb."

Jule starrte auf den Rest Latte macchiato in ihrem Glas, während die unterschiedlichsten Gefühle in ihr Bewusstsein schwappten und in ihrem Inneren gegeneinander ankämpften. Zum einen Angst, weil sie sich nicht vorstellen konnte, ohne Eddie zu sein – trotz allem; zum anderen Hilflosigkeit, weil sie nach einem Ausweg aus der verfahrenen Situation suchte; aber auch Lebenshunger nach der Leichtigkeit und Freude, welche sie tagtäglich mit Raffael und den GELBEN erleben durfte.

„Sorry, aber ein totes Pferd kann man nicht reiten. Ist leider so."

„Einen toten Esel auch nicht", warf Dörte sarkastisch ein.

„Aber ..."

„Ja, Frau Seltmann, meine Damen", unterbrach die Chefärztin mit Blick auf ihre Uhr, „ich danke für Ihre Offenheit. Leider ist die Zeit zu Ende."

Und an Jule gewandt: „Jetzt haben Sie einiges gehört. Ich könnte mir vorstellen, dass Sie sich erschlagen fühlen von den vielen Informationen."

Sie machte ein Pause und schaute Jule wissend an. „Ich denke, Sie werden jetzt erst einmal Zeit brauchen, um alles zu sortieren, zu überdenken und Ihre Schlüsse ziehen zu können." Sie nickte Jule aufmunternd zu.

Anschließend lächelte sie in die Runde. „An dieser Stelle auch meinen herzlichen Dank an alle für die rege Diskussion."

Dann wandte sie sich noch einmal an Jule direkt: „Ja, Frau Seltmann, ob Sie um Ihre Ehe kämpfen sollten und ob der Kampf von Erfolg gekrönt sein wird, weiß keiner. Und die Entscheidung können nur Sie treffen. Die Möglichkeit, so weiterzumachen wie bisher, sollten Sie allerdings nicht in Betracht ziehen. Denn mit der Diagnose des Leiomyosarkoms haben Sie einen Schuss vor den Bug bekommen. Ich wünsche Ihnen – und ich denke, da spreche ich im Namen der ganzen Frauengruppe – dass Sie eine gute Entscheidung treffen."

Noch einmal nickte sie Jule aufmunternd zu, dann erhob sie sich von ihrem Platz. „Und hiermit beenden wir unser heutiges Treffen. Bis nächste Woche. Machen Sie es gut. Auf Wiedersehen, meine Damen."

51

„Gut, Frau Wegener, dann werde ich für Sie bei Dr. Andreas Olbort einen Termin vereinbaren." Sina Langer machte sich eine Notiz. „Wie ich bereits gesagt habe, ist Herr Olbort Spezialist für *Bewältigung unbewusster Traumata*."

Dann schenkte die Therapeutin erneut Tee und Sprudel nach, nippte an ihrem Tee und nach einigen Momenten der absoluten Stille ergriff sie wieder das Wort: „Herr und Frau Wegener, danke, dass Sie sich darauf eingelassen haben und hier ganz offen und ehrlich miteinander kommunizieren. Und ja, das war jetzt viel für Sie, Frau Wegener. Das muss erst einmal in Ruhe verarbeitet werden." Mitfühlend schaute sie zuerst zu Gabi, dann auch zu Anton. „Aber ich sehe bei Ihnen gute Voraussetzungen, die schwierige Vergangenheit hinter sich zu lassen und gemeinsam Ihre Beziehung neu zu sortieren", fügte Sina Langer optimistisch hinzu.

Anton nickte. Man sah ihm seine Erleichterung an. Nur Gabi saß in sich gekehrt da und starrte niedergeschlagen auf ihre volle Teetasse.

„Ich bin wirklich zuversichtlich, dass Sie es schaffen, Ihre in Schieflage geratene Ehe in die richtige Position zu rücken."

Sina Langer schaute in die Runde, trank vom Tee und ließ die Stille des Raumes wirken.

Draußen hatte sich der Himmel zugezogen und man hörte das feine Aufschlagen von Regentropfen auf dem Fensterbrett.

„Ja, Frau Wegener, wie geht es Ihnen nun? Mit der Aussicht auf eine neue offene und ehrliche Beziehung zu Ihrem Mann. Wie sehen Sie das, und wie stehen Sie jetzt zu Ihrem Ehegatten?"

Gabi rutschte nervös auf ihrem Stuhl herum.

„Bitte seien Sie ehrlich."

Gabi fühlte sich sichtlich unwohl in ihrer Haut. Sie nahm ein Stückchen Würfelzucker, ließ es vorsichtig in ihre Tasse plumpsen und rührte höchstkonzentriert um.

Und nachdem sie keinerlei Anstalten machte zu antworten, hakte Sina Langer nach: „Kann es sein, dass noch etwas anderes im Spiel ist? Zwischen Ihnen steht?"

Mit Schrecken bemerkte Anton, wie Gabis Blick sentimental wurde und sich ihr Gesicht zartrosa färbte.

„Geben Sie sich einen Ruck, Frau Wegener, und seien Sie ehrlich. Zu uns, zu sich selbst, aber vor allem zu Ihrem Mann. Und erzählen Sie, was Sie bedrückt."

Nach mehreren Augenblicken bangen Schweigens, untermalt durch das rhythmische Aufschlagen der Regentropfen und nur unterbrochen durch das energische Klappergeräusch, das Gabis Rühren im Tee verursachte, atmete diese tief ein, langsam wieder aus, rührte eine letzte hektische Umdrehung und flüsterte dann mit gesenktem Blick: „Ich kann dich nicht lieben, Anton. Mein Herz gehört einem anderen."

Und für Anton brach zum zweiten Mal innerhalb kürzester Zeit eine Welt zusammen.

52

11:59 Uhr. Hoch oben am wolkenlosen Himmel zog der Rote Milan seine Kreise. Unten genoss die Spatzenschar ihr Bad im warmen Sand.

12:00 Uhr. Das Friedhofstor blieb geschlossen. Keine Rita. Schon mehrere Tage war sie nicht mehr auf dem Friedhof gewesen.

53

„Ihr Herz gehört einem anderen?", fragte die Therapeutin nach.

Die Augen wieder auf ihre Teetasse gerichtet, nickte Gabi. Antons Gesicht war aschfahl und schien von einem Moment auf den anderen um Jahre gealtert. Mit hängenden Schultern saß er da, sein Sprudelglas mit zittriger Hand umklammert, die steigenden Kohlesäureblasen anstarrend.

„Ist es Koni?", hauchte er tonlos.

„Nein!", entrüstete sich Gabi. „Für was hältst du mich eigentlich?" Zornig funkelten ihre Augen. „Ich bin doch nicht bescheuert! Und falle auf so jemanden rein! Dieser Möchtegern-Macho! Diese Schleimbacke! Der niveaulose Hampelmann springt doch jedem Rockzipfel hinterher. Das ist doch kein Mann fürs Leben."

Anton atmete erleichtert auf, sein verkrampfter Griff lockerte sich ein wenig. Dennoch war er verwirrt, denn als er die beiden so vertraut auf der Matte hatte sitzen sehen, war für ihn keinesfalls ersichtlich gewesen, dass sie ihn für einen niveaulosen Hampelmann hielt. Und abgesehen davon, hatte ja Gabi selbst diesen Yoga-Fuzzi als Paartherapeuten ausgewählt.

„Dann erzählen Sie uns", schaltete sich Sina Langer ein, „wem Sie ihr Herz geschenkt haben."

Gabi drehte den Kopf unangenehm berührt zur Seite und schaute wieder zum Fenster hinaus. Ihr Blick war erneut auf irgendeinen Punkt in der Ferne gerichtet. Ihre Augen bekamen einen sentimentalen Glanz und ein wehmütiges Lächeln umspielte ihr Gesicht. Dann begann sie zu erzählen. Und je mehr sie erzählte, desto freudiger wurde ihr Gesicht. Ihre grünen Augen blitzten und strahlten, ihr Verliebtsein drang aus allen Poren – war förmlich mit den Händen zu greifen. Sie erzählte von ihrer unumstößlichen Liebe zu diesem wunderbar einfühlsamen Mann, dem sie (in Briefen) ihre Sorgen, Ängste und Nöte anvertraut hatte, der sie verstanden und getröstet hatte, dieser scharfsinnige Mann, der ihr so viele Tipps und gute Ratschläge hatte geben können. „Ich liebe ihn. Mein Herz gehört ihm!"

Sie schwärmte davon, dass auch er sie liebe. Und zwar genau so, wie sie nun mal war: pummelig, mit viel zu vielen überflüssigen Pfunden. „Okay, ich gebe zu, dass ich seit der Hochzeit und der Schwangerschaft zusätzlich knapp vierzig Kilo zugenommen habe." Gabi war bewusst, dass sie sich längst im gesundheitsgefährdenden Bereich befand, aber die unerwartete Schwangerschaft und der damit verbundene Kummer hatten das Ihrige getan. „… für ihn würde ich mir fünfzehn, zwanzig, ach, egal wieviel abhungern und mich nicht mehr so gehen lassen."

Sie erzählte, dass alles an dem Tag zu Ende gegangen war, als Anton um ihre Hand angehalten und sie seither nie wieder etwas von diesem Mann gehört hatte. Nur seine Briefe und die romantischen Gedichte hatte sie noch. Diese lagen in ihrem Nachtschränkchen, gut versteckt hinter den BHs, und gaben ihr Halt und Trost, wenn sie diese heimlich las. Etwas unbehaglich sah sie zu Anton, setzte dann aber doch noch hinzu: „Denn ich liebe ihn noch immer! Aus tiefstem Herzen!"

Mit entschuldigendem Blick sah Gabi jetzt zu Anton, der allerdings ganz entspannt einen Schluck Wasser trank, was Gabi sichtlich irritierte.

Aber sie kam nicht dazu, etwas zu sagen, denn die Therapeutin fragte: „Ja, und wer ist denn nun dieser namenlose Herzbube?"

Gabi schüttelte bekümmert den Kopf und zuckte mit den Schultern.

„Das sollten Sie Ihrem Mann schon sagen."

„Das geht nicht", druckste Gabi.

„Frau Wegener, Aufrichtigkeit und Ehrlichkeit wären jetzt das Mindeste, was Sie –"

„Aber ich weiß es doch nicht", gab sie kleinlaut zu.

„Wie – Sie wissen es nicht."

„Er hat mir ja nie seinen Namen verraten." Aus ihrer Antwort klang Verzweiflung.

„Das verstehe ich nicht."

„Na, wir mussten das ja geheim halten und deshalb haben wir die Briefe immer mit Traumprinz und Märchenprinzessin unterschrieben."

Sina Langer schaute zwischen Anton und Gabi hin und her. Anton saß weiterhin völlig entspannt auf seinem Stuhl und zog nur einmal kurz die Augenbraue nach oben. Sein rechter Mundwinkel zuckte.

Gabi wiederum machte eine Pause, schüttelte sich und starrte wieder aus dem Fenster. Dann holte sie tief Luft, sah Anton unsicher an und meinte beschämt: „Erst dachte ich, es sei der BMW-Paule."

„Der BMW-Paule?" Anton zuckte zusammen.

„Ja, ich fühlte mich so geschmeichelt", erklärte sie kleinlaut, „dass ich seine heimliche Liebe, seine Auserwählte sei. Aber dem war nicht so. Beim Schützenfest hat er mich zwar mit *Hallo Prinzessin* angesprochen und mir eine rote Schießbudenrose geschenkt, allerdings war er schon ziemlich blau.

Und als wir dann geredet haben, kam heraus, dass er nicht der Gesuchte ist. Ich muss wohl sehr enttäuscht geschaut haben, deshalb hat er mir einen Sekt spendiert. An mehr erinnere ich mich nicht. Wie gesagt: Filmriss."

Gabi hielt inne. „Na ja, ich war keinen Alkohol gewohnt." Sie zuckte mit den Schultern.

„K.-o.-Tropfen, das sieht dem ähnlich", murmelte Anton und ballte die Fäuste. Laut fragte er: „Wie kommst du auf den BMW-Paule?"

„Weil mein Traumprinz mir so viele leidenschaftliche Gedichte geschrieben hat und unter dem allerschönsten – meinem Lieblingsgedicht – in schnörkelig verzierten Buchstaben BMW stand. Total romantisch." Gabis Augen leuchteten.

Und den Blick wieder in die Ferne gerichtet, rezitierte sie: „Leise weiße Flocken fallen, decken langsam zu die Welt, nirgends laute Schritte hallen, alles ..."

„... ruht in Wald und Feld. Stille liegt auf Flüssen ...", fiel Anton mit ein.

Gabi hielt irritiert inne und schaute Anton sprachlos an. Ihre Augen wurden groß und immer größer, während ihr eigener Ehemann ihr Lieblingsgedicht fehlerfrei aufsagte. Das Gedicht, das sie nie jemandem gezeigt hatte, das ihr persönlicher Schatz und Bindeglied zu ihrem Traumprinzen war.

Am Ende sah Gabi ihren Anton mit seltsam fragendem Blick an. War das ihr Traumprinz? Hatte sie schon über sechs Jahre mit ihrem Traumprinzen zusammengelebt? Ihr Herz schlug schneller und pochte laut, als sie fragte: „Du? Du hast mir diese wunderbaren Briefe geschrieben? Du bist mein Traumprinz?"

Anton nickte.

Gabi starrte ihn an: „All die schönen Gedichte waren wirklich von dir?"

Wieder nickte Anton.

„Der Maibaum auch?"

Erneutes Nicken.

„Und die Rosen zum Valentinstag?"

Anton lächelte. „Ja, sicher doch."

„Aber warum hast du mir nie etwas gesagt?"

„Ich habe doch mit meinen Initialen unterschrieben", rechtfertigte sich Anton.

„Das hätte ein A sein sollen?" Gabi schüttelte den Kopf.

„Ich hatte mich echt angestrengt, es aber nicht besser hinbekommen." Anton zuckte entschuldigend mit den Schultern.

„Und warum hast du mir nie erzählt, was am Schützenfest wirklich passiert ist?"

„Ach, Gabi", meinte Anton bekümmert, „was hätte ich denn sagen sollen? Warum dich damit quälen? Ich dachte, so ist es am besten für uns."

„Ja, vielleicht ..." Gabi schluchzte leise, wischte sich mit dem Ärmel ihres Kleides über die Augen. „Und ich habe dich immer für einen Waschlappen gehalten, der unter dem Pantoffel seiner Mutter steht. Bitte verzeih mir!"

Jetzt sprang Anton von seinem Stuhl auf, der krachend hinter ihm auf den Parkettboden knallte. Ging um den Tisch, stieß an die Kante, so dass die Teetassen klapperten, unterdrückte einen Fluch und nahm seine weinende Gabi liebevoll in die Arme.

„Ja, damit ist jetzt Schluss! Lass uns noch einmal ganz von vorne anfangen, okay?"

Er küsste sie zärtlich. „... meine Märchenprinzessin!"

Sina Langer lehnte sich zurück. Sie freute sich über den Verlauf des Paargespräches, war glücklich, dass sie helfen konnte und froh, dass sie sich – entgegen des ausdrücklichen Wunsches ihres Vaters – für diesen Beruf entschieden hatte.

54

Mental hochgradig aufgewühlt, die Nerven überreizt und unfähig, still zu stehen, tigerte Jule in ihrem Klinikzimmer auf und ab. Fünf Schritte vom Bett zum Fenster und fünf Schritte zurück. Rastlos wie ein eingesperrtes Raubtier im viel zu engen Käfig. Vom Bett zum Fenster und vom Fenster zum Bett.

Es war zu viel gewesen, was in den vergangenen Therapien und psychologischen Gesprächen auf sie eingestürmt war. Vom Bett zum Fenster.

Gedanken und Gefühle wirbelten wie welkes Herbstlaub durcheinander. Vom Fenster zum Bett.

Erschwerend kam hinzu, dass die zähe Nebelsuppe in ihren Kopf zurückgekehrt und es unmöglich war, Entscheidungen zu treffen. Vom Bett zum Fenster.

Frau Akuba war der Meinung gewesen, dass Jule lernen müsse, nicht alles alleine zu machen, Arbeiten abzugeben. Heute zum Beispiel sollte sie „keinen Finger krumm machen", sondern einfach nur den Tag genießen. Schließlich kam der Putztrupp täglich zwischen zehn und zwölf Uhr, machte alle Betten und brachte in den Minibädern Dusche und Waschbecken zum Strahlen. Für die meisten ihrer Mitpatienten eine Selbstverständlichkeit, das Zimmer morgens unordentlich zu verlassen und nach dem Mittagessen ein aufgeräumtes Zimmer vorzufinden. Nicht so für Jule. Für sie war es der blanke Horror! Allein die Vorstellung, dass jemand ihre Sachen anfasste, ließ ihr einen Schauer den Rücken hinunterfrösteln. Zumal sie von klein auf gewohnt war, alles selbst in Ordnung zu halten. Und wenn sie etwas brauchte, dafür kämpfen zu müssen. Im Leben bekam man nichts geschenkt. Trotzdem hatte Jule sich fest vorgenommen gehabt, diese Aufgabe zu meistern und weder ihr Bett zu machen noch das benutzte Duschhandtuch – ja, sie duschte wieder regelmäßig, was die Therapeuten als Fortschritt werteten – ordentlich über die Handtuchstange zu hängen. Vom Fenster zum Bett.

Doch Jule hatte auf ganzer Linie versagt: Nach dem Duschen hatte sie die Kabine trockengerieben und das Waschbecken geputzt. Und nach dem Frühstück hatte sie ihr Bett gemacht. Vom Bett zum Fenster.

Denn in der Annahme, dass äußere Ordnung zu einer inneren Ordnung führen würde, war sie auf ihr Zimmer gegangen und hatte penibel genau das Bett gemacht – eine Erwartung, die sich nicht erfüllt hatte. Vom Fenster zum Bett.

Zu ihrer bestehenden Unruhe kam jetzt hinzu, dass sie sich ärgerte – darüber, dass sie diese primitive Herausforderung nicht gemeistert hatte, dass sie auf ganzer Linie versagt hatte.

Und so tigerte sie hilflos vom Bett zum Fenster: mit nagenden Selbstvorwürfen … Ärger und Wut … dieser undurchdringlichen Nebelsuppe … und der nicht zu besänftigenden Rastlosigkeit in ihrem Inneren.

Außerdem die Frage: Wie sollte es weitergehen mit Eddie? Wie sollte sie sich entscheiden? Wie …?

Vom Fenster zum Bett.

Als es an der Tür klopfte, hielt Jule inne. Für den Putztrupp war es zu früh und Besuch erwartete sie keinen.

Ein weiteres Klopfen. Schon öffnete sich die Tür und gab den Blick frei auf eine sehr kleine, sehr korpulente Frau mit voluminösem Busen. Fast schien es, als ob dieser zusammen mit dem monströsen Bauch das hellblaue viel zu enge Poloshirt sprengen wollte. Neben der außer Form geratenen Figur sprang das silberne Kreuz ins Auge, das an einer grobgliedrigen Halskette befestigt war und auf ihrer ausladenden Oberweite ruhte. Das aufgestickte Kliniklogo auf der rechten Kragenseite des Poloshirts sowie das Wort *sauber* und ein stilisierter Putzeimer links davon wiesen die Eintretende als Angestellte der Zimmerreinigung aus. Sie hatte südländische Gesichtszüge, raspelkurze schwarze Haare und ein strahlendes Lächeln. Nein, sie hatte das sympathischste und umwerfendste Lächeln, das Jule jemals gesehen hatte.

„Guten Morgen", grüßte die schätzungsweise Sechzigjährige und trat mit einem Bündel frischer Bettwäsche ein.

Jule erwiderte den Gruß mit einem zaghaften Nicken und ging ganz automatisch zum Bett, nahm das Kopfkissen, öffnete den Reißverschluss und war gerade im Begriff, es von seiner Hülle zu befreien, als die Putzfrau es ihr sanft aus den Händen nahm.

„Nein, Sie nix machen. Ich mache."

„Aber ..."

„Sie genießen nix machen," beharrte die Frau und holte das Kissen aus dem Bezug.

„Aber, ich kann doch nicht zuschauen und nichts tun, während jemand anderes, also während Sie, hier arbeiten. Lassen Sie mich zumindest helfen."

„Nein. Nix helfen." Die Frau schüttelte den Kopf und lächelte.

„Aber ich bin es nicht gewohnt, dass jemand etwas für mich tut."

„Dann Sie müssen lernen", erklärte die Putzfrau, während sie dem Kopfkissen einen frischen Bezug überstülpte.

Jule gab sich geschlagen, ging zum Fenster, schaute hinaus auf den Innenhof und versuchte sich auf die Komposition der verschiedenen Gewächse zu konzentrieren: Miniaturzierhölzer neben Stauden und akkurat gestutztem Bambus, dazwischen ein farblich abgestimmtes Blütenmeer mit grünen Inseln aus saftigem Gras und exakt getrimmter Rasenkante. Mittendrin Figuren aus geformtem Buchs. Wahrhaftig eine gärtnerische Meisterleistung!

Gerade bewunderte sie noch die Arbeit des Landschaftsgärtners, als sie sich im nächsten Augenblick – gequält von ihrer inneren Unruhe – wieder umdrehte und notgedrungen die Frau beim Bettbeziehen beobachtete ... und überwältigt war von der friedvollen Wärme, die diese ausstrahlte. Mit jedem Atemzug wurde die Atmosphäre im Zimmer wohliger. Und je länger Jule den harmonischen Bewegungen der Reinigungskraft zusah, desto ruhiger wurde sie selbst. Sogar die kalte Nebelwand bekam Risse.

„Sagen Sie mal ...", begann Jule.

Die stämmige Frau blickte von ihrer Arbeit auf und lächelte Jule entschuldigend an: „Ich nur Sauberfrau. Nix sprechen mit Patienten. Klinik sagt nein."

„Wie bitte? Sie dürfen nicht mit mir reden?"

Die Putzfrau zuckte mit den Schultern. „Bin Sauberfrau, nix Süchologe." Und widmete sich wieder ihrer Arbeit.

„Aber Sie haben doch eben auch mit mir gesprochen und mir gesagt, dass ich Ihnen nicht helfen darf", empörte sich Jule.

„Das ich dürfe," zwinkerte sie ihr zu, während sie das Spannbetttuch über die Matratze wuchtete.

Mit Blick auf das dicke Kreuz, das bei jedem Bücken hin und her baumelte, versuchte Jule erneut, ein Gespräch zu beginnen: „Aber als Christin kann ich Sie doch etwas fragen. Also ein Gespräch von Christin zu Christin?" Und bevor die Frau verneinen konnte, fuhr Jule fort: „Darf man sich als Christ scheiden lassen? Die Ehe ist ein Sakrament, und ich habe bei der Hochzeit gesagt, *bis dass der Tod uns scheidet*. Aber –", sie behielt das Gesicht der Frau fest im Blick, „ich kann ja deshalb nicht meinen Mann umbringen. *Du sollst nicht töten* ist schließlich auch ein Gebot. Alle sagen, dass ich mich trennen müsse, da meine Ehe eine vergiftete Beziehung sei, die mir nicht guttut, die mich auf Dauer gesehen vielleicht sogar umbringt und die mitverantwortlich ist für meine Erkrankung. Aber eine Scheidung? Das geht doch nicht. Oder? Da ist ein schreckliches Durcheinander in meinem Kopf. Scheidung? Nein, das würde Gott nicht gefallen. Das würde er doch nicht wollen. Was soll ich bloß tun?"

Die Reinigungskraft war inzwischen fertig mit dem Bett und hörte Jule aufmerksam zu. „Ich nicht weiß, was ich sollen sagen. Scheidung ja, Scheidung nein. Manchmal gut, manchmal nicht gut. Ich nicht weiß."

Sie hielt inne, wiegte mit dem Oberkörper hin und her, fasste mit der rechten Hand das Kreuz und klopfte mit der linken in Höhe ihres Herzens auf den voluminösen Busen. „Hier drin ich genau weiß, dass Gott wolle, dass alle Mensche sind glücklich. Sie auch!"

Mit gütigen Augen schaute sie Jule eindringlich an: „Sie nicht umsonst hier in Klinik. Vielleicht er gebe Ihnen Zeichen."

Und mit Nachdruck ergänzte sie: „Vertrauen Sie auf ihne."

Jule spürte ein wohliges Kribbeln, das sich in ihrem Inneren ausbreitete. Es stieg vom Bauchnabel hoch zu ihrem Herzen. Dort angelangt, war ihr, als ob ein Schleier weggeweht würde, ein störender Vorhang zerriss. Augenblicklich war ihr benebelter Kopf frei und sie fühlte sich leicht.

„Jetzt, ich müsse weiter", beendete die Reinigungsfrau den magischen Moment, „viele Arbeit noch."

„Huch, ja, und ich muss los zu den GELBEN. ... danke!"

Jule begleitete die Reinigungskraft zur Tür. Einer spontanen Eingebung folgend, erkundigte sie sich nach ihrem Namen.

„Meine Name Lucy. Wünsche viele Gut und viele Glück für Ihnen, Frau Seltmann."

55

18:00 Uhr. Der Rote Milan hatte sich in die Tiefen des Schwarzwaldes zurückgezogen. Auch die Spatzen hatten ihr Bad im Sand längst beendet, saßen nun in den Büschen und Bäumen und beobachteten von dort das emsige Treiben auf dem Friedhof. Es wurde gegossen, gerupft und geharkt. Nach einem langen Sommertag waren die Gräber trocken und wurden nun von den Angehörigen gepflegt.

Eugen schleppte bereits das zweite Mal Gießkannen von der Wasserstelle zum Familiengrab der Wegeners, wo Gisela den Boden harkte sowie welke Blätter und Pflanzenreste zupfte. Sie hatten die Gärtnerei zwar vor Jahren ihrem Sohn übergeben, dennoch halfen die beiden weiterhin mit und kümmerten sich vor allem um die Grabpflege.

Und so stand Eugen schwer atmend am Grab und goss die trockene Erde, als sich um 18:01 Uhr das Friedhofstor öffnete und eine lächelnde Rita in pastellfarbenem Outfit eintrat.

Fröhlich grüßte sie nach allen Seiten, während sie forschen Schrittes zum Grab ging, wo sie seit exakt dreizehn Tagen nicht mehr gewesen war. Martin würde staunen, denn Rita hatte viel zu erzählen: Letztes Wochenende waren sie beim Rheinfall in Schaffhausen gewesen und der nächste Ausflug würde nach München gehen, mit Stadtführung und Übernachtung. Von der Firma hatte Rita sich komplett zurückgezogen, so dass sie ab jetzt immer um 18:01 Uhr zum Friedhof gehen können würde, weil die leidigen Tagesabschlussbesprechungen und somit der tägliche Ärger mit Anton weggefallen waren. Außer morgen, da würde es trotzdem nicht gehen, denn da war ein Ausflug in die Tiefenhöhle bei Laichingen geplant. Perfekt bei diesem heißen Wetter.

„Hallo Rita, schick siehst du aus", wurde sie von Eugen begrüßt.

„Ja, die Farbe steht dir gut", ergänzte Gisela mit bewunderndem Blick.

„Wir sind hier gleich fertig, nur noch diese zwei Kannen Wasser."

„Und ich muss noch welke Blätter wegmachen. Schau mal, einen ganzen Eimer habe ich schon."

Wortlos schaute Rita den beiden bei ihrer Arbeit zu. Nachdem Eugen die Gießkannen geleert hatte, räusperte er sich, sah Rita unsicher an, räusperte sich noch einmal und sagte mit zaghafter Stimme: „Du Rita, ich habe mit unserem Sohn gesprochen, wegen der Erhöhung für die Grabpflege. Er sagt, dass halt alles teurer geworden ist. Und dass die letzte Erhöhung vor einundzwanzig Jahren war." Eugen senkte den Blick. „Und ob du eine Erhöhung von zehn Euro im Jahr akzeptieren könntest." Jetzt starrte er auf seine Schuhspitzen, zog die Schultern ein und machte sich darauf gefasst, von Rita nach allen Regeln der Kunst zusammengefaltet zu werden.

Doch die antwortete: „Einverstanden."

Erstaunt sah Eugen auf.

„Einverstanden?", fragte er ungläubig.

Rita nickte. Sie lächelte sogar.

Eugen war irritiert, denn so hatte er sie noch nie erlebt. Was war nur mit ihr geschehen? Eine komplett andere Frau, wunderte er sich. Eugen straffte die Schultern und lächelte erleichtert.

Gisela setzte nach: „Der Hannes sagt, es wird alles teurer, die Pflanzen und der Dünger und alles halt, und da muss er einfach erhöhen."

Jetzt war auch sie mit ihrer Arbeit fertig, legte die Handharke in den Eimer und richtete sich stöhnend auf. „… und dann noch dieser Klimawandel. Schrecklich!"

„Klimawandel?", fragte Rita erstaunt.

„Ja, ja, der Klimawandel. Ganz eindeutig", erklärte Gisela. „Die Nachrichten berichten jeden Tag davon. Und jetzt ist er hier", ergänzte sie bedeutsam. „Hier auf unserem Friedhof." Und zeigte mit einer ausladenden Armbewegung auf das Grab.

„Also, ich glaub ja nicht an den Schmarrn", meinte Eugen kopfschüttelnd, „aber komisch ist es schon, seit genau zwei Wochen liegen deutlich mehr welke Blätter auf deinem Grab, wenn wir gegen 17:30 Uhr hierherkommen."

„Ja, sag ich doch. Das ist der Klimawandel!"

56

Mitten in der Nacht. Nur ein leises Wimmern war zu hören. Doch Idefix, sofort hellwach, sprang von seinem Schlafplatz auf, rannte ins Schlafzimmer und war mit einem Sprung bei Jakob im Bett. Mit aller Kraft zog er an der Bettdecke, die Jakob während seines Traumes zum Fußende gestrampelt hatte, und deckte sein Herrchen zu.

Dann kuschelte er sich an ihn. Jakob stieß einen erleichterten Seufzer aus, murmelte im Schlaf: „Mama, da bist du ja" und drückte Idefix liebevoll an sich.

57

Von der heutigen Gruppentherapie bekam Jule herzlich wenig mit. Silben und Sätze rauschten heran, brandeten auf und prallten ungehört wieder ab. Anfangs hatte sie versucht dabeizubleiben, aber von Minute zu Minute war Jule immer mehr abgedriftet, bis von den Worten um sie herum nichts mehr durchgedrungen war. Zu viel an Neuem war in den letzten Tagen auf sie eingestürmt und wollte verarbeitet werden. Gegenüber Beat-Urs hatte Jule deshalb ein schlechtes Gewissen. Sie wusste nicht, was er gerade erzählte und wofür er die Hilfe der Gruppe brauchte.

„... und die jungen Ärzte sind der Meinung ..."

Von Zeit zu Zeit registrierte sie zwar einen aufmunternden Blick von Raffael, der dieses Mal nicht neben, sondern ihr gegenüber saß. Doch in Gedanken war sie weit weg.

Gefangen in ihren eigenen Problemen starrte Jule vor sich hin; spielte gedankenverloren mit ihrem Ehering, zwirbelte konfus daran herum, drehte und nudelte, ohne hinzusehen.

„... aber nicht so einfach, weil ..."

Und dann geschah es: Schwupp, hatte sie den Ring vom Finger gewurstelt. Zack, rutschte er ihr aus den Händen, fiel mit einem leisen *Pling* auf den Linoleumboden und kullerte geradewegs auf Raffael zu. Jule hielt vor Schreck die Luft an. Schlagartig verstummte das Gruppengespräch. Alle verfolgten den Ring auf seiner Reise; wie er schließlich gegen Raffaels linken Schuh prallte, noch etwas kreiselte und dann liegen blieb, genau zwischen seinen Füßen.

Zu ihrer Verwunderung fühlte Jule neben Schreck und Beschämung ... Erlösung!

Freude durchströmte sie und vertrieb die dunkle Schwere. Heiterkeit nahm Platz. Jules Lebensgeister waren geweckt. Doch bevor sie genauer über die neuen Gefühle und die Symbolik ihres entglittenen Eheringes nachdenken konnte, sprang sie schnell auf, schnappte den Ring, zog ihn wieder über den Finger und setzte sich mit gesenktem Kopf zurück auf ihren Platz.

Als sie wieder aufschaute, lag Raffaels Blick auf ihr und darin ein seltsamer Glanz. Im selben Augenblick überfiel Jule ein heißes Kribbeln, das den ganzen Körper erfasste, sich in ihrem Herzen sammelte und feurige Schmetterlinge freisetzte – Amors Pfeil hatte sie getroffen.

58

„Idefix, bring Stöckchen."

Er war aber auch zu goldig, sein süßer Jack-Russell-Mix, putzmunter und aufgedreht. Zeitweise *über*dreht, ein typischer Jacky halt.

„So ist brav, mein Kleiner."

Am liebsten holte er Stöckchen oder jagte im Affenzahn seinem Ball hinterher. Lag der im hohen Gras, so hopste er wie ein Flummi über die Wiese. Zum Kaputtlachen. Und eine wahre Freude!

„Und jetzt noch einmal: Hol das Stöckchen!"

Er hatte Ausdauer, war nicht müde zu kriegen und dass das linke Auge fehlte, tat seinem Bewegungsdrang keinen Abbruch. Das machte er lässig mit Temperament wieder wett.

„Das hast du klasse gemacht. Und nun schön dableiben. Sitz! Warte! Lass den Radfahrer vorbei ... gut gemacht. So, nun lauf wieder."

Je besser Idefix seinen Jagdtrieb unter Kontrolle hatte, desto häufiger nahm Jakob ihn mit. In die Kirche, auf lange Spaziergänge und seit Neuestem auch zur Krankensalbung. Er hatte eine Weile darüber nachgedacht und dann für sich beschlossen, ihn einfach mitzunehmen.

Und es war schön zu sehen, wie die alten Leute sich freuten, wenn der süße Fratz durch die gute Stube fegte, hinter dem Sofa schnüffelte oder unter dem Esstisch ein heruntergefallenes Stückchen Brot fand. Die Anzahl der wöchentlichen Krankensalbungen war sprunghaft gestiegen.

Auch beim Kommunionsunterricht war Idefix nicht mehr wegzudenken. Zwar lag er nur brav in seinem Körbchen, beobachtete alles und wartete geduldig, dass im Anschluss jedes der Kinder das erste sein wollte, ihm einen Ball oder ein Stöckchen zu werfen. Aber die Jungs und Mädels waren seither viel ruhiger und aufmerksamer im Unterricht, sodass sie meist schneller mit der Lektion fertig waren und früher Schluss machen konnten, um anschließend noch ausgiebig mit Idefix im Pfarrgarten herumzutollen. Und zu Jakobs Freude hatte auch seither keines der Kinder mehr den Kommunionsunterricht geschwänzt oder war bei herrlichem Badewetter *versehentlich* zu lange am Dorfweiher geblieben. Alle standen sie mittwochs pünktlich vor der Tür.

„So, nun ist aber Schluss für heute, Idefix braucht eine Pause."

„Macht er jetzt einen Mittagsschlaf?"

„Dürfen wir morgen wiederkommen?"

„Nein, erst kommenden Mittwoch. Da ist der nächste Kommunionsunterricht."

„Mit dem Idefix?"

„Wenn ihr möchtet."

„Jaaaaaaaa!"

„Ich bringe ihm auch einen Knochen mit."

„Und ich ein Stück Wurst."

„Und ich –"

„Halt, langsam, langsam. Nicht zu viel auf einmal, ja?"

„Tschüss Idefix, tschüss, Herr Pfarrer."

Am eindrucksvollsten aber war die Wandlung bei Thorsten, der in einer Entzugsklinik gewesen war. Es wurde gemunkelt, dass er dort seinen Trauerprozess um Lisa abgeschlossen und eine Frau kennengelernt hatte. Zumindest war er seither wie ausgewechselt.

Zwischen Thorsten und Jakob war eine neue Freundschaft am Entstehen. Geprägt von gegenseitigem Respekt. Das hatte sich auch auf die Kirchengemeinderatssitzungen ausgewirkt, die nun effektiver und harmonischer verliefen. Das Projekt *Sonntags-Café* war auf Initiative von Thorsten neu aufgerollt worden und inzwischen ein voller Erfolg. Als Thorsten eines Tages mit unwiderstehlichem Charme Frau Stiegle angesprochen hatte, die Café-Patenschaft zu übernehmen, war diese rot angelaufen, hatte irgendwas von Schnecken im Garten genuschelt und dann freudestrahlend zugestimmt; unter der Bedingung, dass Thorsten ihr beim Stühle-Hinstellen und Kuchen-Aufschneiden helfen würde. Richtig aufgeblüht war sie seither. Alles in allem Kirchengemeinderatssitzungen wie im Bilderbuch.

Jakob war zufrieden mit sich und seinem Leben. Wenn man es recht bedachte, war der Kleine die beste Therapie, die er hatte bekommen können. Lucy hatte recht gehabt: Bedingungslose Liebe!

Tagsüber lag Idefix meist im Körbchen neben dem gusseisernen Holzofen, aber nachts ließ er es sich nicht nehmen, zu seinem Herrchen ins Bett zu kuscheln. Anfangs hatte es Jakob gestört, denn Hunde gehörten seiner Meinung nach ins Körbchen und nicht ins Bett. Inzwischen genoss er es, dass Idefix bei ihm schlief. Dieser warme, weiche Hundekörper, das leicht zottelige Fell, der Herzschlag und die regelmäßigen Atemzüge, all das tat ihm gut. Sicherheit und Geborgenheit.

Zwar überkamen ihn von Zeit zu Zeit immer noch diese schmutzigen Gedanken, aber längst nicht mehr so heftig.

Ob sich etwas kanalisiert hatte oder nicht, konnte Jakob nicht beurteilen. Aber es ging ihm gut. Halleluja! Der Herr ist allmächtig in seiner unendlichen Güte.

Zu glauben *Gott liebt mich, so wie ich bin*, fiel ihm dagegen immer noch schwer. Aber da Jakob sich wie befreit fühlte, dankte er dem Herrn jeden Tag, bei jedem seiner Gebete.

Und Jakob zweifelte nicht mehr daran, dass er da, wo er war, richtig war – als Priester und Seelsorger in Degna.

Zwar würde ihn die lädierte linke Hand zeitlebens an seinen schwärzesten Tag erinnern (trotz zahlreicher krankengymnastischer Übungen war ihre einstige Beweglichkeit nicht wieder zurückgekehrt), aber Idefix und er waren das perfekte Paar: beide links gehandicapt.

Wer auch immer diese Lucy war, sie hatte alles perfekt eingefädelt.

59

„Aber Anton, das kannst du mir doch nicht antun!"

„Doch, ab heute ist Schluss mit diesem kindischen *Mami.*"

„Aber Anton, du hast doch schon immer *Mami* zu mir gesagt. Du bist doch mein Kind. Mein einziges. Und ich *bin* doch deine Mami!"

„Schluss damit! Ich bin einundvierzig und kein kleines Kind mehr."

„Aber Anton ..."

60

Sanft kräuselte sich das Wasser des Bergsees. Ein Schwanenpaar gründelte nach Nahrung und am Ufer lockte eine Entenmama ihre Kinder.

Jule saß mit halbgeschlossenen Augen auf einer Bank, genoss die Idylle und ließ die vergangenen Tage und Wochen Revue passieren.

Zwei Tage nach der Frauengruppe und den unglaublichen Enthüllungen über Konrad Krpcicz war dieser nicht mehr in der Klinik gesehen worden. Von offizieller Seite hieß es nur, er habe die Klinik verlassen. In der Zeitung war allerdings zu lesen gewesen, dass nach eingehenden Ermittlungen ein internationaler Pornoring in Bad Schwäbisch Weiler ausgehoben worden sei.

Seither wurde GELB von Hannah Akuba geführt. Ein Gewinn für die ganze Gruppe.

Ein paar Tage später war dann Dörte entlassen worden. Am Abend zuvor hatten die GELBEN mit Apfelschorle und Salzbrezeln eine lustige Abschiedsparty gefeiert; einander versichert in Kontakt bleiben zu wollen und sich spätestens im Herbst bei Dörte in Hamburg zu treffen, um sich gegenseitig auf den neuesten Stand zu bringen, über alte Zeiten zu reden und abends gemeinsam ein Musical zu besuchen.

Für Dörte war Cornelia neu in die Gruppe gekommen. Sie war Anfang dreißig und litt an Magersucht. Als Anwältin für Familienrecht war sie der perfekte Zufall für Jule, die von ihr so manch guten Rat erhalten hatte.

Deshalb schaute Jule nun ihrer Zukunft optimistisch entgegen und fühlte sich gestärkt für die Strapazen einer Scheidung. Sie würde nach ihrer Entlassung sofort in eine eigene Wohnung ziehen und ein neues Leben beginnen. Ohne Eddie, der sich seit dem Paargespräch und dem Biergartenbesuch mit Torfnase ohnehin nicht mehr gemeldet hatte.

Bei der Suche nach einer passenden Unterkunft hatte Beat-Urs geholfen. Und so hatte Jule gestern den Mietvertrag unterschrieben – für eine Zwei-Zimmer-Einliegerwohnung im Haus seines deutschen Chefarzt-Kollegen.

Als Nächstes waren Nina und Kristof entlassen worden. Für die beiden waren zwei Studenten gekommen, mit Problemen, die Jule nicht nachvollziehen konnte.

Wehmütig dachte sie deshalb an die intensiven Gespräche, lustigen Abende und das gemeinsame Puzzeln der alten Gruppe nach.

Und Raffael? Der war inzwischen auch entlassen und mit seinen Kindern in die Wohnung auf dem Bauernhof der Schwiegereltern gezogen.

Am Abreisetag hatte er Jule geküsst. Ein echter Kuss, kein freundschaftlicher Wangenkuss.

„Jetzt bin ich frei und kein Patient der Klinik mehr. Ich verstoße also gegen keine Regel und darf dich endlich küssen." Dabei hatte er ihr tief in die Augen geschaut und Jule hatte Herzklopfen bekommen – wie ein Schulmädchen. Dann hatten sie sich noch einmal geküsst – zärtlich und lang. Anschließend war Raffael mit einem „Ich komme dich regelmäßig besuchen" ins Auto gestiegen und weggefahren. Jule hatte ihm mit wildem Herzklopfen hinterhergewunken.

Und Raffael hatte Wort gehalten. Immer dienstags und donnerstags war er gegen 17:30 Uhr aufgetaucht. Dann waren sie entweder händchenhaltend zum Bergsee spaziert, um einen Döner zu essen, oder hatten sich an immer schwierigere Puzzle gewagt, wie das 1000-Teile-Puzzle von Dörte. Immer jedoch hatten sie gescherzt, sich gegenseitig geneckt und gemeinsam viel gelacht. Bis Raffael jedes Mal wieder um 21:59 Uhr das Klinikgebäude hatte verlassen müssen.

Jule genoss ihr neues Glück. Die Nebelwand und das trostlose Grau waren – hoffentlich für immer – verschwunden und wie durch Zauberhand war eine Locke nach der anderen wieder aufgetaucht. Sie schienen wirklich ein Indikator zu sein, wie es um sie stand.

Heute, an einem Sonntag, hatte Raffael seine Kinder mitgebracht. Jule war nervös gewesen vor diesem ersten Treffen, aber es lief bestens und die Kleinen schienen Jule zu mögen.

Zuerst waren Merle und Ludwig allerdings irritiert gewesen. Merle war regelrecht zusammengezuckt und hatte Jule erschrocken angestarrt. Ludwig hatte als Erster die Sprache wiedergefunden und „Mama" gekräht. Merle hatte skeptisch gefragt: „Mama?" Und sich im nächsten Augenblick weinend in ihre Arme geworfen. „Oh, Mama, ich habe dich so vermisst".

„Nein, ich bin die Jule", musste Jule die Kleine enttäuschen.

„Aber du siehst aus, wie meine Mama", hatte Merle irritiert geschnieft und Jule genauestens betrachtet.

„Ja", hatte sich Raffael mit einem wehmütigen Blick eingemischt, „je mehr Locken du hast, desto ähnlicher wirst du ihr. Die gleichen Haare, die gleiche Statur, das gleiche Lächeln und das gleiche süße Grübchen am Kinn."

Gemeinsam waren sie dann zum Bergsee spaziert und hatten sich auf eine Bank gesetzt. Und während Ludwig in einem fort „Mama" krähte und jedes Mal von seiner Schwester berichtigt wurde, stellte Merle eine Frage nach der anderen.

„Hast du auch Nagellack?" Sie zeigte Jule ihre Hände mit den rot lackierten Fingernägeln. „Das hat mir die Oma gemacht", erklärte sie stolz.

„Nein, habe ich nicht."

„Nicht schlimm. Das kann die Oma bei dir auch machen", bot Merle an.

„Mama", jauchzte Ludwig und zeigte auf Jule.

„Nein, das ist die Jule", berichtigte Merle erneut und schob sogleich ihre nächste Frage hinterher: „Kannst du auch so gut kochen wie meine Mama?"

„Das weiß ich nicht. Was isst du denn am liebsten?"

„Froschknödel mit Marienkäfersoße!"

Irritiert schaute Jule zu Raffael. Der flüsterte: „Spinatknödel, Tomatensoße und Hackfleischbällchen."

„Nein, kein Spinat", korrigierte Merle. „Ich mag keinen Spinat. Spinat ist eklig." Sie schüttelte sich. „Und ich mag kein Hackfleisch."

„Froschknödel mit Marienkäfersoße?" Jule überlegte. „Ja, ich denke, das bekomme ich hin. Da musst du mir halt ein bisschen helfen. Das machst du doch bestimmt, oder?"

„Ja, ich helf dir." Merle strahlte. „Die Oma kann das nämlich gar nicht kochen", klärte sie auf.

Dann hatte Merle offensichtlich eine Idee, denn ihre Augen leuchteten und ihre Wangen glühten vor Aufregung, als sie fragte: „Kommst du mit zu uns nach Hause? Und kochst für uns? Dann darfst du auch mit meinen Puppen spielen und den Puppenwagen schieben."

„Ja, gerne mache ich das ..." Jule suchte den Blickkontakt zu Raffael, ob sie da nicht zu viel zusagte. Doch der nickte begeistert. Es war offensichtlich, wie sehr er sich freute, dass dieser erste Kontakt zwischen seinen Kindern und Jule so vielversprechend lief. Raffael strahlte über das ganze Gesicht.

Nun rutschte Merle näher zu Jule und verriet ihr: „Ich habe einen Marienkäferschlafanzug und der Ludwig hat einen Bärchenschlafsack."

„Mama!", krähte Ludwig.

„Nein, das ist doch die Jule", korrigierte Merle geduldig. Dann rutschte sie noch näher und flüsterte Jule ins Ohr: „Ich verrate dir ein Geheimnis: Der Papa weint ganz viel. Und wenn du zu uns kommst, dann kannst du ihn trösten."

„Aber Merle ...", griff Raffael ein.

„Doch, Papa, das stimmt. Das weiß ich. Ich hör das nämlich in der Nacht", erklärte sie. Und an Jule gewandt verkündete sie empört: „Weißt du, der Papa hat im Bett gar keinen Schlafanzug an!"

„Jetzt ist aber Schluss", stoppte Raffael seine Tochter, bevor noch weitere intime Details ausgeplaudert werden konnten. „Sollen wir am Kiosk ein Eis holen?", schlug er stattdessen mit leicht rotem Gesicht vor.

„Jaaa, ein Eis!", freute sich Merle.

„Mama, Eis!", jauchzte Ludwig.

Und dann war Raffael mit den Kindern losgezogen. Jule war auf der Bank sitzen geblieben und hatte ihnen mit einem seligen Lächeln hinterhergeschaut. Alles in ihr fühlte sich so leicht und lebendig an. Die Welt leuchtete sonnig und hell. Freude und Glück waren förmlich greifbar. Fast wie damals, als sie im Wartezimmer gesessen hatte. Ob das heute nun der ersehnte Anfang von etwas Neuem und wunderbar Schönem sein würde?

Versonnen schaute sie auf den See, dachte kichernd an Froschknödel mit Marienkäfersoße und wartete, bis die drei vom Bergsee-Kiosk zurückkämen.

Und da kamen sie auch schon. Merle vorneweg mit einer Eiswaffel. Raffael, der den Buggy mit dem fröhlich eisleckenden Ludwig schob, hatte einen Döner in der Hand.

Als die drei bei Jule angekommen waren, hielt Ludwig ihr sofort sein Eis hin. „Mama, da!"

Wieder berichtigte Merle: „Das ist nicht die Mama. Das ist doch die Jule!"

Aber Ludwig beharrte: „Mama, da!" Und streckte ihr das Eis noch weiter entgegen.

„Er möchte, dass du sein Eis probierst", erklärte Raffael. „Ich glaube, da wirst du jetzt nicht drum herumkommen."

Zögerlich näherte sich Jule und tat, als ob sie am Eis lecken würde. „Hmmm, das ist lecker." Ludwig freute sich und schleckte zufrieden weiter.

Nun hielt auch Merle ihr Eis hin. „Bei mir musst du aber in echt probieren, Jule. Ich habe Schokolade. Das ist besser als dem Ludwig sein Vanille." Und sie achtete genau darauf, dass Jule auch wirklich am Eis leckte.

„Eis ist das Allerleckerste auf der ganzen Welt", erklärte Merle fachmännisch.

Doch Raffael widersprach: „Nein, ein Döner mit viel Zwiebeln und Knoblauch ist das Leckerste, was es gibt."

„Nein, Papa, Eis ist das Allerleckerste", betonte Merle.

„Nein, Döner."

„Nein, Eis!"
„Nein, ...!"
So ging es eine Weile hin und her, bis Raffael vorschlug: „Wir können ja mal die Jule fragen, was die dazu meint."

Merle nickte. „Gell, Jule, Eis ist das Aller-Aller-Allerleckerste!"

Jule hatte das Vater-Tochter-Geplänkel schmunzelnd beobachtet. Und ihr Herz lief über vor Glückseligkeit. Ja, so stellte sie sich den perfekten Vater vor!

Doch jetzt saß sie in der Zwickmühle. Was sollte sie antworten? Sowohl Merle als auch Raffael schauten sie erwartungsvoll an.

Und nach kurzem Überlegen antwortete Jule dann diplomatisch: „Also ich mag beides. Erst einen Döner und zum Nachtisch dann ein Eis."

Raffael zwinkerte ihr anerkennend zu.

Merle strahlte. „Ich mag jeden Tag Eis zum Nachtisch."

„Und ich am liebsten Döner." Raffael schnupperte genüsslich, während Merle die Augen verdrehte und kopfschüttelnd erklärte: „Papa, du spinnst."

Und als Jule lachend meinte: „Ja, du und deine Döner", hielt er ihr seinen Döner direkt vor die Nase und fragte mit schelmischem Grinsen: „Liebe Jule, riechst du, wie überaus lecker so ein Döner riecht? Möchtest du diesen ... meinen Döner probieren? Ein Stück abbeißen von diesem herrlichen Döner?"

Und als Jule ihn erstaunt anschaute, hielt er kurz inne. Dann wurde er ernst, ging vor ihr in die Knie, sah ihr tief in die Augen und sprach in feierlichem Ton weiter: „Und willst du, liebe Jule, diesen Döner und zukünftig alle Döner mit mir teilen? Dann antworte mit: *Ja, ich will.*"

61

Seit vielen Wochen hatte Rita keinen Albtraum mehr gehabt. Jeden Morgen wachte sie ausgeruht auf und begann den Tag mit einem Lächeln. Wer diese ominöse Lucy war, hatte sie nicht herausgefunden, dennoch war sie dankbar, da sich ihr Leben durch diesen Brief radikal verändert hatte.

Sie wohnte nun in einem Zweizimmerappartement in der Seniorenwohnanlage. Dort kümmerte sie sich um die Finanzen der Binokel-Gruppe und der Kegelschwestern. Einmal im Monat gab es einen Ausflug für Senioren, den sie jedes Mal mit großer Freude – und mit Bravour, wie man ihr versicherte – organisierte.

Mittwochs von 13:02 Uhr bis 18:31 Uhr machte sie für Ann-Sophie Kindsmagd – oder Babysitter, wie man heutzutage sagt. Für Rita neues Terrain, da sie mit der Beaufsichtigung und kindgerechter Bespaßung eines Kindergartenkindes nur unzureichende Erfahrung hatte. Als Anton in diesem Alter gewesen war, hatte er entweder alleine in der Wohnung gespielt oder neben ihr im Büro an seinem Kinderschreibtisch aus Schwarzwaldtanne gesessen und bunte Bilder gemalt. Und wenn er quengelig geworden war, hatte sich irgendjemand, meist die Auszubildende, seiner angenommen, so dass Rita sich komplett um die Belange der Firma hatte kümmern können. Darum war es für Rita umso erstaunlicher, dass sie Freude empfand, ein „unberechenbares" Kleinkind zu hüten.

Meist waren die beiden im Marrenwald und hielten – „mucksmäuschenstill, Omi!" – nach Rehen Ausschau oder sammelten Tannenzapfen. Und wenn Gabi wegen des regnerischen Wetters beunruhigt war, hielt Rita mit ihrem Leitspruch *Frische Luft ist gesund und härtet ab* dagegen.

Dass sie eigentlich Bedenken hatte, die wilde Kleine könnte mit ihren Patschehändchen Unordnung ins Appartement bringen oder gar die wertvolle Alabasterfigur zerstören, behielt Rita wohlweislich für sich. Denn jedes Mal aufs Neue fuhr ihr der Schrecken in die Glieder, wenn sie an ihren zweiten Mittwoch dachte, als Ann-Sophie mit Begeisterung die schwarze Schönheit umarmt hatte, diese bedenklich gewackelt und Rita gerade noch Schlimmeres hatte verhindern können. Seither waren sie bei Wind und Wetter draußen in der Natur. Gelegentlich auch auf dem Spielplatz und dort meist auf der Rutsche. Gestern hatte sie ihr Enkelkind aus einem unerklärlichen Impuls heraus sogar sieben Mal rutschen lassen, obwohl vorab nur fünf Mal vereinbart gewesen war. Da sollte noch einer sagen, Rita Wegener wäre verbissen und es fehle ihr an Spontaneität!

Mittwochs gab es zum Abendessen stets Kartoffelsalat mit Würstchen, Ann-Sophies erklärtes Lieblingsessen. Dass die Kleine es nur selten schaffte, korrekt drei Millimeter breite Kartoffelscheiben für einen „richtigen" Kartoffelsalat zu schneiden, darüber sah Rita inzwischen großzügig hinweg. Der Ausschuss landete in einer Extraschüssel und wurde am nächsten Tag zu Kartoffelbrei verarbeitet.

Ann-Sophie war auch der Grund, warum Rita Sir Henry bei sich aufgenommen hatte. Denn kaum, dass Ann-Sophies Wunsch nach einer Katze in Erfüllung gegangen war, hatte sich herausgestellt, dass Anton allergisch reagierte. An jenem Mittwoch hatte Ann-Sophie Rotz und Wasser geheult und war mit nichts zu beruhigen gewesen, so dass Rita sich schließlich erbarmt hatte, Sir Henry aufzunehmen. Und es war, wie diese Lucy im Brief geschrieben hatte, deutlich weniger Arbeit als befürchtet. Täglich um Schlag neun Uhr ließ Rita den Kater zur Terrassentür raus. Zurück kam er jeden Abend um neunzehn Uhr. Gut, manchmal erst drei Minuten nach neunzehn Uhr oder sogar sieben Minuten danach. Aber inzwischen konnte Rita über leichte Unpünktlichkeiten bei Mensch und Tier hinwegsehen.

Glücklich betrachtete sie ihren Kater, der genüsslich seine Katzenmilch schlabberte und dann eleganten Schrittes zu ihr stolzierte, um Streicheleinheiten einzufordern. „Ich habe nicht lange Zeit, mein Lieber, ich werde in sieben Minuten von meiner Schwiegertochter abgeholt, aber eine kleine Schmuseeinheit passt noch rein."

Gleich würde Gabi auf dem Rückweg vom Wocheneinkauf klingeln, um sie zum neueröffneten *Wood und Wellness Wegener-Ressort* mitzunehmen, wo Rita jeden Donnerstagvormittag als stolze Vorleseomi fungierte. Erstaunlich, dass manche Kinder nicht einmal das Märchen von Hänsel und Gretel kannten. Dazu hatte Rita extra ihren Donnerstagwaschtag auf Freitag verlegen müssen, was ihren langjährig erprobten *Arbeitsplan für den perfekten Haushalt* durcheinandergebracht hatte. Denn freitags war Fensterputztag. (Aber da in dem kleinen Appartement viel weniger Arbeitsaufwand war, schaffte sie Putz- und Waschtag an einem einzigen Vormittag.) Ja, da sollte noch jemand sagen, sie wäre unflexibel und eingefahren in ihren Gewohnheiten!

Apropos Gabi. Ihren veganen Dinkelkuchen fand Rita immer noch schrecklich, aber die gefüllten Paprika – mit Tofu anstatt echtem Hackfleisch – waren überraschend lecker. Das würde sie aber niemals zugeben. Die Tatsache, dass Rita kommentarlos aß, war Lob und Zugeständnis genug. Und insgeheim musste sie sich eingestehen, dass ihre Schwiegertochter trotz ihrer Öko-Walle-Walle-Kleider eine ganz patente Frau war, ihrem Anton eine gute Partnerin und obendrein ein Händchen für innovative Ideen hatte, was sich in den Quartalszahlen bereits abzeichnete. Insgesamt konnte man sagen, dass das Miteinander harmonischer geworden war.

Auch Anton war viel fröhlicher und ausgeglichener, seit er bei der Arbeit keine Krawatte mehr trug. Höchst verwunderlich, wie Rita befand. Da allerdings die Quartalszahlen nach oben wiesen, hielt sie sich mit Vorwürfen zurück. Indessen tat sie sich äußerst schwer mit der Tatsache, dass er sie von heute auf morgen nicht mehr *Mami*, sondern partout nur noch beim Vornamen nannte. Und dieser Sturkopf von Sohn (das musste er von seinem Vater geerbt haben – Gott hab ihn selig) hatte sich mit keinem Mittel von dieser blöden Idee abbringen lassen. Zu guter Letzt hatte Rita sich resigniert eingestanden, dass sie sich – wohl oder übel – an diese Neuerung würde gewöhnen müssen.

62

„Hallo, Jule. Schön, dich zu hören", erklang eine fröhliche Stimme durch das Telefon.

„Ja, Schwesterchen, mir geht es gut. Und ich kann es gar nicht erwarten, dir die neueste Neuigkeit mitzuteilen."

„Jetzt bin ich gespannt. Du klingst geradezu euphorisch!"

„Wir werden heiraten."

„Ihr werdet was?"

„Du hast richtig gehört. In der Ave Maria in Degna. Die Einladung kommt noch. Ach, ich bin so glücklich. Und du sollst es als Erste erfahren."

„Das ist ja eine Überraschung. Aber sag mal, ist das nicht ein bisschen voreilig mit dem Heiraten? Ich meine, ihr kennt euch doch erst ein paar Monate. Und von Eddie bist du auch noch nicht geschieden, oder?"

„Natürlich hast du recht, wie immer. Aber mal ehrlich, wann ist der richtige Zeitpunkt? In fünf Jahren? In zehn Jahren? Ich bin jetzt siebenunddreißig und werde nicht jünger. Und bis zur Hochzeit sollten die Scheidungsformalitäten erledigt sein. Wenn ich ehrlich bin, bleibt nur mehr die Frage: Was werden bloß die Leute sagen? Aber weißt du was? Das ist mir egal."

„Ach, Jule, wie dumm von mir. Du hast recht. Ich freu mich für dich ... also für euch beide."

„Meinst du, Ann-Sophie streut Blumen?"

„Bestimmt macht sie das!"

„Merle freut sich auch schon, dass sie Blumenmädchen sein darf. Sie spielt jeden Tag Hochzeit mit ihren Puppen und übt bereits das Blumenstreuen ..."

„Sie übt Blumenstreuen? Hihi, wie lustig ist das denn?"
„Na ja, Oma Stiegle findet es nicht so lustig. Merle reißt im Bauerngarten alle Blumen raus und verteilt sie dann im Hausflur."
„Oje! Arme Oma Stiegle. Aber sag mal, was wünscht ihr euch als Hochzeitsgeschenk?"
„Also, das ein oder andere gibt es schon, aber als Geschenk von euch hätten wir einen besonderen Wunsch."
„Und das wäre?"
„Ein Puzzle."
„Ein Puzzle ...?"
„Ja, aber nicht irgendeines, sondern das *Magische Bücherregal* in XXL von Colin Thompson."
„Ähm ... aha ..."
„Ja, das hat 18.000 Teile."
„18.000? Ihr seid verrückt!"
„Klingt schon ein wenig verrückt, das gebe ich zu." Jule lachte. „Vor allem, wenn man bedenkt, dass ich anfangs in der Klinik nicht einmal ein 20-Teile-Puzzle geschafft habe. Aber inzwischen haben Raffael und ich Puzzeln als gemeinsames Hobby entdeckt. Du kannst dir gar nicht vorstellen, wie entspannend das ist. Und wenn das Riesenteil irgendwann fertig ist, soll es an die große Wohnzimmerwand."
„Na, du scheinst dir alles gut überlegt zu haben."
„Jaaaaaa, ich bin sooooo glücklich!"

Hui, das waren mal gute Nachrichten von ihrer großen Schwester. Nach dem schweren Schicksalsschlag mit ihrem Leiomyodingsbums gönnte sie ihr das neue Glück von ganzem Herzen. Und endlich würde Jules größter Wunsch in Erfüllung gehen, der nach einer eigenen kleinen Familie. Lächelnd legte Gabi Wegener auf.

63

Anton saß glücklich an seinem Schreibtisch, schaute durch die große Glasfront hinaus auf den dunklen Schwarzwald und freute sich über das Leben im Allgemeinen und das seinige im Besonderen. Wood und Wellness Wegener war ein voller Erfolg, die Quartalszahlen zeigten steil nach oben und mit Rita gab es nur noch private Familientreffen. Sie hatte sich aus dem Geschäft zurückgezogen. Und das war gut so.

Er und Gabi gingen weiterhin zu Sina Langer in die Eheberatung. Erstaunlich, wie sich bei jeder Sitzung neue Aspekte ergaben, die ihnen in ihrer Paarbeziehung weiterhalfen. Der Alltag war viel entspannter und harmonischer geworden.

Und auch vor der miesesten aller fiesen Frauenfragen *Schatz, fällt dir etwas auf?* hatte Anton keine Angst mehr. Denn mit Hilfe der Gespräche hatte er verstanden, dass Frauen – entgegen der landläufigen Behauptung an Männerstammtischen, an denen er nun gelegentlich ebenfalls teilnahm – gar nicht so schwer zu verstehen waren. Immer wenn Gabi fragte, ob ihm etwas auffiele, blieb Anton gelassen und hielt sich strikt an das gemeinsam mit Gabi und der Therapeutin erarbeitete Schema. Es war männereinfach!

Die Standardgegenfrage lautete nämlich: *An dir?* War Gabis Antwort darauf ein „Ja", dann ging es um ein neues Kleidungsstück, die neue Frisur oder abgehungerte Pfunde. Mehr Möglichkeiten gab es für gewöhnlich nicht. (Sina Langer hatte ihm noch verraten, dass sich laut Statistik achtundneunzig Prozent aller Frauen bei der Frage *Hast du abgenommen?* geschmeichelt fühlten). Sollte die Antwort ausnahmsweise nein sein, dann war es etwas schwieriger, aber nicht unlösbar. Denn stellte Gabi diese Frage beispielsweise beim Mittagessen, war das Essen gemeint (gut gewürzt oder neues Rezept) oder irgendetwas in der Wohnung (neue Deko) oder eine besonders aufwendige Hausarbeit, wie zum Beispiel der Fensterputz.

Und obwohl Gabi genau wusste, dass Anton wirklich nur rein methodisch die Liste abarbeitete, freute sie sich jedes Mal, wenn es ihm „selbst" auffiel. Gestern hatte er sie allerdings schwer beeindruckt, als er ohne Zögern auf besagte Frage *Du warst beim Friseur und hast eine neue Haarfarbe* geantwortet hatte.

Gabis Augen waren vor Verwunderung groß geworden. „Wow, Anton, das hätte ich dir nicht zugetraut!", hatte sie erstaunt gerufen. „Dass du den Unterschied zwischen meinem bisherigen Kastanienbraun und dem neuen Haselnussbraun erkannt hast." Sie drehte sich einmal um die eigene Achse. „Mit Haselnussbraun sehe ich frischer aus, findest du nicht auch …?" Bewundernd sah sie ihren Mann an. „Ach Anton, ich bin so stolz auf dich, dass du das gesehen hast! Ich liebe dich!" Und hatte ihm einen langen, liebevollen Kuss gegeben.

Nein, diese Feinheit hatte er nicht bemerkt. Beim besten Willen sah Anton keinen Unterschied zwischen den beiden Farbtönen. Was er aber entdeckt hatte, war ein winziger Farbfleck an Gabis rechter Ohrmuschel.

Und Gabi selbst? Sie sprach nicht mehr in diesem Kindergartenkinderbevormundungstonfall zu ihm. Und wenn es doch einmal passierte (was wirklich nur noch sehr selten vorkam), dann hatten sie vereinbart, dass Anton den rechten Zeigefinger hob, um Gabi in ihrem Redefluss nicht unterbrechen zu müssen. Die war dann höchst erstaunt und zu tiefst erschrocken und entschuldigte sich – anfangs war sie sogar noch rot geworden.

Anton stand von seinem Bürostuhl auf, ging näher an die Glasfront und beobachtete den prächtigen Greifvogel, der hoch am Himmel seine Kreise zog. Ein Roter Milan. Scheinbar schwerelos hielt er sich in der Luft. Nur ab und zu ein Flügelschlag. Faszinierend dieses mühelose Gleiten und sanfte Aufsteigen in der Thermik.
    Antons Tage glichen jetzt dem Flug dieses majestätischen Vogels. Das harte Ackern und verkniffene Kämpfen an viel zu vielen Fronten hatte ein Ende gefunden.
    Sein Leben Gott sei Dank nicht!
    Inzwischen war er froh und dankbar, dass das kleine Mädchen so unvermittelt aufgetaucht war und ihn vom Sprung in die Tiefe abgehalten hatte. Denn alles hatte sich seither zum Guten gewendet.
    Am überraschendsten für Anton war jedoch, dass er von einem Tag auf den anderen keinen Fußschweiß mehr gehabt hatte. Einfach weg. Ein wahres Wunder! Sina Langer hatte ihm zwar den Zusammenhang von Fußschweiß und veganem Nervensystem dargelegt oder hatte sie vegetarisches Nervensystem gesagt? Jedenfalls hatte Anton nichts von ihrer medizinischen Erklärung verstanden, was ihm aber egal war, denn allein das Ergebnis zählte. Anton war glücklich, dass das leidige Thema ein Ende hatte.
    Und am Samstag würde er bei der Hochzeit seiner Schwägerin in der Kirche von Degna ganz bewusst eine Kerze anzünden. Dort sein tägliches Gebet sprechen, Gott von

ganzem Herzen danken, dass nun alles in bester Ordnung war, sogar sein Fußschweiß Vergangenheit, und dass er seit Wochen keine Migräneattacke mehr gehabt hatte.

Anton schaute auf seine Armbanduhr. Es war 11:57 Uhr und dreiundzwanzig Sekunden. In zwei Minuten und sieben Sekunden würde er nach oben in die Wohnung gehen und pünktlich um zwölf null null Uhr am Mittagstisch sitzen. Er war gespannt, was Gabi heute wieder Leckeres gekocht hatte. Sogar möglich, dass es zusätzlich freudige Neuigkeiten geben würde. Vielleicht einen Anton junior? Denn Gabi war heute Morgen beim Gynäkologen gewesen.

Und während er den Roten Milan nicht aus den Augen ließ, leerte er genüsslich seine Tasse Kaffee.

Nur eines verstand er nicht: Wer ist Lucy?

Denn, noch während sie in der ersten Therapiestunde alle drei auf den Text im kleinen Bildschirm seines Handys gestarrt hatten, war die Schrift zusehends pixeliger geworden, schließlich unleserlich und dann ganz verschwunden. Ebenso alle ihre anderen Nachrichten. Und als Anton eines Tages bei ihr anrufen wollte, um sich zu bedanken, da hatte eine freundliche Telefonstimme gemeint: *Die von Ihnen gewählte Rufnummer ist nicht vergeben.*

64

„Allmächtiger Gott, Herrscher im Himmel und auf Erden, auch wenn du meine Gebete nicht erhörst, so glaube ich doch an dich und deine Liebe zu den Menschen, und bete täglich aufs Neue zu dir: *Herr, ich bin nicht würdig, dass du eingehst unter mein Dach, aber sprich nur ein Wort, so wird meine Seele gesund.* Und ich will dir danken, o Herr. Danken, dass sich durch Lucy mein Leben und das der Gläubigen hier in Degna zum Guten gewendet hat. Gelobet seist du, mein Gott. Amen."

Voll Inbrunst betete Jakob sein Morgengebet. Die Kanten der Stufen gruben sich schonungslos in Knie und Schienbein. Und da geschah es! Gleißendes Licht und eine Stimme, die verkündete: „Jakob, mein geliebtes Kind. Ich bin dein Schöpfer und immer bei dir. Ich kenne jedes einzelne deiner Gebete. Vertraue weiterhin auf mich, deinen Herrn. Und damit du das niemals vergisst, soll fortan meine göttliche Liebe in dir leuchten."

65

Idefix lag im Durchgang zur Sakristei und lugte unter dem Vorhang hervor. Mit wachsamem Auge beobachtete er das Geschehen. Der sonntägliche Gottesdienst war ihm mittlerweile vertraut. Dies allerdings ... war seine erste Hochzeit. Und wie es schien, waren bei Hochzeiten mehr Leute in der Kirche – randvoll bis auf den letzten Platz war sie – und vorne gab es ein extra Bänkchen, wo ein strahlender Mann und eine in Weiß gekleidete Frau saßen, die sich unentwegt verliebt anblinzelten.

He, ihr sollt aufpassen, was der Jakob sagt, wollte Idefix den beiden am liebsten zurufen. Aber gerade spielte der Musikverein ein besonders lautes Stück und da hätte ihn eh keiner gehört.

So ein Lärm. Idefix hielt sich die Ohren zu. Jetzt auch noch ein Katzenjammergekreische aus einer goldenen Gießkanne. *Schrecklich.* Da träumte er lieber von einer leckeren Bratwurst.

Er hatte gesehen, dass gleich neben der Kirche ein Festzelt aufgebaut worden war. Und Festzelt hieß Festwurst. Das hatte er in seinem kurzen Hundeleben schon gelernt.

Und schlau, wie er war, hatte er herausgefunden, wie man es anstellen musste, dass stets ein Stück Wurst für ihn abfiel. Dazu setzte er sich auf die Hinterpfoten und machte Männchen, wackelte mit seinen erhobenen Vorderpfoten etwas in der Luft, kombinierte das Ganze mit einem treuherzigen Hundeblick und schon rief der begeisterte Mensch und Inhaber einer Leckerei, der das sah: „Guck mal, der Idefix macht *Bitte bitte!*" Und schwupps gab es ein Zipfelchen Wurst oder auch mehr. Menschen dressieren, nannte man das – und damit hatte er Erfolg. Idefix liebte es, Zweibeiner zu trainieren, und besonders liebte er die leckere Abwechslung zum Dosenfutter. Hoffentlich waren die bald fertig hier.

Aber danach sah es nicht aus. Jakob stand noch immer am Altar und lauschte verzückt dem Saxophonsolo, das feierlich die festliche Atmosphäre zum Klingen brachte.

Das ganze Dorf war anwesend. Der Musikverein umrahmte mit festlichen Liedern, der Schützenverein stand Spalier und die Landfrauen hatten Bänke und Altar mit duftenden Blumen geschmückt.

Auf ausdrücklichen Wunsch der Braut stand auf einer mit schwarzen Rosen geschmückten Staffelei das Bild von Mara. Jule war es wichtig gewesen, dass die Mutter von Merle und Ludwig für alle sichtbar bei der Hochzeit dabei war. Schließlich erzählten die beiden jedem, der es hören wollte, dass sie nun zwei Mamas hätten, eine im Himmel und eine auf der Erde. Ja, Jule war das Beste, was Raffael und seinen Kindern hatte passieren können.

Wie verliebt die beiden sich anstrahlten!

Ein paar vorlaute Locken hatten sich aus dem komplizierten Haargebilde der Braut befreit und tanzten mit dem Leuchten ihrer Augen um die Wette. Damit sah Jule aus wie eine ältere Version von Mara. Dieselbe schlanke Statur, dieselbe vornehme Haltung, die gleichen kastanienbraunen Haare mit den wilden Locken. Heute kunstvoll hochgesteckt, ebenfalls wie damals bei Mara. So viel Ähnlichkeit bei den beiden werteten wohl alle als gutes Zeichen.

Auch Maras Eltern hatten die neue Mama ihrer Enkelkinder schnell ins Herz geschlossen. In den höchsten Tönen lobten sie ihr freundliches Wesen und wie schaffig Jule doch sei. Im Haushalt und im Stall, stets war sie eine tatkräftige Hilfe. Keine Arbeit war ihr zu schwer, keine Mistgabel zu schmutzig, und immer hatte Jule ein Lächeln auf den Lippen. Ein wahrer Segen für Elsa und Bertram Stiegle.

Durch Jules Unterstützung konnte Elsa Stiegle häufiger ihr Bein hochlegen, was ihr sichtlich guttat. Sie war längst nicht mehr so grantelig und zänkisch, was beim Dorftratsch ausgiebig besprochen worden war. Jules Auftauchen in Raffaels Leben hatte ein wahres Wunder vollbracht. Am glücklichsten war Elsa Stiegle aber darüber, dass sie ihren Bertram nicht mehr belügen musste, seit Jule die Kleinen ins Bett brachte.

Jakob schaute für einen Augenblick auf seine unbrauchbare linke Hand. Sie war ihm zum Symbol für die Güte Gottes, des himmlischen Vaters, geworden, der ihn offensichtlich doch liebte, wie er war, mit all seinen Fehlern und Unzulänglichkeiten. Und inständig hoffte er, dass alle Anwesenden ihren Weg zu Gott, dem Allmächtigen, finden würden, um seine allgegenwärtige Liebe zu spüren. So wie er seit heute Vormittag.

Beim Frühgebet hatte Jakob seine Stimme gehört und seither fühlte er sich geborgen, getröstet, geliebt.

Frieden – die unendliche Liebe Gottes in sich tragend.

Später, im Festzelt, würde ihn Dietlinde Mühlenbacher – inzwischen im Seniorenstift und auf einen Rollator angewiesen – erst irritiert anschauen und ihm dann freudig ins Ohr flüstern, dass er nun das gleiche göttliche Strahlen in den Augen habe wie einst Pater Gerold.

Das Musikstück näherte sich dem Ende. Jetzt noch der Schlusssegen, dann würde das frisch vermählte Brautpaar die Kirche verlassen und mit dem ganzen Dorf im Festzelt neben dem Gotteshaus bis in die frühen Morgenstunden feiern.

Noch einmal ließ Jakob seinen Blick über die Anwesenden schweifen. Da sah er ihn. In der siebten Reihe, wo die Klinikfreunde des Brautpaares saßen. Schwarze Locken umrahmten sein Gesicht und fielen sanft fließend auf muskulöse Schultern. Eine außergewöhnliche Erscheinung.

Da stand der Fremde auf, trat in den Mittelgang und kam leicht federnden Schrittes auf ihn zu. Fast sah es aus, als würde er schweben. Nun wurden auch die anderen Hochzeitsgäste auf den Mann aufmerksam und drehten die Köpfe. Ein Flüstern und Raunen erhob sich. Niemand schien ihn zu kennen.

„Würden Sie das bitte vorlesen, Herr Pfarrer?", bat der attraktive Mann mit weicher Bassstimme. Charmant überreichte er einen Umschlag und war schon wieder auf dem Rückweg mit diesem eleganten, beinahe schwebenden Gang.

Aus dem Konzept gebracht, starrte Jakob ihm nach, dann öffnete er das hochwertige Briefcouvert aus edlem Büttenpapier, zog ein mit feiner Handschrift beschriebenes Blatt heraus und begann laut zu lesen:

„Liebes Brautpaar, liebe Hochzeitsgäste und lieber Herr Pfarrer Fischer,

auch wenn Ihr mich hier unter den Gästen nicht sehen könnt, so seid Euch gewiss, dass ich mitten drin und dabei bin an diesem bedeutenden Tag, heute in der Pfarrkirche Ave Maria in Degna. Es ist mir ein besonderes Anliegen, Euch mit Hilfe dieses Briefes mitzuteilen, wie herrlich es ist, wenn sich alles fügt, wenn Zerbrochenes wieder ganz werden kann und Verletztes heilt.

Wie für zwei Menschen, die schwierige Zeiten hinter sich haben, von heute an ein neuer, gemeinsamer Weg beginnt, und sie sich überraschen lassen dürfen, was das Leben an Freude, Glück und Fröhlichkeit für sie bereithält. Wie schön, dass Sie alle diesen Neubeginn mit ihnen feiern möchten.

Doch es gibt unter den hier versammelten Gästen noch andere liebe Freunde von mir, die in den vergangenen Tagen und Wochen einen Neuanfang gewagt haben. Ihnen möchte ich sagen: Ihr seid auf einem guten Weg, macht weiter so, gebt nicht auf, auch wenn einmal Steine oder gar Felsbrocken vor Euch liegen sollten.

Und vielleicht denkt der ein oder andere ab und zu mal an mich.

Von Herzen
Eure Lucy"

Als Jakob aufblickte, suchte er den Fremden vergeblich. Der Platz in der siebten Reihe war leer, der Überbringer des Briefes verschwunden.

Epilog

Irgendwo, ganz tief im Nirgendwo betrachtete ein alter, graubärtiger Mann das Geschehen auf einem seiner zahlreichen Bildschirme.
Und was er dort sah, gefiel ihm außerordentlich gut. Zufrieden lächelnd drückte er einen hellgrünen Knopf, setzte sich in seinen gemütlichen Ohrensessel, kraulte einer zierlichen Katze den Bauch und erklärte das *Projekt Lucy* für beendet.

* * *

*Wenn du denkst,
es geht nicht mehr,
kommt von irgendwo
ein Lichtlein her!*

Danke an meine Mutter, die mir nebenstehenden Spruch ins Poesiealbum geschrieben hat.

Danke an meinen Vater, der meine Begeisterung für Bücher geweckt hat.

Danke an meine Familie, die mich bei diesem Projekt unterstützt hat.

Danke an meine Testleserinnen Elisa und Andrea für ihre konstruktive Kritik.

Danke an Dr. med. Markus Windstoßer für die Idee des Leiomyosarkoms.

Danke an die Lektorin Sabine Hofbauer, die dem Roman den letzten Schliff gegeben hat.

Danke an den Lindemanns Verlag, für die klasse Zusammenarbeit und Veröffentlichung.

Und zum guten Schluss: Danke an Sie, liebe Leserinnen und Leser, die den Roman in den Händen halten. Ich hoffe, Sie hatten eine anregende Lesezeit.

In diesem Sinne wünsche ich allen eine
„Lucy zur rechten Zeit".

FRAUKE MANN

Lindemanns Bibliothek, Band 433
herausgegeben von Thomas Lindemann

Titelbild: altmodern, iStock
Foto der Autorin: Fotowerkstatt Sonja Abraham, Göppingen

© 2. Auflage 2024 · Lindemanns GmbH
Alle Rechte vorbehalten.
Nachdruck ohne Genehmigung
des Verlages nicht gestattet.
ISBN 978-3-96308-235-1
www.lindemanns-web.de